아이작 아시모프의
과학 에세이

아이작 아시모프의
과학 에세이

초 판 1쇄 | 1990년 7월 25일
초 판 25쇄 | 1999년 10월 12일
개정판 1쇄 | 2007년 10월 20일
개정판 16쇄 | 2023년 5월 15일

지은이 | 아이작 아시모프
옮긴이 | 권루시안
펴낸이 | 김형호
펴낸곳 | 아름다운날
출판 등록 | 1999년 11월 22일
주소 | (05220) 서울시 강동구 아리수로 72길 66-19
전화 | 02) 3142-8420
팩스 | 02) 3143-4154
이메일 | arumbooks@gmail.com

ISBN 978-89-89354-80-2 (03840)

아이작 아시모프의
과학 에세이

아이작 아시모프 지음 | 권루시안 옮김

아름다운날

나의 직업은 순간적으로 머릿속에 떠오르는 생각과 의견을 종이에 적어 세상 사람들(혹은 나와 관심 분야가 같은 사람들)이 읽어보도록 저작물을 쓰는 것이다. 나는 이 일을 50년 동안 해왔다.

이 일을 시작한 첫 3년 동안 나는 열심히 쓴 노력의 결실물을 어딘가에서 실어줄 것이라는 가냘픈 희망을 안고 여러 출판사에 보냈다. 그러나 내가 보낸 글들은 반송된 게 더 많았다. 그러다가 1941년 ≪전설의 밤 Nightfall≫이라는 소설을 출판하여 큰 성공을 거두었다. 그 작품에서 드디어 내 목소리를 찾았던 것이다. 이후 어떤 출판사에서도 나의 원고를 거절하는 일은 없어졌다.

글을 쓰기 시작한 첫 14년 동안은 과학 소설만 써왔다. 그러나 1950년대 초반부터는 논픽션 쪽에도 관심을 갖고 쓰기 시작하여 지식의 거의 모든 분야를 다루게 되었다.

신뢰할 수 있는 자료를 바탕으로 글을 썼으므로 나에 대한 좋은 평가는 순식간에 퍼져 나갔다. 마침내 나는 내 글을 팔기 위해 여기저기 기웃거릴 필요가 없어졌고, 청탁 받은 글만 쓰게 됐다. 덕분에 나는 원고에 코를 박고 살 정도로 바쁜 나날을 보내야만 했다. 지금까지 내가 출판한 종류의 책은 4백 권이 훨씬 넘었고(물론 과학 소설도 포함해서) 또 이런저런 성격의 짤막한 글을 3천 편 넘게 써냈다.

내게 원고를 청탁하는 사람들은 비교적 짧은 글에 만족하고 있다. 오늘날의 독자는 스포츠, 텔레비전, 인터넷 등 흥미를 돋우는 것이 너무 많아 지루한 것은 참지 못한다. 그 결과 나는 길이가 어림잡아 200자 원고지로 스무 장 정도 되는 글(어떤 것은 더 길고, 또 어떤 것은 더 짧다.) 이 101편 모였다는 것을 알게 되었다(이 중 60편을 이 책에 수록했다). 그래서 그 글을 모아 에세이 형태로 엮었다. 독자들이 짬이 날 때면 아무 데서나 펼쳐 읽을 수 있도록 하기 위해서이다.

글을 고를 때는 '사고의 중복'이 없도록 애를 썼다. 하지만 내가 마술사가 아닌 이상 하나의 주제를 가지고 늘 새로운 관점으로 전개할 수는 없었다. 그래서 어느 정도 관계가 있는 두 가지 주제를 다룰 때는 때때로 내가 말하고자 하는 내용이 중복되는 경우도 있었다. 독자는 이런 점을 너그러이 양해해주기 바란다.

아이작 아시모프

차례

과학에 있어 새로운 발견을 알리는 가장 신나는 표현은
'유레카(찾았다)'가 아니라 '그거 재밌네' 이다.

– 아이작 아시모프

지구를 위협하는
큰 별똥별

만일 소행성이 바다에 떨어진다면
지구의 모든 해안을 전멸시킬 것이고, 지각을 뚫고 들어갔을 경우
지구 전체가 불길에 휩싸일 것이다.
공룡이 지구상에서 사라진 것은 무엇 때문일까?

 캘리포니아와 서부 일부 지역의 산림을 황
폐화시킨 화재는 엄청난 재앙이었지만 아이러니하게도 과학계에는 큰 공
헌을 했다. 이 화재는 인류의 생존에 있어 가장 중요한 문제가 될지도 모를
과학 논쟁에 좋은 자료를 제공한 것이다.

이 과학 논쟁은 1980년에 시작된 것으로, 6천5백만 년 전 지름 15킬로미
터 규모의 작은 행성이나 혜성이 지구와 충돌하면서 공룡을 포함한 지구상
의 수많은 생명체를 파괴한 대참사를 일으켰을지도 모른다는 주장이 제기
되면서부터였다.

시간이 지나면서 행성이 충돌했음이 틀림없다는 유리한 증거가 많이 쌓
였지만, 그에 대한 의문과 의견이 분분한 가운데 대부분의 과학자는 공룡
소멸에 대한 이러한 주장을 인정하고 있는 것 같다.

그러나 지구의 충돌이 엄청났다고 하지만, 과연 이러한 충돌로 공룡이

완전히 몰살했을까 하는 의문이 자연스럽게 제기되었다. 만일 지구의 충돌이 어느 특정 지역에서 일어났다면 그 반대편에 사는 생명체는 왜 파괴되었을까?

그러나 실제로 그러한 충돌이 있었다면 그것은 지구 전체에 영향을 미칠 만한 결과를 초래했을 것이다. 만일 소행성이 바다에 떨어졌다면 지구의 모든 해안 지대를 전멸시킬 정도로 엄청난 해일이 있었을 것이고, 소행성이 지각을 뚫고 들어갔을 경우에는 화산 폭발 같은 것이 일어나 지구 전체가 불길에 휩싸였을 것이다. 그리고 그런 어마어마한 규모의 해일과 화재가 실제로 일어났다는 증거 또한 있다.

게다가 충돌로 인한 먼지와 대형 화재로 인한 연기가 대기권 위의 아주 높은 곳까지 솟아올라감으로써, 상당 기간에 걸쳐 태양빛이 지구 표면에 다다르지 못하고 차단되었을 것이다. 그리하여 추위와 암흑(일명 '소행성 겨울')이 찾아들면서 지상의 모든 식물이 얼어 죽고, 그 식물에 의존해 생존해오던 동물이 굶어 죽게 되었을 것이다.

과학자들은 만약 지구상에서 전면적인 핵전쟁이 일어날 경우 그와 같은 파급 효과를 가지고 오지 않을까 하는 의문을 갖기 시작했다. 수천 개의 핵폭탄이 지구 위에서 폭발한다고 상상해보라! 각각의 폭탄들은 불덩어리를 내뿜을 것이고, 그 불덩어리는 상상도 할 수 없는 대형 화재를 일으킬 것이다. 또 하나의 폭탄이 터질 때마다 수십 톤의 흙이 공중으로 솟아오를 것이다.

물론 핵폭탄 하나로 소행성의 충돌과 같은 규모의 피해가 초래되지는 않겠지만, 수천 개의 핵폭탄이 지구의 여러 지역에서 한꺼번에 폭발한다면 소행성 충돌에 못지않은 피해를 가져올 것이다. 그러면 초고층 대기권의 먼지와 연기로 인해 '핵겨울' 이 찾아들면서 식물이 얼어 죽게 되고, 동물도 자연적으로 굶어 죽게 될 것이다. 그리하여 우리 인류도 그 옛날 공룡의 전철을 밟게 될 것이다.

따라서 지구를 지키기 위해서는 강대국들이 축적하고 있는 수많은 핵폭탄들이 절대 사용되어서는 안 될 것이다. 비록 한쪽이 은밀하게 먼저 공격하여 상대편이 보복할 수 없을 정도로 파괴한다 하더라도 결국 완벽한 승리라는 것은 없을 것이다. 핵겨울의 파괴력은 선제공격을 한 국가는 물론이고 모든 중립국에게도 끔찍한 악영향을 끼칠 것이기 때문이다.

그런데 문제는 과연 '핵겨울' 이 일어날 것인가 하는 부분이다. 핵전쟁을 걱정하는 사람들은 당연히 핵겨울이 일어날 수 있다고 예측한다. 게다가 방어 목적상 핵전쟁의 위협을 계속 유지해야 한다고 믿는 사람은 핵겨울은 없을 것이며, 그 같은 두려움은 어리석은 평화주의자에 의해 과장되고 있다고 생각한다.

그렇다고 이를 시험해볼 수 있는 마땅한 방법이 있는 것도 아니다. 그저 어떤 현상이 발생하는지 알아보려고 엄청난 수의 핵폭탄을 폭발시킬 수는 없기 때문이다. 게다가 단순한 이론만으로 문제를 논할 수도 없다. 상대방을 믿으려 하지 않는 사람에게는 그 이론이란 것이 어떠한 신뢰도 줄 수 없기 때문이다.

그러나 메릴랜드 대학교의 기상학자인 앨런 로복이 제시한 〈1988년 여름에 있었던 서부 지역의 대형 산불에 대한 보고서〉에 의하면, 당시 산불에서 나온 연기가 대기의 역전층에 의해 북부 캘리포니아와 남부 오리건의 몇

몇 계곡 위에 3주간 계속 머물러 있었다고 한다.

그리고 그 화재로 호흡기 문제가 야기되면서 4백 명 이상의 주민이 매일 치료를 받아야만 했다.

그러나 중요한 것은 온도를 떨어뜨리는 효과가 실제로 있었다는 점이다. 2, 3주 동안 매일 계곡 바닥의 최고 기온이 보통 때보다 4°C 정도 떨어졌다. 가장 심한 주간에는 기온이 거의 17°C나 떨어졌다.

이러한 현상이 일어난 원인은 한 달 동안 200평방킬로미터 이상의 산림이 불탔기 때문이다. 그런데 핵전쟁이 일어날 경우에는 20만 평방킬로미터 이상의 산림이 불타게 될 것이 틀림없다. 공장이나 정유소 등이 함께 불에 탈 경우 악성 연기는 더욱 심할 것이다.

평범한 산불로 인한 나날의 기온 변화의 조사 결과만 보아도 '핵겨울' 과 비슷한 기온이 될 가능성을 배제할 수 없음을 분명히 알 수 있다. 핵전쟁이 일어나게 되면 수많은 인명이 즉사하는 것은 물론이고 방사성 낙진으로 인해 보다 천천히, 보다 고통스럽게 죽음을 맞게 되며, 차가운 암흑이 전 세계를 뒤덮으면서 끔찍한 기아 문제가 발생할 수 있을 것이다.

나는 우리 인류가 이제 무엇을 선택해야 하는지 명백하다고 본다. 즉 세계는 평화를 위해 협조해야 한다. 그러지 않으면 생존 자체가 불가능해진다.

핵무기가 수천 개나 있다는 사실 하나만으로도 인간이 얼마나 비정상적인지 여실히 밝혀준다. -아이작 아시모프

별똥별 사냥 대회

운석이 지구에 떨어져 사람이 죽었다는 기록은 역사상 그 어디에도 없다.
하지만 앞으로도 계속 우리가 운이 좋으리라는 법은 없다.
지구를 그냥 스쳐간 지름 300미터짜리 소행성도
지구에 떨어질 때에는 군용 폭약 TNT 수백억 톤의 위력이 있다.

1989년 3월 23일, 지구는 다시 한 번 위기일발의 사태에 직면했다. 지름 300미터 정도 되는 작은 소행성이 약 70만 킬로미터 상공에서 지구를 스쳐 지나간 것이다. 70만 킬로미터라면 지구와 달 사이 거리의 두 배 정도 된다. 이는 물론 안전하다고 생각될 만한 거리이다. 사람들은 그 일을 두고 "오십 보든 백 보든 빗나가기는 마찬가지"라고들 하였다.

그러나 그 암석 덩어리는 지구의 공전 궤도를 거의 가로질러 돌고 있다. 따라서 어쩌다 한 번은(그 '어쩌다' 라는 기간도 꽤 오랜 기간이지만) 지구와 그 소행성이 동시에 교차 지점에 도달하는 때가 있을 것이고, 그렇게 되면 또 한 번 아슬아슬한 상황이 벌어지게 될 것이다.

소행성의 궤도가 현 상태를 유지한다면 그것이 지구로 날아온다 해도 70만 킬로미터이든지 혹은 그보다 약간 가까운 거리에서 지나칠 뿐 충돌하는 일은 없을 거라고 주장할지 모른다. 그러나 소행성의 궤도는 일정하게 유지되지 않는다. 지구는 질량이 커서 안정된 궤도를 돌고 있지만, 소행성은 지구에 비해 훨씬 작은 물체라서 움직이는 도중에 지구나 달이나 화성, 금성의 인력의 영향을 받아 늘 궤도가 조금씩 변하게 된다.

궤도가 변하면서 소행성은 지구로부터 멀어질 수도, 가까워질 수도 있다. 물론 가까워지는 것보다는 멀어질 여지가 훨씬 더 많다. 따라서 지구와의 충돌 가능성은 매우 적지만 그렇다고 해서 위험이 전혀 없는 것은 아니다.

문제는 소행성이 이것 하나만 있는 것이 아니라는 점이다. 1937년에는 천문학자가 헤르메스[1]라고 이름 붙인 소행성이 32만 킬로미터의 거리를 두고 지구를 스쳐 지나갔는데, 1989년 3월에 지구를 스쳐 지나간 것보다 더 큰 소행성이었다. 지름이 1.5킬로미터 정도로 추정한다.

1972년 8월 12일에는 12미터밖에 안 될 정도의 작은 덩어리가 몬태나 주 남부 지방 상공을 겨우 50킬로미터 거리에서 통과했는데, 거의 지구를 스치듯 날아갔다고 할 수 있다. 바로 성층권을 통과한 것이다.

천문학자 가운데는 지구를 스쳐 지나는 궤도를 따라 움직이는 소행성 중 지름이 300미터 정도 되는 것이 최소한 1백 여 개는 될 것으로 추측하고 있다. 그리고 지름이 수 미터 정도 되는 소행성은 수천 개는 될 것이라고 한다. 당연한 얘기지만, 1989년에 지구를 스쳐 지나간 것과 같은 소행성들이 지구에 부딪힐 가능성은 낮다고 하더라도, 이 모든 소행성 중 하나 정도는

---

[1] 2003년에 있었던 관측에 따르면 헤르메스는 질량이 거의 동일한 두 개의 물체로 이루어진 '쌍성' 이다. 지름 300미터 정도의 물체 두 개가 1.2킬로미터 거리를 사이에 두고 있다. 지구에서 관측되는 쌍성은 대부분 두 별의 크기가 서로 상당히 다르지만, 헤르메스는 크기가 거의 같은 두 개의 물체로 이루어졌다는 점에서 매우 독특하다. (옮긴이)

지구에 떨어질 가능성이 매우 높다.

몬태나 남부를 지나간 것과 같은 상대적으로 작은 소행성조차도 지구에 떨어진다면 가공할 만한 피해를 줄 수 있다. 우선 행성이 땅에 떨어지면 커다란 구덩이를 만들어낼 것이며, 이 추락물이 지구 표면에 닿을 때는 그 속도가 초속 30킬로미터는 될 것이다.

지구를 그냥 스쳐간 지름이 300미터짜리 소행성도 지구에 떨어질 때에는 군용 폭약 TNT 수백억 톤의 위력으로 지구를 강타할 것이다.

만약 뉴욕 시에 이런 소행성이 떨어진다면 의심할 여지없이 시 전체는 박살이 나고, 단숨에 수백만 명의 사람들이 목숨을 잃을 것이다. 게다가 바다에 떨어진다면 사태는 더욱 심각해질 것이다. 왜냐하면 대양이 격렬하게 출렁거리면서 거대한 '해일', 즉 수십 미터 높이의 산더미 같은 파도가 인근 해안 지역으로 밀려 들어와 수천만 명의 목숨을 앗아갈 것이 틀림없기 때문이다.

만약 이보다 더 큰 게 떨어진다면 지각에 커다란 구멍을 낼 것이다. 그리고 그 여파로 화산 활동이 일어나고, 전 세계의 삼림에 대화재가 발생할 것이다. 또 대륙의 반이 바다 밑으로 가라앉고, 엄청난 양의 먼지가 성층권으로 올라와 오랫동안 햇빛을 가릴 것이다. 그 정도의 충격이 일어날 경우, 지구상의 생물은 거의 혹은 전부가 생명을 보존하기 힘들 것이다. 여러 학자들은 그 같은 충격으로 6천5백만 년 전에 공룡이 모조리 죽은 것으로 예측하고 있다.

이보다 약하기는 하지만 최근 지구에는 충돌 사건이 여러 번 있었다. 애리조나 주에 가면 지름 1.2킬로미터, 깊이 180미터에 이르는 구덩이가 있는데, 아마도 5만 년 전에 있은 충돌로 생긴 것으로 보인다. 이 일로 생명을 잃은 사람은 없을 것으로 추정한다. 그 이유는 아직 미국 대륙으로 인류가 이동하지 않았기 때문이다. 1908년에는 시베리아 중부에서 훨씬 작은 규모의 충돌이 일어나 부근 30킬로미터에 걸쳐 삼림의 나무를 모조리 쓰러뜨렸다. 그러나 그곳은 사람이 살지 않는 지역이었기 때문에 누구도 생명을 잃지는 않았다.

실제로 운석이 지구에 떨어져 사람이 죽었다는 기록은 역사상 그 어디에도 없다. 하지만 앞으로도 계속 우리가 운이 좋으리라는 법은 없다.

그러면 어떻게 해야 할까?

나는 〈스페이스 에이지〉지에 〈우주에서 벌어지는 사냥대회〉라는 제목으로 글을 쓴 적이 있다. 그 글에서 우리에게 그럴 만한 능력이 있다면 단 몇 십 센티미터짜리 물체라도 지구로 날아올 가능성이 있는 것을 관측하는 임무를 띤 우주 감시 기구를 설치할 것을 주장하였다. 그리고 그런 물체가 날아올 경우 그 길목에 수소 폭탄을 설치해 날려버릴 수도 있고, 그보다 더 완벽한 방법을 동원할 수도 있다. (적의 미사일이 아닌 소행성을 겨냥한 스타워즈 계획이 여기에 이용될 수 있다는 말이다.)

내가 아는 한 이 문제를 세계 최초로 제안한 사람이 바로 필자이지만, 그 이후 천문학자들이 모여 이 문제를 아주 진지하게 토론해왔다. 어쨌건 도시를 박살낼 만한 충돌은 평균적으로 5만 년에 한 번 꼴로 일어날 것이라는 계산이 있는 데다가, 애리조나 주에 운석이 떨어진 지도 오래 되었다. 다시 말해 또 한 번 떨어질 때가 됐을지도 모른다는 얘기다.

만약 우리가 작은 소행성을 파괴해버린다고 해도 파편이 계속 원래의 궤도를 따라 움직일지도 모르지만, 이런 파편은 설사 지구에 떨어진다고 해도 크기가 작기 때문에 별다른 피해를 주지는 않을 것이다. 어쩌면 우리는 지구 표면에 파인 거대한 구덩이를 보는 대신 눈부신 유성이 하늘에서 빛을 뿜으며 불타 없어지거나 조약돌이 되어 땅에 떨어지는 광경을 즐기게 될 것이다.

> 혜성은 우리가 살고 있는 혹성을 날아 지나갈 때 얼마나 밝고 아름다운 빛을 내는가! 아, 그것이 지구 위로 날아 지나간다면 얼마나 멋질까?
>
> ―아이작 아시모프

얼음과 흙먼지로
만들어진 핼리혜성

혜성의 고향인 이 '오르트 구름'은 얼마나 큰 것일까?
그걸 알기 위해서는 혜성의 크기가 평균적으로
얼마나 되는지에 대해 생각해봐야 한다.

 태양계 속에는 이제껏 어떤 천문학자
도 보지 못했지만 학자 대부분이 어딘가에는 있을 거라고 믿는 그런 곳이
있다. 1980년대 말에 세 명의 러시아 과학자가 이 보이지 않는 부분이 생각
했던 것보다 더 크고 중요성을 띠고 있다는 주장을 제기한 바 있다.

이들이 이야기하는 것은 혜성에 대한 것이다. 행성계 내에는 행성계를
항상 쏜살같이 통과하는 혜성이 있는데, 이들은 과연 어디에서 오는 것인
가?

1950년, 네덜란드의 천문학자 얀 헨드리크 오르트는 우리가 알고 있는
저 먼 행성 너머 아득한 곳에 작은 얼음덩어리로 이루어진 광대한 구름이
있지 않을까 하는 의견을 내놓았다. 구름 속의 얼음 조각은 제각기 태양을
축으로 궤도를 그리며 도는데, 한 바퀴를 도는 데 수백만 년이 걸리며, 이
런 얼음 조각이 모두 수십억 개가 있을 것이라고 했다.

때때로 이 얼음 조각은 다른 조각과 충돌하거나 가까이 있는 별의 인력에 이끌리는 등 속도가 떨어지게 되어 원심력을 잃고 태양을 향해 끌려가게 된다. 이렇게 행성 사이를 지나 태양에 접근하게 되고, 그러는 사이에 얼음은 기화하고 얼음 속의 흙부스러기는 표면에서 흩어져 나와 안개처럼 뿌옇게 덩어리 주위를 에워싼다. 이 흙먼지 안개는 태양풍 때문에 기다란 꼬리를 늘어뜨리게 되는데, 바로 이것이 우리가 말하는 혜성이다. 혜성은 태양 주위를 한 바퀴 휘익 돌아 다시 저 멀리 아득한 곳에 있는 구름을 향해 빠져나간다.

그러나 이런 혜성 중 어떤 것은 이따금 행성의 인력에 끌려 핼리혜성처럼 영영 행성의 세계 속에 남아 있게 된다. 결국 이것은 '단주기 혜성' 이 되어 몇 년, 혹은 몇 십 년에 한 번씩 태양 근처로 돌아오게 된다.

혜성의 고향인 이 '오르트 구름' 은 얼마나 큰 것일까? 그걸 알기 위해서는 혜성의 크기가 평균적으로 얼마나 되는지에 대해 생각해봐야 한다. 1980년대 중반에 핼리혜성이 지구에 가까이 다가왔을 때 우주 탐사선을 보내 혜성 근처를 지나게 했다. 그때 몇 가지 측정이 이루어졌는데, 그 자료를 통해 핼리혜성은 과학자가 추측한 것보다 훨씬 크다는 사실이 밝혀졌다. 불규칙한 생김새를 하고 있으며, 평균 지름은 12킬로미터 정도로 약 580입방 킬로미터 정도의 얼음을 함유하고 있음이 드러났다. 결국 얼음이 3백억 톤이라는 얘기인데, 이는 상당한 크기의 눈덩어리인 셈이다.

세 명의 러시아 천문학자는 핼리혜성은 전형적인 혜성이며, 오르트 구름은 평균 3백억 톤의 무게를 지닌 물체로 이루어져 있다는 가설에 대한 근거를 제시했다.

최근의 분석에 따르면 오르트 구름의 가장 두꺼운 부분은 태양으로부터 4~6조 킬로미터 정도의 거리에 있다고 한다. 우리가 가장 멀리 떨어진 것으로 알고 있는 행성보다 대략 1천~2천 배 정도 먼 거리에 있다. (너무 멀리 떨어져 있기 때문에 우리 눈에는 보이지 않는다.) 최근의 자료를 보면, 오르트 구름 속에는 혜성과 유사한 물체가 대략 2조(2,000,000,000,000) 개 정도 있는 것으로 나와 있다.

오르트 구름 속에 질량이 핼리혜성과 비슷한 물체가 그 정도로 많이 있다면 오르트 구름의 전체 질량은 지구 질량의 1백 배는 된다. 즉 오르트 구름의 전체 질량은 태양계에서 두 번째로 큰 행성인 토성과 비슷하다는 뜻이다. 이는 과거에 추정한 것보다 1천 배나 더 큰 수치인데, 태양계 내에서 차지하는 비중이 그만큼 더 커진 셈이다.

여러분이 알아야 할 또 다른 사실이 있다.

태양계 내의 모든 물체는 자전한다. 그리고 태양을 제외한 모든 물체는 태양을 중심으로 공전한다. 이러한 자전이나 공전과 같은 회전은 '각운동량'으로 측정될 수 있는데, 이 각운동량은 별에서 전자에 이르기까지 모든 물체가 지니고 있는 중요한 특성이다.

각운동량이 얼마나 되는지 결정하는 데에는 두 가지 요소가 있다. 첫째는 물체의 질량이고, 둘째는 회전축과 물체 사이의 거리이다.

태양은 그것을 중심으로 도는 행성이나 여타 물체를 모두 합한 것보다 1천 배나 더 크다. 따라서 태양이 태양계 전체의 각운동량을 거의 독차지할 것으로 생각할지 모르지만, 사실 태양은 자전만 할 뿐이다. 태양의 여러 부분은 중심으로부터 그리 멀리 떨어져 있지 않으며, 기껏해야 70만 킬로미터밖에 안 된다.

대부분의 행성은 태양보다 훨씬 가볍지만 태양으로부터 수십억 킬로미터 거리에서 커다랗게 원을 그리며 돈다. 중심축까지의 거리가 이처럼 멀기 때문에 질량이 작다 해도 각운동량은 어마어마해지는 것이다. 그 결과 태양계 내의 전체 각운동량 중 태양은 겨우 2퍼센트 정도 차지하며, 나머지 98퍼센트는 행성이 차지한다.

태양계 내의 가장 큰 행성인 목성은 질량이 태양의 1천분의 1밖에 안 된다. 그러나 각운동량은 태양의 30배나 된다.

그런데 개별적으로는 크기가 작지만 태양으로부터 수조 킬로미터 거리에서 돌고 있는 혜성은 어떤가? 세 명의 러시아 천문학자는 태양계에서 혜성들 무리의 각운동량이 나머지 행성의 각운동량보다 10배나 더 크다는 계산 결과를 내놓았다. 결국 혜성은 90퍼센트의 각운동량을 차지하고 있고, 나머지 행성은 9.8퍼센트를 차지하며, 태양은 겨우 0.2퍼센트를 차지할 뿐이라는 얘기다. 그렇다면 태양계의 기원에 관해 우리가 가지고 있던 견해를 다시 생각해봐야 할 것 같다.

지난 수십 년 동안 과학자들은 '태양계가 생성되면서 각운동량이 어떤 방식으로 태양으로부터 작은 행성으로 전달됐는지에 대한 연구 결과'를 내놓았다. 이러한 연구는 쉽지 않았다. 게다가 저 아득한 오르트 구름까지 그토록 큰 각운동량이 어떻게 전달됐는지를 알아내자면 문제는 더욱 어려워질 것이다.

Chapter

영원히 끝나지 않는 숙제, 파이

왜 사람들은 끊임없이 계산을 할까? 모르는 것을 계속 파고드는
인간 정신의 무한한 호기심이 아니라면 말이다.
한 가지 이유는 이 계산이 첨단 컴퓨터의 성능을 시험해보는
완벽한 방법이라는 데 있다.

 수학에는 계속되고 계속되고 또 계속
되면서 영원히 끝나지 않는 문제들이 있다. 그러나 그러한 문제를 기꺼이
거듭해서 푸는 수학자들이 있다.

예를 들어 너비, 즉 '지름'이 정해진 원이 있다고 가정해보자. 이 원의 둘
레(즉, '원주')는 지름보다 얼마나 더 길까?

실제로는 원주가 지름보다 세 배가 약간 넘는데, 이 값은 그리스 문자인
'파이(π)'로 불린다. 수학자들이 수세기에 걸쳐 학문을 전개하다 보니 이
파이라는 값이 방정식에서 계속 등장한다는 사실이 알려졌다. 그래서 사
람들은 파이의 정확한 값이 얼마인지 알아내는 데 점점 더 깊이 관심을 갖
게 되었다.

파이는 $3\frac{1}{7}$에 아주 가까운 것으로 밝혀졌다. 이것을 소수로 바꾸면
3.142857……이 되는데, 파이의 실제 값을 약간 초과한다. 이보다 더 정확

한 값은 $3\frac{16}{113}$이며, 소수로는 3.14159292이다.

　이 수치는 거의 정확하지만 완전히 정확하지는 않다. 물론 실용적인 계산에서는 $3\frac{16}{113}$으로 계산해도 충분히 근사한 값을 얻을 수 있을 게 분명하다. 파이가 포함된 방정식의 정확한 답이 12,500,000인 경우 절대적으로 정확한 값 대신 $3\frac{16}{113}$을 파이에 대입하면 12,500,001이라는 답이 나오게 될 것이다. 대부분의 사람들은 그것으로 만족한다.

　수학자만 제외하고.

　이들은 계속해서 정확한 값을 찾다가, 마침내 파이의 정확한 값을 나타내줄 분수는 없다는—분수가 아니니까—결론을 내리지 않을 수 없었다.

　분수는 어느 것이든 소수로 나타내면 딱 떨어지거나, 아니면 같은 숫자가 계속 반복된다. 그래서 $\frac{1}{8}$은 정확히 0.125와 같은 반면, $\frac{1}{3}$은 0.333333······으로 끝없이 이어지는 소수와 같다. $3\frac{1}{7}$이라는 숫자를 소수로 바꾸면 3.142857142857······로 계속 반복된다.

　그러나 파이의 값은 딱 떨어지지도 않고 반복되지도 않는다. 숫자가 끝없이 계속되고 계속되고 또 계속될 뿐으로, 반복되는 숫자를 관찰해서는 다음에 어떤 숫자가 올지 예측할 방법이 없다. 그러나 기꺼이 수고를 하고 싶다면 소수점 몇째 자리까지라도 파이의 값을 계산해낼 수 있다.

　수학자들은 뒤로 갈수록 점점 작아지는 수열 중 모두 합하면 파이 값과 정확히 일치하는 값이 되는 수열이 여러 가지 있다는 사실을 발견했다. 유일한 문제는 이 수열이 계속되고 또 계속되어 결코 끝나지 않는다는 것이다. 이 사실은 수열의 처음 여덟 자리 숫자를 합하면 파이 값에 가까워지고, 처음 열여섯 자리를 합하면 그보다 더 가까워지며, 처음 서른 두 자리를 합하면 그보다 더 가까워진다는 것을 의미한다. 그러나 파이의 정확한 값에는 결코 도달하지 못한다. 게다가 이런 수열 속의 숫자는 수학적으로 매우 복잡해서, 다음에 오는 숫자가 무엇인지 정확히 계산해내는 데에도 시간이 걸린다.

그런데도 수학자들은 가능한 한 긴 소수를 얻어내려는 도전에 나서서, 끝도 없는 고된 계산에 수많은 시간을 쏟아넣었다. 윌리엄 섕크스라는 영국의 수학자는 여러 해 동안 계산에 계산을 거듭하여, 마침내 1873년, 707자리에 이르는 파이의 값을 내놓았다! (하지만 결국에는 그가 528번째 자리에서 오산을 했기 때문에 그 뒷자리의 수는 전부 틀렸다는 사실이 밝혀졌다.)

종이와 연필만을 가지고 하는 계산법에서 섕크스의 기록을 갱신하려고 시도한 사람은 아무도 없었다. 그렇게 여러 해를 파이 값 계산에 할애할 만한 사람이 없었던 것이다. 그러나 제2차 세계대전이 끝날 무렵, 파이 값을 알려줄 수열을 인간보다 훨씬 더 빠른 속도로 계산해낼 수 있는 컴퓨터를 활용할 수 있게 됐다.

1949년, 컴퓨터를 70시간 가동시킨 끝에 파이의 값을 소수점 2,035번째 자리까지 찾아냈다. 1955년에는 계산 속도가 더욱 빠른 컴퓨터가 33시간 동안 계속 계산하여 파이의 값을 10,107번째 자리까지 찾아냈다.

이후 컴퓨터는 계속해서 계산 속도가 더욱 빨라졌고, 프로그램 작성도 보다 전문적이 됐다.

1988년 초, 도쿄대학교의 가나다 야스마사라는 일본인 컴퓨터 과학자는 슈퍼컴퓨터를 사용하여 6시간 동안 계산한 끝에 파이의 값을 소수점

201,326,000번째 자리까지 찾아냈다.

물론 아무리 계산해도 끝나지는 않는다. 아무리 많은 자릿수까지 계산해도 결론은 나지 않는다. 그런데도 왜 사람들은 끊임없이 계산을 할까? 모르는 것을 계속 파고드는 인간 정신의 무한한 호기심이 아니라면 말이다. 한 가지 이유는 이 계산이 첨단 컴퓨터의 성능을 시험해보는 완벽한 방법이 된다는 것이다. 새로운 컴퓨터에게 파이 값의 계산을 시켜보라. 만약 컴퓨터가 실수를 저지른다면 어딘가에 결함이 있는 것이다.

그리고 수학자들은 긴 소수의 한 자리 한 자리에 관심을 가지고 있다. 계산 중에 다른 숫자보다 더 빈번히 나타나는 숫자가 있는가? 유난히 자주, 혹은 유난히 드문드문 나타나는 숫자의 조합이 있는가? 그러한 질문은 분명 흥미로운 결과에 도달할 수 있을지도 모른다.

컴퓨터가 산수 계산에서 우리보다 나은 것은 산수 계산에 아주 능하기 때문이 아니라 우리가 산수 계산을 지지리도 못하기 때문이다.

-아이작 아시모프

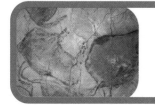

Chapter **05**

언어는
어떻게 진화했을까?

2만 5천 년 전 크로마뇽인이 오늘날의 프랑스와 스페인에 있는 동굴 깊숙한 곳에
색색의 동물그림을 그렸을 당시 어떤 언어를 사용했을까?
인류의 언어가 어떻게 진화해왔는지 알아낼 수 있다면,
초기 현생인류의 이주와 방랑의 비밀도 밝혀질 것이다.

 2만 5천 년 전 크로마뇽인이 오늘날의
프랑스와 스페인에 있는 동굴 깊숙한 곳에 색색의 동물그림을 그렸을 당시
그들은 어떤 언어를 사용했을까? 이 의문을 풀기 위해 지금도 연구에 연구
를 거듭하는 과학자들이 있다고 한다면 믿을 독자가 있을까?

도대체 무슨 수로 그 비밀을 찾아낼 수 있을까? 고대인이 자신의 뼈와 도
구, 나아가 예술 작품까지는 남겨놓을 수 있겠지만, 자신이 쓰는 언어에 관
한 기록은 전혀 남겨놓지 않았다. 기록을 남길 수 있으려면 글을 쓸 수 있어
야 하는데, 문자는 약 5천5백 년 전에 와서야 발명되었기 때문이다.

고대인들은 자신들의 언어를 기록으로 남겼는데, 각각의 언어는 서로 완
전히 독립적으로 존재하는 것은 아니다. 예를 들면 포르투갈어, 스페인어,
카탈루냐어, 프로방스어, 프랑스어, 이탈리아어 그리고 (안 믿기겠지만)
루마니아어 같은 언어 사이에는 비슷한 점이 있다. 이들 언어는 모두 '로맨

스어'라고 불리는데, 그 이유는 이들이 서로 비슷한 특징이 있을 뿐만 아니라 우리가 흔히 라틴어라고 하는 고대 로마어와도 닮은 점이 있기 때문이다.

이는 그다지 신기한 일이 아니다. 라틴어는 로마제국 시대에 서유럽의 공통어로 쓰인 적이 있었다. 그러나 로마제국이 몰락하면서 교육을 비롯한 문명의 여러 부분이 일시적으로 퇴조하게 됐고, 이후 제국 내의 여러 지역에 산재하던 갖가지 라틴어 방언이 뿔뿔이 흩어지면서 결국 새로운 언어로 발전하게 되었던 것이다. 새로운 언어로 변모하기는 했지만 어휘와 문법 면에서 비슷한 특징을 지금도 찾아볼 수 있다.

그렇다면 로맨스어에 속하는 여러 언어만 남아 있고 라틴어는 어떤 기록도 없이 완전히 사멸했다고 가정해보자. 이럴 경우 갖가지 로맨스어를 연구하고 또 유사점을 모조리 찾아내어, 이들 언어의 모체가 된 공통어를 찾아내는 게 가능하지 않을까? 그리고 누군가가 그런 식으로 공통어를 찾아냈다면, 도출된 언어는 라틴어와 비슷한 언어가 아닐까?

조금 더 거슬러 올라가보면 라틴어와 그리스어 사이에도 비슷한 특징이 있다. 고대 로마인은 이 사실을 인지하고 그리스어의 보다 세련된 문법 원리를 받아들여 자신들의 언어에 적용시켰다. 그렇다면 그리스어와 라틴어의 원조가 된 고대 언어가 있어야 하지 않을까?

이 의문에 대한 놀랄 만한 해답은 1700년대에 대영제국이 인도를 지배하기 시작했을 무렵 얻을 수 있었다. 인도를 지배하려는 주목적은 대영제국을 부강하게 할 무역에 뛰어들기 위한 것이었으나, 영국인 중에는 인도문명 그 자체에 관심이 있는 학자도 있었다. 이러한 학자 가운데 윌리엄 존스 경은 인도의 고대 언어인 산스크리트어를 연구했다. 산스크리트어는 라틴어와 마찬가지로 사용되지 않게 된 지 이미 오래였지만 후대 여러 언어의 모체가 된 언어였다.

그렇지만 산스크리트어는 고대 서사시와 종교 작품 속에 살아남았다. 존스 경은 산스크리트어가 어휘와 문법에 있어 그리스어와 라틴어 모두와 비슷한 데가 있음을 발견했다. 게다가 정말 놀라운 것은 고트어, 고대 고지(高地) 독일어, 고대 아이슬란드어 등과 같은 고대 게르만 언어와도 유사점이 있다는 사실이었다.

따라서 1786년에 그는 아일랜드에서 인도까지 분포된 '인도유럽어족'이 있었으며, 이 어족은 단일 언어에서 유래했을 것이라는 결론을 내렸다. 이런 사실로 미루어 서기전 7천 년경 오늘날의 터키 지역에 '인도유럽민족'이 살지 않았을까 짐작해볼 수 있다. 인도유럽민족은 사방으로 퍼져나갔을 것이고, 처음에는 동일한 언어를 사용하고 있었겠지만 서로 동떨어진 곳에서 생활을 하다보니 지역에 따라 점차 다른 언어로 진화했을 것이다. 그렇다면 이들 언어 사이의 유사점을 모두 연구하면 일종의 공통 언어, 즉 서기전 7천 년 무렵 원래 민족이 쓰던 언어에 정말 가까운 '고대 인도유럽어'를 이끌어낼 수 있지 않을까?

1800년대에 들어서면서 이런 작업이 훨씬 쉬워졌다. 시간의 흐름에 따라 언어가 어떻게 변화하는지 그 법칙을 이끌어낸 덕분이다. 이런 성과를 얻어낸 사람은 다름 아닌 그림 형제이다. 동화집으로 유명한 바로 그 그림 형제를 말한다.

인도유럽어 말고 다른 어족도 있다. 셈어족에는 아랍어, 히브리어, 아람어, 아시리아어 등이 포함된다. 함어족에는 이집트, 에티오피아 그리고 북부 아프리카 지역의 초기의 특정 시대 언어가 포함되며, 우랄알타이어족에는 터키어, 헝가리어, 폴란드어 등이 포함된다. (따라서 만약 터키가 인도유럽 민족의 근원지라면, 오늘날 터키에서 인도유럽어가 아닌 언어가 쓰이고 있다는 사실은 변화무쌍한 역사의 결과라고 할 수 있을 것이다.)

그리고 아메리카 원주민, 아프리카 흑인, 중국인 및 동북아의 여러 민족, 폴리네시아인, 오스트레일리아 원주민 등이 다양한 언어를 사용하였다.

뿐만 아니라 다른 언어와 어떠한 연관성도 발견되지 않은 언어가 있는데, 고대 수메르어와 현대 바스크어와 같은 언어가 그러하다.

만약 이러한 모든 것을 연구한다면, 모든 언어의 조상이 된 언어를 찾아낼 수 있지 않을까? 이는 어마어마한 작업이 되겠지만 언어학자들에게는 아주 매력적인 작업이 될 것이다.

이 논제는 최근 열린 한 역사언어학회에서, 이 주제에 대한 연구를 계속해오고 있던 미시간 대학교의 비탈리 세보로스키아가 거론했다.

이는 유익한 시도가 될 것이다. 인류의 언어가 어떻게 진화해왔는지 알아낼 수 있다면, 그와 동시에 초기 현생인류의 이주와 방랑에 대해서도 알아낼 수 있을 테니까.

지구는 책이다. 우리는 거기서 그것의 역사뿐 아니라 그것이 낳은 살아 있는 것들의 이야기를 읽는다. ―아이작 아시모프

우주에는 우리밖에 없을까?

과학자들을 끝없이 괴롭혀 온 문제 중 하나는
'이 넓은 우주 속에 우리밖에 없는가' 이다. 이 세상에는
우리보다 과학 문명이 발달했으나 아직까지 자멸하지 않은
외계 문명이 적어도 하나는 있을 수 있다. 과학 문명이 발달했음에도
그들이 자멸하지 않았다면 우리 역시 그럴 수 있다.

 과학자들을 끝없이 괴롭혀온 문제 중
하나는 '이 넓은 우주 속에 우리밖에 없는가' 이다. 우리 말고 다른 생명체
가 있다는 증거도, 없다는 증거도 없다. 단지 추측만 할 뿐이다.

우주에는 별이 무수히 많고 각각의 별에는 저마다 행성이 있을 가능성이
높기 때문에, 현존하는 수천억 개의 다른 은하계는 말할 것도 없고 우리 은
하계 안에만 하더라도 지구와 같은 행성이 수백만 개가 있다고 주장하는 천
문학자들이 있다. 지구와 같은 조건을 갖춘 수많은 행성들 중에는 생명체
가 존재하는 것도 분명이 있을 것이며, 그중 지능을 가진 생명체는 물론이
고 고도의 기술 문명도 틀림없이 존재할 것이라고 주장한다.

또 다른 천문학자들은 지구는 생명체에 꼭 필요한 갖가지 조건을 아주 정
확하게 갖추고 있는데, 그런 조건이 약간이라도 바뀌면 생명체의 존재가
불가능해지기 때문에 지구 이외의 행성에서 생명체가 존재할 확률은 거의

없다고 주장한다. 우리가 지구에 존재하는 것은 놀라운 우연의 일치라는 것이다.

이 논쟁에 결론을 내릴 방법은 있는 걸까? 물론 직접 별로 가서 눈으로 확인하는 방법이 있기는 하지만 언제쯤이나 그런 방법이 가능하게 될지는 아무도 모른다. 반대로 외계인이 지구로 찾아왔을 가능성도 생각할 수 있지만, 지금까지 여러 정황을 살펴보았지만 외계인이 지구에 왔음을 믿을 만한 증거는 아직 없다. (사실 몇몇 과학자는 우리보다 더 진보된 문명인이 있다면 벌써 지구를 찾아왔을 거라고 생각하고 있다. 지구를 찾아온 외계인이 없다는 사실은 지구의 기술 문명이 은하계, 아니 전 우주에서 가장 진보된―어쩌면 유일한―문명이라는 것을 입증하는 것이라고 주장한다.)

지구 이외의 공간에 생명체가 존재할 가능성을 조사할 수 있는 또 다른 방법은 없을까?

물론 있다. 고도로 발달한 문명을 갖고 있는 외계인이 우리 지구인에게 메시지를 보내고 있을지도 모른다. 우리가 그 메시지를 받을 수만 있다면 우리는 서로를 직접 찾아가지 않고도 우리가 우주의 외톨이가 아니라는 사실을 알 수 있을 것이다.

그러나 어떻게 우리의 메시지를 그들에게 보내며, 또 어떻게 그들의 메시지를 받을 수 있을까? 과학자들은 메시지를 보내는 가장 적절한 방법은 전파를 이용하는 것이라고 주장한다. 그들은 어떤 파장이 가장 많이 사용될 것인지에 대해서까지도 예측하고 있다. 외계인이 전파로 메시지를 보낼 경우 우리가 해야 할 일은, 하늘 어디에선가 어떤 특별한 전파가 잡히는지, 불규칙하지도 지나치게 규칙적이지도 않은 전파가 있는지를 살피는 것이다. 만약 불규칙하지만 의미 있는 뭔가를 찾아낸다면 그것은 지능을 가진 생명체가 보낸 암호일 수도 있다.

그러나 그것이 결코 쉬운 일은 아니다. 하늘을 자세히 연구하는 데는 많은 기간이 필요하며, 정교하고 값비싼 기구도 필요할 것이다. 그리고 과학의 관심사 중 많은 부분이 여기에 매달리게 될 것이다. 게다가 우리가 시간과 돈과 노력을 들인다 하더라도 별다른 성과물을 얻지 못할 수도 있다. 어쩌면 우주에는 정말 우리뿐일 수도 있고, 외계인이 있다고 하더라도 메시지를 보내고 있지 않을 수도 있다. 또는 우리가 뭔가를 찾아내고서도 정작 그 사실을 모르거나, 메시지를 받는다 하더라도 외계인이 무엇을 말하려는지 확실하게 이해하지 못할 것이 분명하다.

그런데 왜 이 문제를 풀기 위해 애쓰는가? 거기에는 다음 세 가지 중대한 이유가 있다.

첫째, 메시지를 찾아내는 데 필요한 전파 망원경을 만들기 위해 노력하는 과정에서 새로운 첨단 과학 기술을 배우게 될 것이기 때문이다. 설사 메시지를 찾아내지 못한다 해도 그것은 여러 분야에서 유용하게 이용할 수 있다.

둘째, 새로 개발한 첨단 과학 기구로 하늘을 유심히 관찰하다보면, 메시지라고 생각되는 것은 못 찾더라도 알아두면 유용한 다른 것을 틀림없이 발견해낼 수 있을 것이다. 우리는 지식을 증진시킬 기회를 놓쳐서는 안 된다.

셋째, 우주에 우리밖에 없다고 가정해보자. 그것은 생명체가 그만큼 드물기 때문일까, 아니면 지능을 갖춘 생명체가 존재할 가능성이 거의 전무하기 때문일까? 그것도 아니라면 우주에 생명체가 많이 있으나 핵무기를 사용할 수 있을 정도로 과학기술이 발달하게 되면 자연히 자멸하게 되는 것이 아닐까?

결국 우리도 그 전철을 밟고 있는지도 모른다. 그렇다면 생명체는 존재하지만 아직 과학 문명이 발달하지 않은 수많은 행성이 있을 수 있으며, 과학 문명이 고도로 발달했던 행성은 이제 폐허 속에 묻혀 있을지도 모른다. 또한 과학 문명이 고도로 발달하였으나 아직 그것을 파괴적인 곳에 사용하지 않고, (우리 지구인처럼) 생과 사의 아슬아슬한 갈림길에 놓여 있는 외계 문명이 있을 수 있다. 만약 그런 외계 문명이 있다면 우리가 수신할 수 있는 신호를 보낼 수 있을 정도로 과학 문명이 발달하지는 않았을 것이다.

그럴 경우 '지구 외 문명 탐사 계획'(대개 줄여서 '세티SETI'라고 부른다)을 수행하는 과정에서 우리가 정말로 메시지를 찾아낸다고 가정해보자. 그 메시지를 우리가 전혀 짐작조차 하지 못한다 해도 거기에서 얻어낼 수 있는 게 몇 가지가 있다.

첫째, 저 멀리 어딘가에 지능을 가진 외계 문명이 적어도 하나는 존재할 것이라는 사실이다. 둘째, 그런 신호를 보낼 수 있으려면 우리보다 과학 문명이 더 발달해야 한다는 사실이다. 셋째, 우리보다 과학 문명이 발달했으나 아직까지 자멸하지 않은 외계 문명이 적어도 하나는 있을 수 있다는 사실이다. 넷째, 그들이 과학 문명이 발달했음에도 자멸하지 않을 수 있었다면 우리도 그럴 수 있다는 사실이다.

결국 우리 인류에게 가장 큰 위험은 과학 문명이 발달함에도 불구하고 쌓여만 가는 문제점의 압력 때문에 자포자기 상태에 빠질 수도 있다는 사실이다. 우주에서 온 메시지에서 희망을 찾아낸다면 인류를 자멸의 위기에서 구해낼 수 있을 것이다.

Chapter

가장 작은 것들로
구성된 우주

광활한 우주와 그 안에 존재하는 삼라만상을 구성하고 있는 입자는
몇 가지나 될까? 과학자들은 Z입자의 속성을 제대로 알아내면
우주에 얼마나 많은 경입자와 쿼크가 있는지
추론해낼 수 있다.

우주와 그 안에 존재하는 삼라만상을
구성하고 있는 입자는 몇 가지나 될까? 또 아직 발견되지 않은 입자는 몇 가
지나 되는 걸까? 오늘날 물리학자는 이러한 중요한 질문에 대한 얼마간의
해답을 찾아낼 시점에 와 있다.

우주에는 세 가지 부류의 기본 입자가 있다. (기본 입자란 더 간단한 것으
로 분해될 수 없는 입자를 말한다). 구체적으로 ① 경입자(렙톤), ② 쿼크,
③ 보손이다.

경입자 중 가장 중요한 것은 '전자' 로, 어디에서나 볼 수 있다. 또 '뮤온'
이라고 하는 무거운 전자가 있는데, 이것은 자연계에서는 그다지 많이 존
재하지 않지만 실험실에서는 만들어낼 수 있다. 또한 '타우' 라는 이름의 좀
더 무거운 전자도 존재한다. 이들 세 가지 입자에는 모두 중성미자(뉴트리
노)라는 것이 따라다니는데 세 가지 중성미자는 모두 서로 다르다. 결국 전

부 합쳐 여섯 개의 경입자가 존재한다.

그 외에 '반물질(反物質)'이 있다. 이것은 보통 물질과 똑같지만 전하 등과 같은 특성이 보통 물질과는 정반대이다. 우주에 존재하는 반물질의 양은 그리 많지 않지만 이것 또한 실험실에서는 만들 수 있다. 반물질은 서로 다른 여섯 가지 '반(反)경입자'로 구성되어 있다. 이렇게 하여 경입자와 반경입자를 모두 합쳐 12가지가 존재하는 것이다.

쿼크 입자도 여섯 종류가 있다. 그중에서 가장 중요한 것은 '위 쿼크'와 '아래 쿼크'인데, 아래 쿼크가 이들 중 가장 가볍다. 이들 입자는 어디에서나 볼 수 있는 양성자와 중성자의 구성원이다. 쿼크는 무거울수록 만들어내기가 어렵다. 가장 무거운 쿼크는 '상층 쿼크'인데, 가장 가벼운 쿼크보다 8천 배나 무겁기 때문에 아직까지는 만들지 못했지만, 과학자들은 상층 쿼크가 존재한다고 확신하고 있다. 쿼크 입자 하나에는 '반(反)쿼크' 입자가 하나씩 있으므로, 전부 합쳐 쿼크 입자와 반쿼크 입자 12종류가 존재한다.

보손은 경입자와 쿼크가 상호작용을 할 수 있도록 해주는 입자를 아우르는 이름이다. 상호작용에는 기본적으로 네 가지가 있다. 중력, 전자기력, 약력(약한 핵력), 그리고 강력(강한 핵력)이 그것으로, 각각의 상호작용에 각기 한 가지, 한 가지, 세 가지, 여덟 가지의 보손 입자가 관여한다. 이렇게 하여 모두 13개의 보손 입자가 존재한다.

따라서 경입자, 반(反)경입자, 쿼크, 반(反)쿼크, 보손 입자 등 모두 37가지의 입자가 존재한다.

그런데 우주 안에는 과연 이런 것들밖에 없을까? 글쎄…… 약력에 관여

하는 보손 입자 중 가장 무거운 것은 Z입자이다. 이것은 가장 무거운 쿼크 입자보다 질량이 두 배나 큰데, 1984년에 와서야 비로소 생성 및 관찰이 가능했다. 이 입자를 발견한 연구진의 책임자는 이탈리아 물리학자인 카를로 루비아인데, 그는 이 연구로 노벨상을 탔다.

일반적인 입자 두 개에 아주 강한 힘을 가하여 강제로 결합시키면 무거운 입자가 만들어진다. 즉, 입자를 서로 충돌시키면 수많은 다른 입자로 변해 사방으로 날아간다. 이때 충돌 에너지가 질량으로 변할 수 있고, 따라서 새로 형성된 입자는 원래 충돌한 입자보다 더 무거울 수 있는 것이다.

카를로 루비아는 스위스 제네바 부근에서 통칭 LEP라고 하는 '대형 전자 및 양전자 가속기' 연구를 계속하였다. 이 가속기 안에서 한 무리의 전자가 한 방향으로 원을 이루며 선회하고, 한 무리의 양전자(전자의 반입자에 해당된다)가 반대 방향으로 똑같이 원을 이루며 선회한다. 전자와 양전자는 서로 정면으로 충돌하게 되는데, 충돌 과정에서 여러 가지 다른 입자를 형성하게 된다. 충돌 에너지가 꼭 맞아 떨어질 때, 이 충돌에서 Z입자가 형성된다.

LEP를 제작하기 시작한 것은 1981년이다. 원주가 27킬로미터나 되는 원형 관을 따라 전자와 양전자가 통과하도록 설계되었다. 원형관 내부는 입자가 움직이는 동안 공기 분자가 충돌하는 일이 없도록 진공 상태가 되게 설계됐다. 마침내 1987년 7월에 LEP가 가동에 들어갔고, 그로부터 4주 만에 처음으로 Z입자를 만들어냈다.

LEP를 건설하기 전에도 다른 실험 기구를 이용하여 Z입자를 만든 적이 있었다. 미국에서는 Z입자를 만들기 위해 두 가지 장치를 사용해왔다. 그러나 LEP는 가속기의 에너지 양을 세밀하게 조절하여 Z입자 형성에 꼭 알 맞은 양이 되게 할 능력이 있다. 다시 말해 LEP가 제대로 작동하면 다량의 Z입자를 만들어낼 수 있다는 것이다.

연구에 사용할 수 있는 입자를 다량으로 만들어낼 수 있게 된 만큼, 각 입 자의 질량이 얼마나 되는지를 이전보다 훨씬 더 정확하게 알 수 있게 됐다. 그리고 또 Z입자가 얼마나 오래도록 지속된 후 붕괴되는지도 알 수 있을 것 이다. 이제까지 우리는 그것이 10~15초 정도 지속된다고 알고 있는데, 과 학자들은 그보다 더 정확한 수치를 알고 싶어한다.

과학자들은 Z입자의 속성을 제대로 알아내면 이 우주에 얼마나 많은 가 짓수의 경입자와 쿼크가 있는지 추론해낼 수 있으리라 생각하고 있다. 그 들은 아마도 경입자 12가지와 쿼크 12가지만 존재 가능하며, 상층 쿼크를 제외한 나머지는 모두 발견됐다는 결과가 나오지 않을까 생각하고 있다.

그러나 그렇다고 할지라도 경입자도 쿼크도 보손도 아닌 다른 범주에 들 어가는 입자가 존재할 가능성을 배제할 수 없다. 우주는 우리가 알고 있는 것보다 훨씬 더 복잡할 가능성이 충분히 있으니까.

살아 있는 세포조직의 화학 성분은 연약하고 불안정하다. 생명은 바로 이런 것을 필요로 한다.
―아이작 아시모프

생명체를 보호하는
산성비

번개로 인해 생겨나는 산성비가 생물에 필수불가결한 것이라면,
왜 '산성비' 라는 말이 그렇게 치명적으로 다가올까?
산성비는 과연 인류에게 위협적이기만 한 것일까?

 산성비가 순전히 나쁘기만 한 것은
아니다. 다들 꺼림칙하게 생각하고 있겠지만, 사실 산성비가 어떤 부분에
서는 이로움을 주는 것은 물론이고, 지구상의 생명체를 보호하는 데 적극
적인 면도 있다. 그리고 과학자들의 실험 결과 어떤 산성비는 놀라울 정도
로 생명에 활력소가 되었다.

자, 그렇다면 산성비가 어떻게 작용하는지 알아보자.

살아 있는 세포 조직의 모든 주요 분자에서 찾아볼 수 있는 중요한 원소
중 하나는 질소이다. 질소 원자는 '질산염' 이라는 무기물 형태로 토양 속
에 존재한다. 질산염은 종류가 다양하지만 하나같이 물에 잘 녹는다. 즉 식
물이 토양에서 물을 흡수할 때, 그 물 속에는 소량의 질산염이 들어 있다.
식물은 이렇게 흡수한 질산염을 원료로 사용하여 생명 유지에 필요한 질소
화합물, 특히 단백질과 핵산을 만든다.

초식동물이나 초식동물을 먹는 육식동물은 식물의 단백질과 핵산을 더 작은 단위로 분해해서 흡수한 뒤 다시 자신에게 맞는 단백질과 핵산으로 재구성한다.

육상생물은 모두 토양 내의 질산염에 의존해 살아가고 있다. 그러나 질산염은 수용성이기 때문에 비가 내릴 경우 물에 녹아 개울에서 강으로, 그리고 마침내 바다로 씻겨 내려가게 된다. 오랜 시간이 지나면 토양의 질산염은 모두 씻겨 내려갈 것이고, 질산염이 모여드는 바다 속에서는 생물이 계속 살아가겠지만 육지는 완전히 사막으로 변해버릴 것이다. 질산염이 다시 보충되지 않는다면 말이다.

지구 대기의 5분의 4가 순수한 질소이다. 이 중 소량의 질소가 '고정', 즉 다른 요소와 결합될 수 있다면 식물이 그것을 이용할 수 있지만, 질소는 붙임성이 없는 원자라서 다른 원소와 결합하기가 쉽지 않다.

그러나 지금도 토양 속에는 질산염이 존재하며 계속 보충되고 있다. 어떻게 된 걸까? 그것은 인간이 질소를 대량으로 고정시키는 방법을 터득했고, 그렇게 만들어낸 질산염을 비료로 이용할 수 있게 되었기 때문이다. 그러나 그것은 극히 최근의 일이다. 그러면 그 전의 생명체는 어떻게 생명을 유지해왔을까?

우연하게도 공기 중의 질소를 다른 원소와 강제로 결합시키는 특별한 능력을 지닌 박테리아가 발견됐다. '질소 고정 박테리아'라고 불리는 이들 박테리아는 특히 완두와 콩 등 콩과식물 뿌리에 붙어 있는 뿌리혹에서 찾아볼 수 있다. 이들 박테리아는 우리 인간을 포함하여 일반적인 생명체에 절대적으로 중요하다.

그리고 다음으로는 번개가 있다. 대기에서 번갯불이 한번 번쩍일 때마다 순간적으로 그 주위의 대기 온도는 현저하게 높아진다. 번개로 인한 온도는 금방 식어버리지만, 식기 전에 높아진 온도가 공기 중의 질소와 산소 분자를 결합하여 '이산화질소'를 만든다. 이 이산화질소는 물에 녹아 (이렇게 이산화질소가 만들어질 때에는 대개 비가 내리는 중이므로) 질산이 되는데, 일종의 산성비가 되는 셈이다. 이 질산이 땅에 떨어지면 질산염으로 변한다. 이렇게 하여 토양은 비옥해지고 육상생물이 생명을 유지할 수 있는 것이다.

1980년대까지만 해도 토양 질산염의 약 10퍼센트는 번갯불로 인한 것이라고 여겼다. 이러한 수치는 실험실에서 만든 모의 번개를 연구한 결과 도출해낸 것이다.

1980년대 말, 미국 뉴멕시코 채굴기술 연구소 소속 학자 E. 프란츠블라우와 C. 포프는 실험실이 아니라 자연 자체를 상대로 조사를 벌였다. 이들은 뇌우 중 실제로 번갯불이 번쩍이면서 형성되는 이산화질소의 양을 측정하는 방법을 내놓았다.

이들은 약 60차례의 번개를 조사한 뒤, 번개가 한 번 칠 때 약 1027개의 이산화질소 분자가 생성된다는 계산 결과를 얻었다. 이는 50킬로그램 정도에 해당되는 양이다. 그리고 번개는 매초 평균적으로 100번씩 지구에 떨어지고 있다. 즉 매초 번개의 섬광이 약 5톤의 이산화질소를 생성한다는 뜻이다.

프란츠블라우와 포프는 이런 현상을 참작하면 번개의 섬광은 생물이 소모하는 이산화질소의 10퍼센트가 아니라 50퍼센트를 지구에 공급한다는 결론을 내렸다.

이 정도면 상당히 많은 양인 데다가 (항상 과학자의 관찰과 계산이 학계의 지지를 얻어 옳다는 쪽으로 결론이 날 것으로 생각하고) 확실히 우리에게 번갯불에 대한 새로운 생각을 갖게 해주었다고 할 수 있다. 번개가 사람을 죽이고 숲에 불을 지르기도 하지만, 그것이 주는 이득은 해악보다 분명히 더 크다고 할 수 있다.

그러나 번개로 인해 생겨나는 산성비가 생물에 필수불가결한 것이라면, 왜 '산성비'라는 말이 그렇게 무서운 것으로 인식되었을까? 산성비는 왜 그렇게 치명적인 것일까?

그 이유는 산성비가 황 원자와 질소 원자 두 가지를 모두 포함한 불순한 석탄과 기름이 연소되면서 생겨난 것이기 때문이다. 이러한 인공 산성비에는 질산뿐 아니라 황산도 포함되어 있다. 황산은 아주 유해하며, 번개로 인한 산성비의 성분과 다르다.

게다가 인공 산성비는 번개 산성비보다 산성이 훨씬 강하다. 인공 산성비가 내리는 곳에는 산이 과잉공급되게 된다. 바로 산의 과잉공급이 숲을 말려 죽이고 연못과 호수의 고기를 죽이는 것이다.

환경을 현명하게 가꿔나가는 것이 그토록 어려운 까닭은, 뭐든 우리가 건드리기만 하면 다른 것들이 죄다 따라 움직이기 때문이다.

-아이작 아시모프

C h a p t e r

다이아몬드 안경
한 번 껴볼까?

다이아몬드는 탄소의 순수 결정체이다. 그런데 탄소는 현존하는 물질 중
가장 값이 싼 축에 속한다. 석탄과 다이아몬드가 모두 탄소인데
무엇 때문에 그 둘은 그토록 가격 차이가 나는 걸까?

보석의 정수인 다이아몬드! 아름다운
광채를 발하는 이 보석은 귀한 만큼 값도 매우 비싸다. 그러나 머지않아 우
리는 다이아몬드를 값싸고 실용적이며 대량 생산이 가능한 것으로 만들
수 있을 것 같다.

다이아몬드는 탄소의 순수 결정체인데, 탄소는 현존하는 물질 중 가장
값이 싼 축에 들어간다. 우리가 사용하는 석탄이나 연필의 흑연 등도 모두
탄소이다.

그러나 석탄과 다이아몬드가 모두 탄소인데 무엇 때문에 그 둘은 그토록
가격 차이가 나는 걸까?

문제는 탄소 원자의 배열이다. 다이아몬드를 제외한 다른 탄소의 결정체
에서는 탄소 원자가 산만하게 배열되어 있는 반면, 다이아몬드의 탄소 원
자 배열은 매우 치밀하다. 다이아몬드의 경우 하나의 탄소 원자가 주위에

있는 4개의 탄소 원자들과 연결하는 힘이 균일하다.

탄소 원자는 크기가 아주 작은데, 이들이 치밀하게 배열되면 서로 강하게 끌어당기는 속성이 있어 다이아몬드는 지금까지 알려진 물질 중 가장 단단한 것으로 자리매김하게 되었다.

따라서 다이아몬드를 만들려면 탄소 원자를 인위적으로 매우 치밀하게 배열해야 한다. 그러기 위해서는 상온의 탄소를 아주 고온으로 가열하여 탄소 원자가 어느 정도 자유롭게 움직일 수 있게 된 상태에서 강력한 압력을 가해 탄소 원자들이 서로 밀착되도록 해야 한다. 그러나 탄소를 고온에서 고압 처리하는 일은 아직도 어렵다. 1955년에 제너럴일렉트릭의 과학자들이 평범한 탄소로 작은 다이아몬드를 만들어내기 이전에는 아예 불가능했다.

그렇다면 저온과 저압 상태에서 다이아몬드를 만들어내는 방법은 없을까? 설마 그런 방법이 있지 않을까? 라고 생각하는 사람도 있겠지만, 러시아의 화학자들이 새롭고 기발한 기술을 개발하기 위해 계속 노력하고 있다.

이 기술의 핵심은 탄소 원자 하나씩을 함유한 기체를 만들어 기체 속의 탄소 원자가 어떤 다른 물질의 표면에 층을 입히게 하는 것이다. 예를 들어 메탄을 살펴보자. 메탄은 아주 흔한 기체로, 각 분자는 탄소 원자 하나에 수소 원자 네 개가 연결된 구조를 띠고 있다.

메탄을 충분히 가열하면 메탄 분자가 분해되어 탄소 원자와 수소 원자가 혼합된 상태로 변한다. 이렇게 만든 증기를 유리판 위로 지나가게 하면, 분리된 탄소 원자는 다른 원자와 결합하려는 성질이 강하기 때문에 유리 표면의 원자에 들러붙게 된다. 따라서 유리판 위에는 탄소로 이루어진 막이 생기는데, 이 막은 탄소 원자 한 개 두께밖에 되지 않아 눈에는 보이지 않는다.

그러나 가열된 메탄 증기를 계속 유리판 위로 지나가게 하면 이미 유리판에 들러붙은 탄소 원자 위에 새로 탄소가 들러붙으면서 탄소 원자가 몇 겹으로 두꺼워진다. 수년간 실험한 끝에 러시아의 화학자들은 이렇게 하여 만들어진 두꺼운 탄소 원자층이 아주 촘촘한 다이아몬드와 동일한 배열을 취하게 된다는 흐뭇한 (그리고 약간은 뜻밖의) 사실을 발견했다.

다시 말하면 그 유리판은 탄소로 이루어진 막으로 씌워져 있는 것이 아니라 바로 다이아몬드 막으로 씌워져 있는 것이다. 그리고 탄소가 포함된 증기를 만드는 데에는 오로지 높은 온도만 필요하다는 것을 알 수 있다. 즉 고압은 필요하지 않다.

다이아몬드 막이 씌워진 안경이나 선글라스를 상상해보라. 막이 완전히 투명하기 때문에 눈에 띄지는 않겠지만 안경 표면은 다이아몬드 자체의 특성을 갖게 되는 것이다. 이 안경알은 같은 다이아몬드로 긁지 않는 한 절대 긁히는 일이 없을 것이다.

만일 이러한 가공 과정이 단순화되어 널리 활용되게 된다면 모든 고급 유리 제품이 다이아몬드 막으로 표면 처리된, 즉 '다이아몬드화' 되어 제조될 거라는 추측이 충분히 가능하다. 이렇게 다이아몬드화된 유리는 거의 보통 유리만큼이나 값이 싸겠지만 긁히거나 닳을 염려는 전혀 없을 것이다.

더욱이 이러한 다이아몬드 막은 유리판 이외의 다른 표면에도 입힐 수 있을 것이다. 다이아몬드를 입힌 칼이나 면도날 등은 일반적인 용도로 쓰일 경우 절대 무뎌지지 않을 것이다. 다이아몬드를 입힌 베어링과 기계 공구 등은 영구히 쓸 수 있을 것이다. 게다가 다이아몬드는 방수가 될 뿐 아니라 사실상 화학물질의 영향을 받지 않기 때문에 녹이 슬거나 부패할 염려가 전혀 없다.

다이아몬드는 또한 전기 절연체이자 뛰어난 열 전도체이다. 이는 전자 장치를 다이아몬드화하면 좋은 효과를 거둘 수 있다는 뜻이다. 이렇게 만든 전자 장비는 새어나오는 전기장의 영향을 덜 받을 것이고, 열을 축적하지도 않을 것이다.

다이아몬드에 미량의 붕소나 인을 적절히 추가하면 반도체가 될 수 있다. 그렇게 만들어진 반도체는 방사능에 저항력이 강할 뿐 아니라 자외선을 통과시키며, 일반 반도체 내부에서보다 전자의 움직임이 훨씬 빨라질 것이다. 따라서 다이아몬드화 공정을 적절히 응용한다면 컴퓨터 기술에 어마어마한 발전을 가져오게 될 것이다.

러시아 학자들은 또다시 놀라운 소식을 내놓았다. 새로운 기술을 통해 다이아몬드 막을 만들 때 탄소 원자의 배열이 일그러진 형태의 막이 만들어지는데, 이렇게 만들어진 막이 현존하는 다이아몬드보다 더 단단하다는 사실이다. 그런 왜곡이 어떤 것인지, 또 이렇게 왜곡된 배열이 다이아몬드를 더 단단하게 만드는 이유는 그들 역시 모르지만, 이 같은 연구 내용이 실증될 경우 우리는 다이아몬드화 기술이 바꿔놓을 세상에 대해 즐거운 상상에 빠질 수 있을 것이다.

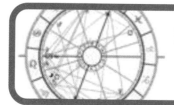

왜 우리는 점성술에 매혹당하는가

Chapter **10**

점성술은 무지로 인해 발생했으며, 미신적인 속임수라고밖에 할 수 없다.
하지만 여전히 수많은 사람들이 점성술을 믿고 있다.
그 이유는 인간은 누구나 불확실한 세계 속에서 살고 있기
때문에 언제 어떤 상황이 우리에게 재난을 몰고 올지 예측할 수 없어서이다.

레이건 전 대통령과 부인 낸시 여사
는 점성술에 흥미를 가지고 있었다. 1980년대, 레이건은 미국 대통령이라는
직무를 수행하면서 뭔가 중요한 일을 결정할 때면 늘 점성술의 영향을 받았
을 것이라는 사실이 밝혀지자 사람들은 경악을 금치 못했다.

그보다 반 세기 전에는 아돌프 히틀러를 둘러싸고 이와 유사한 이야기가
나돈 적이 있다. 이 때문에 서방 세계에서는 히틀러를 신나게 놀려댔는데,
미국 대통령 역시 점성술과 관련된 우스개의 주인공이 된 것이다.

그렇다면 점성술의 정체는 무엇이며, 레이건이 매혹당한 이유는 또 무엇
일까?

옛날에는 해와 달이 지구에 중요한 영향을 끼친다는 사실이 자명했다.
해는 낮 동안 빛과 온기를 제공하는 동시에 지구의 계절을 지배했다. 달은

희미한 빛으로 밤을 비추는 한편, 그것의 변화는 인간에게 최초의 달력으로 이용되었다.

해와 달은 별을 기준으로 한 상대적 위치가 변화하며, 고대 바빌로니아인은 다섯 개의 밝은 별(오늘날 수성, 금성, 화성, 목성, 토성이라고 부르는 다섯 행성)도 그와 마찬가지로 변화한다는 사실을 알아냈다. 그러면 해와 달이 지구에 중요한 영향을 끼치는 것으로 보아 이러한 행성도 마찬가지가 아닐까 생각하게 되었다. 그래서 고대인들은 여러 가지 비현실적이고도 신화적인 믿음을 바탕으로 행성이 우리에게 미치는 영향력을 고안해 냈는데 이것이 바로 점성술이다.

해와 달과 여러 행성의 위치 변화는 국가나 군주의 흥망성쇠를 유발하며, 지구상의 모든 인간의 운명 또한 시간에 따라 달라지는 행성의 위치에 표시된다고 여겼다. 행성의 움직임은 정해져 있어 예측이 가능하므로, 점성술은 인간의 운명 문제에 신의 존재를 배제하는 경향이 있다. 이로 인해 유대교나 기독교, 이슬람교 등의 종교 지도자는 항상 점성술을 비난해왔다.

코페르니쿠스를 기점으로 과학자들은 우주를 이해하게 되면서 우주를 지배하는 자연의 법칙을 파악하기 시작했다. 그리고 뉴턴 시대에 이르렀을 때 행성의 위치가 인간에게 아무런 영향력을 미치지 못한다는 사실이 분명해졌다. 점성술은 무지로 인해 발생했으며, 미신적인 속임수 외에는 더 이상 아무것도 아니었던 것이다.

하지만 여전히 수많은 사람들이 점성술을 믿고 있다. 그 이유는 도대체 무엇일까?

우리는 불확실한 세계 속에서 살고 있다. 언제 어떤 상황이 우리에게 재난을 몰고 올지 예측할 수 없다. 인간이 아무리 강하고 또 모든 게 아무리 순조로워보인다 해도 예측 불허의 재난이 언제 들이닥칠지 모르는 것이다. 그 때문에 우리는 늘 미래를 예견하고 우리 스스로를 보호할 수 있는 방법을 연구해왔다. 몇몇 사람들에게 점성술이 미래를 예견할 수 있다는 믿음을 주게 되면서 사람들은 이것이 그릇된 것임에도 불구하고 계속 열을 올리게 된 것이다.

이러한 것은 비단 점성술뿐만이 아니다. 손금이나 찻잎, 숫자 등을 이용하여 미래를 내다볼 수 있다고 주장하는 무리도 있다. 또한 토끼 발이나 편자, 혹은 '행운의 동전' 등을 지니고 있음으로써 행운을 보장받으려는 사람도 있다. 뿐만 아니라 불운을 피하기 위해 나무로 된 물건을 건드리는 등 다양한 방법을 쓰기도 한다. 이처럼 어리석은 모든 미신은 불안한 세계 속에서 안전을 확보하고자 하는 인간의 필사적 노력이 표출된 것이다. 점성술은 별을 활용하는 데다가 천궁도 계산 등 갖가지 신비한 주문으로 가득하기 때문에 이런 미신 중 가장 '과학적'인 것처럼 보인다.

물론 한순간에 행운을 잡은 사람, 권력과 명예와 인기를 갑작스레 얻은 사람의 불안감은 특별할 것이다. 어떤 상황이 던져준 행운을 또 다른 상황이 뺏어갈 수도 있고, 행운이 이유 없이 온 것처럼 이유 없이 달아나 버릴 수 있기 때문이다.

연예계에 종사하는 사람들이 특히 그런 성향이 강한 것 같다. 연예계에서는 하루아침에 성공하여 거부가 될 수 있다. 순식간에 수많은 팬들의 찬사와 크나큰 영향력을 얻을 수가 있는 것이다. 하지만 그러한 행운은 올 때만큼이나 빨리 사라질 수도 있다. 전성기를 맞아 신과 같은 존재로 군림하다가도 가난하고 쓸쓸한 종말을 맞은 사람이 부지기수다. 인기 연예인이 분별 있게 투자하고 오랫동안 부를 유지한다 해도, 그들은 영화 ≪선셋 대로Sunset Boulevard≫에서 글로리아 스완슨이 연기한 등장인물과 마찬가지로 자신의 인기가 무너지는 광경을 자기 눈으로 직접 지켜보게 될 수도 있다. 그런 면에서 볼 때 연예인 중에서 특히 미신을 가까이하는 사람이 많은 것도 놀랄 만한 일이 아니다.

그리고 또 교육 수준도 높고 지적인 배우도 있지만, 평범한 지능의 소유자라 해도 반반한 얼굴 하나만으로 연예계 최고의 위치에 오르는 사람도 충분히 있을 수 있다. 이런 사람들, 지능은 낮지만 대단한 인기를 누리는 사람들은 자신이 잡은 행운을 유지하기 위해 온갖 미신에 빠져들게 되는 것이다. 연예계와 관련된 징크스가 얼마나 많은지 생각해보자. 분장실에서 휘파람 안 불기, 침대 위에 모자 두지 않기, 연극 '맥베스'를 지칭할 때 직접 '맥베스'라 부르지 않기, 그리고 행운을 지키기 위해 불행을 빌기 (다리나 부러져라) 등 끝도 없다.

그러니 유명 연예인만큼이나 이름을 날리며 부를 축적한 점성술사가 할리우드에 지천인 것도 놀랄 일이 아니다. 또 연예계가 온갖 종류의 컬트와 어처구니없는 바보짓으로 넘쳐나는 것도 무리가 아니다. 과학자들이 그러한 미신은 믿을 것이 못 된다고 설명해봐야 소용없는 일이다. 미신을 믿는 사람은 과학이라고는 전혀 모르는 데다가, 안전을 보장받으려는 의지가 너무나도 강하기 때문에 이성의 목소리를 받아들이려 하지 않기 때문이다.

지구 생물의 97%가
곤충이다

전체 생물 종 중 곤충이 차지하는 비중은 97%에 이를 수 있다.
그렇다면 곤충은 어째서 이렇게 성공적으로 번성하게 됐을까?
1천 평방미터 넓이의 습지 안에 살고 있는 곤충은
1백만 마리를 헤아릴 정도이다.

 1980년, 뉴욕의 자연사 박물관에서는
컬럼비아 대학교로부터 광석 수집품을 한 벌 사들였다. 이 수집품에는 호
박(琥珀)도 여러 조각 포함되어 있었는데, 1980년대 중반에 박물관의 수집
담당자인 데이비드 그리말디가 이 호박 조각을 살펴보다가 8천만 년 전의
벌 한 마리를 발견했다.

이 일은 곤충을 성가신 골칫거리 정도로 생각하는 사람에게는 별다른 의
미가 없을 것이다. 그러나 곤충이야말로 지구상의 생물 중 가장 성공적인
생명체이다. 지구를 냉정하게 관찰하는 먼 행성의 외계인이 있다면, 지구
는 곤충의 세계이며, 그 외에 몇몇 생명체가 여기저기 흩어져 있지만 중요
한 비중을 차지하지 않는다고 보고할 것이다.

곤충의 종류는 알려진 것만 해도 1백만 종에 가깝다는 사실을 생각해보
라. 이는 지구상의 모든 종류의 생물 전체를 합친 것보다 훨씬 더 많은 숫자

이다. 실제로 지구상에 있는 생물 종의 약 6분의 5가 곤충이다.

더욱이 이 수치에는 이미 알려져 있는 생명체만 포함돼 있다. 아직까지 발견되지도 명명되지도 분류되지도 않은 생물이 수백만 종이나 있는데 — 특히 열대 우림 지대에서 — 거의 대부분이 곤충에 속할 것으로 추측하고 있다. 실제로 존재하는 곤충은 2백만 내지 5백만 종에 이를 것으로 추측되며, 따라서 전체 생물 종 중 곤충이 차지하는 비중이 97퍼센트에 이를 수도 있다는 말이다.

곤충은 어째서 이렇게 성공적으로 번성하게 됐을까? 곤충은 크기가 작고 수없이 많은 알을 낳는다. 1천 평방미터 넓이의 습지 안에 살고 있는 곤충은 1백만 마리를 헤아리기도 한다.

이는 곤충을 절멸시키기가 어렵다는 사실을 의미한다. 1백 마리 중 99마리를 죽인다 해도, 살아남은 한 마리가 개체수를 금세 원래대로 돌려놓을 수 있을 정도로 많은 알을 낳을 것이다. 사실 인간은 매머드와 마스토돈을 포함한 여러 종의 거대 생물체를 간단히 멸종시켜왔다. 그리고 최근에 와서는 다른 많은 종의 생명체를 위험에 빠트리고 있지만, 곤충은 단 한 종류도 멸종시키지 못했다. 그토록 노력을 기울였음에도 말이다. 예를 들면 바퀴벌레와 모기를 멸종시키기 위해 그토록 노력을 기울였지만 끝내 실패하고 말았다.

수적으로 엄청난 규모로 번식한다는 것은 곤충 사이에서 빠른 속도로 진화가 진행된다는 뜻이다. 따라서 새로운 특징을 가진 종이 우리 주위의 일반적 동물보다 훨씬 빠른 속도로 생겨나고 있다는 것을 의미한다. 때때로 우리는 살충제를 가지고 수억 마리의 곤충을 죽이기도 한다. 그러나 몇몇 소수의 곤충은 특정 살충제에 대해 자연적인 저항력을 지니게 되었다. 그런 곤충이 살아남아 금방 수백만 마리로 불어난다. 이들은 모두가 그 살충제에 대해 저항력을 지니고 있음은 물론이다. 몇 년 내에 그 살충제는 효력을 상실하게 되므로 새로운 살충제가 개발되어야만 하는 것이다.

고생물학자는 곤충의 진화 과정을 자세하게 알고 싶어 하지만, 곤충은 몸집이 작은데다 화석도 거의 남기지 않았다. 가장 오래 된 곤충의 흔적은 아주 원시적 형태의 '튀는 벌레'가 남긴 것이다. 날개도 없는 '톡톡이'는 깜짝 놀랐을 때 도망가기 위해 제자리에서 튀어오르는 재주밖에 없는 곤충이다. (오늘날에도 이런 벌레는 여전히 존재한다.) 톡톡이는 최소한 3억 7천만 년 전부터 살았다.

날개를 펼쳤을 때 길이가 70센티미터나 되는 거대 잠자리가 진화한 것은 약 2억 8천만 년 전의 일이다. 거대 잠자리는 이제껏 생존한 곤충 중 가장 크다.

그러나 곤충의 진화 기록은 공백투성이이다. 그럼에도 불구하고 우리에게 행운이라고 할 수 있는 것은, 지금은 멸종한 고대의 상록수가 분비하는 끈적끈적한 송진 속에 이따금 곤충이 갇혔다는 사실이다. 이 송진은 화석이 되어 오늘날 호박이라고 부르는 물질로 변했고, 곤충의 몸체는 호박으로 변한 송진 속에 매장된 채 수백만 년 동안 보존돼온 것이다. 이런 식으로 호박 속에서 발견된 곤충 가운데 가장 오래된 것은 1억 2천만 년 전의 것이다.

미국 자연사 박물관의 호박(미국 뉴저지 주의 벌링턴 카운티에서 발굴된 것) 속에서 발견된 벌은 그 정도로 오래 된 것은 아니지만, 지금까지 발견된 여느 벌의 화석보다 두 배나 오래된 것이다. 그리고 8천만 년이라는 세월이 흘렀는데도 선명하고 세밀하게 관찰할 수 있다.

놀라운 것은 8천만 년이나 된 벌이지만 고도로 진화한 벌이어서 오늘날의 벌과 크게 다르지 않다는 사실이다. 이 벌은 침 없는 꿀벌로 지금도 열대지방에 생존해 있는 어느 벌과에 속한다. 8천만 년 전의 뉴저지는 지금보다는 훨씬 따뜻했던 것 같다.

8천만 년 전에 이미 그 정도 단계까지 발달해 있었다면 벌은 그보다 훨씬 오래 전부터 생겨났음이 틀림없다. 어쩌면 그 전에 이미 8천만 년 동안 진화해왔을지도 모른다. 이는 식물과 관련하여 생각할 때 중요한 사실이다. 꽃식물은 벌(그리고 그와 유사한 곤충)과 같이 진화했는데, 벌과 꽃식물은 서로 연관되어 있기 때문이다. 벌은 근본적으로 꽃의 꿀을 먹고 살아가는 반면 꽃은 벌이 이 꽃에서 저 꽃으로 꽃가루를 옮겨주는 덕분에 번식할 수 있다. 꽃식물은 약 1억 3천5백만 년 전에 생겨났을 것으로 추측되지만, 벌이 그보다 더 오래되었다면 꽃 역시 마찬가지이다.

고생물학자들은 연구를 계속하고 있다. 호박에서 발견되는 곤충은 모두가 귀중하다.

> 생물의 진화를 받아들이지 않는 사람들은 냉철한 사고를 통해서가 아니라 과학적 근거가 없는 공허한 이유 때문이다.
> ―아이작 아시모프

Chapter 12

4천9백 년을 살아온 생명체

나무에 독특한 무늬가 생기게 하여 아름다움을 더해주는 나이테!
나이테 무늬를 보면 일정한 기간 동안 기후가 정확하게 어떤 방식으로
되풀이되었는가에 대한 흥미로운 자료를 얻어낼 수가 있다.

나무에 독특한 무늬가 생기게 하여 아름다움을
더해주는 나이테는 연대표 역할도 한다. 최근 이 나이테 연대표는 길어지
고 있으며, 머지않아 1만 년까지 거슬러 올라가게 될지도 모른다.

나이테는 나무가 1년 동안 성장한 것을 나타낸다. 기온이 낮고 강우량이
적은 여름에는 나무의 성장이 비교적 저조하며, 나이테도 가늘어진다. 그
러나 기온이 높고 강우량이 많은 여름에는 굵은 나이테가 생기게 된다. 따
라서 나이테의 너비는 여름마다 달라지는데, 이는 10년 정도의 짧은 기간
에는 결코 만들어낼 수 없는 독특한 무늬가 남겨진다.

그래서 특정 지역에서 성장하는 나무는 모두 똑같은 여름을 겪게 되므로
똑같은 무늬의 나이테를 갖게 된다. 왜냐하면 나무는 기후 조건이 나쁠 때
에는 성장 속도가 느리고, 기후 조건이 좋을 때에는 성장 속도가 빠르기 때
문이다.

갓 베어낸 나무 밑동에서 나이테 무늬를 본뜨는 방법도 있고, 나무를 베어내지 않고서도(특수 기구를 사용해 밑동의 중심부를 관통하는 가느다란 구멍을 뚫어) 나이테 표본을 추출해냄으로써 나무껍질부터 나무의 중심부까지의 나이테 무늬를 본뜨는 방법도 있다.

이렇게 본뜬 나이테 무늬로 생성 연대를 규정짓고, 30년 전에 베어낸 나무 밑동의 나이테 무늬와 비교한다. 30년 전에 벌목한 나무의 나이테 무늬는 현재 살아 있는 나무의 나이테 무늬 중 30년 이전까지 생겨난 나이테 무늬와 일치한다. 만일 어떤 고목이 어린 나무보다 일찍 자라기 시작했다면, 뒤에 자라난 나이테 무늬에다 그 이전에 생긴 나이테 무늬를 추가할 수 있게 된다. 따라서 '나이테 연대표'는 그만큼 더 과거로 거슬러 올라가게 되는 것이다.

몇 년 전에 잘라냈는지 알 수 없는 나무 밑동이 있다고 가정해보자. 이 나무 밑동의 나이테 무늬를 본떠 현재 살아 있는 나무의 나이테 무늬와 대조한다. 이 나이테 무늬는 살아 있는 나무의 나이테 무늬 중 과거 어느 시점에서 일치하는 부분이 있을 것이다. 나이테가 일치하는 지점부터 현재 살아 있는 같은 시기 나무의 나이테를 세어보면 정확히 몇 년 전에 그 고목을 잘라냈는지 알 수 있을 것이다.

그러나 일반적으로 나무의 나이를 알아내는 데는 한계가 있다. (잘라내고 남은) 나무 밑동이나 목재는 대체로 시간이 지나면서 썩어 들어가기 때문에, 일반적으로 잘라내고 나서 시간이 많이 지나지 않은 나무에서만 완벽한 나이테 무늬를 구할 수 있다.

그리고 나무의 나이가 많을수록 더 많은 정보를 얻을 수 있다. 그런 점에서 가장 으뜸인 수종은 캘리포니아와 네바다 동부 산악지대에서 숲을 이루어 자라고 있는 '강털소나무'이다. 이 나무는 현재 지구상에 생존해 있는 가장 오래된 생물체의 하나로 전해지고 있다. 이 소나무 중 한 그루의 나이테 표본을 추출해본 결과, 나무 중심부에서 나무껍질까지 4천 9백 개의 나이테가 있다는 것이 발견되었다. 이는 이 나무가 4천9백 년 동안 성장해왔다는 것을 의미한다. 실제로 이집트에서 파라오들이 피라미드를 세우기 전부터 살아 있었던 것이다.

이처럼 (살아 있는 강털소나무에서 파낸) 나이테 표본과 죽은 강털소나무 밑동 중 아직까지 썩지 않은 것을 이용하여 연구한 끝에 강털소나무의 나이테 연대표는 8천7백 년 전까지 거슬러 올라갔다.

물론 이런 나이테 무늬는 기후의 주기 연구에도 이용될 수 있다. 그것을 근거로 기후가 일정한 기간 동안 정확하게 어떤 방식으로 되풀이되는가에 대한 흥미로운 자료를 얻어낼 수도 있을 것이다. 사실 나이테 무늬를 처음 연구하게 된 것은 기후 변동이 태양 흑점의 변동 주기와 일치하는지 알아보기 위해서였지만 아직까지 둘 사이의 확실한 상관관계는 발견되지 않았다.

우리는 화산이 폭발하는 경우 대기 속으로 날려 올라간 화산재가 태양의 복사열을 흡수하거나 반사하면서 기후에 어떤 영향을 미치는지 알고 있다. 따라서 나이테 무늬를 보면 선사시대 말기에 있었던 화산 폭발에 대한 자료를 정확하게 알아내는 데 도움이 될지도 모른다.

또한 나이테 연대표는 고대 건축물에 사용된 목재를 연구하는 데도 쓰인다. 오래된 가옥에 사용된 목재에서 본뜬 나이테를 오랫동안 살아온 나무의 나이테와 비교하면 이 목재가 (통나무로 사용된 경우도 흔하다) 몇 년 전에 벌목된 것인지 아니면 최소한 몇 년 된 것인지 알 수 있으므로 나무 조각까지도 연대 추정이 가능하다. 어떤 목재는 1천3백 년이나 된 것으로 판명되기도 했다. 이런 방법을 이용해서 미국 남서부의 오래된 인디언 정착지의 연대를 정확하게 알아낼 수 있었다.

물론 오랜 세월을 살아온 나무는 드물지만, 수명이 짧은 나무일지라도 오랜 기간 썩지 않았을 경우에는 유용하게 쓰일 수 있다. 예를 들어 참나무는 불과 몇 백 년밖에 살지 못하지만, 이따금 강이나 늪에 떨어질 경우에는 수천 년간 썩지 않고 보존된다.

독일의 과학자들은 독일 남부의 강과 독일 북부 및 아일랜드의 늪을 훑어 건져낸 참나무를 연구해서 나이테의 무늬 유형을 서로 대조하며 맞춰보았다. 이렇게 하여 이들은 나이테의 연대를 6천 년 전까지 거슬러 올라갔다. 그리고 1980년대 말, 이들은 그때까지 맞춰낸 나이테 연대표에 아주 오래된 나무 한 그루의 나이테 무늬를 맞춰냈고, 이로써 나이테 연대표는 7천3백 년 전으로 거슬러 올라가는 성과를 얻어냈다. 그리고 그 후로 많은 무늬를 서로 대조하면서 참나무의 나이테 무늬는 강털소나무의 연대표보다 더 앞선 1만 년 전까지 거슬러 올라갈 수 있었다.

과학자들은 최종적으로 1만1천 년 전까지 기후를 추정할 수 있는 나이테 연대표를 얻게 될 것으로 확신하고 있다. 그 이상 더 거슬러 올라가지는 못할 것이다. 1만1천 년 전의 북유럽은 빙하시대여서 얼음에 뒤덮여 있었기 때문이다. 그렇지만 그들은 역사가 기록되기 훨씬 이전에 북유럽에서 거주한 인간이 남긴 목조 유물의 연대를 추정하기에 충분한 나이테 연대표를 입수하게 될 것이다.

Chapter

지하 도시에서 살자

수많은 사람이 창문도 없이 인공적으로 환기를 조절하는
도시의 빌딩 안에서 근무하는 지금, 지하로 내려가는 것이
과연 자연으로부터 더 멀어지는 일일까?
그러나 지하에 산다면 시골은 바로 머리 위에 있을 것이다.

지구촌의 인구는 넘쳐나고 땅값 또한 가파르
게 치솟고 있다. 이대로 가다가는 결국 하늘로 솟아오르거나 지하로 내려
가지 않고는 뾰족한 방법이 없을 것이다.

그렇다면 지하 도시를 만드는 일은 가능할까? 충분히 가능하다. '지하철'
이라고 불리는 지하 철도가 전 세계의 도시를 다니고 있다. 뉴욕 같은 도시
에는 전기선, 하수도, 가스관 등으로 이루어진 지하 세계가 있다. 그리고 겨
울이 길고 혹독한 북쪽 지방의 도시에는 지하에 상점가를 건설하는 경향이
있는데, 이런 지하 쇼핑몰은 그 자체가 진정한 의미의 도시라고 할 수 있다.

대기와 하늘로부터 유리되어 두더지처럼 땅속으로 굴을 파고 들어가 지
하에서 생활한다는 생각은 별로 구미에 당기지 않는 일로 보일지 모른다.
그러나 가만히 생각해보면 지하 생활에는 여러 가지 이점이 있다.

첫째, 날씨가 더 이상 중요하지 않게 되리라는 사실이다. 날씨는 기본적

으로 대기 현상이기 때문이다. 지하 세계에서는 비나 눈, 진눈깨비, 안개 등으로 인한 불편한 문제는 겪지 않아도 될 것이다. 기온 변화조차도 지표면에서 끝나기 때문에 지하에서는 존재하지 않는다. 밤이든 낮이든, 겨울이든 여름이든, 아열대 지방이든 극지방이든 간에 지하세계의 온도는 섭씨 12도에서 16도 사이를 유지할 것이다. 현재 우리가 사는 지상에서 기온이 너무 떨어지면 데우고 너무 더워지면 식히는 데 사용하는 막대한 양의 에너지를 절약할 수 있다. 날씨로 인해 인간이나 인간이 만든 구조물이 피해를 입는 일도 사라질 것이다. 심지어 지진 피해조차도 지하에서는 지상에 비해 겨우 $\frac{1}{5}$정도 수준에서 그칠 것이다.

둘째, 살고 있는 지역의 시각은 더 이상 의미가 없을 것이다. 태양이 동쪽에서 떠서 서쪽으로 지는 변화, 장소에 따라 제각각인 시각에 낮이 되고 밤이 되는 현상을 땅 위에서는 기정사실로 받아들여야 하지만 땅 속에서는 그러지 않아도 된다. 지하에서는 낮이 외적 요건에 의해 만들어지지 않기 때문에, 일하고 놀고 자는 시각을 각자 자신에 맞게 조절할 수 있다. 적어도 기업이나 지역 공동체의 공동사업에 관한 한 전 세계 어디에서나 똑같은 시간에 시작하여 똑같은 시간에 끝나는 8시간 3교대 체제로 움직일 수 있다. 이런 부분은 왕래가 자유로운 세계에서 중요하게 작용할 수 있다. 비행기를 이용하여 동서간 장거리를 오갈 때에도 시차로 인한 증세를 더 이상 겪지 않아도 될 것이다. 정오에 뉴욕을 떠나 12시간이 걸려 도쿄에 간다고 할 경우, 도쿄에 도착하면 한밤중이 될 것이고 우리의 생체 시간도 역시 한밤중일 것이다.

셋째, 지구의 생태학적 측면에서 훨씬 균형 감각을 잡아갈 것이다. 지금까지 인간은 지구에 꽤 무거운 짐을 지워왔다. 어마어마한 인구가 자리를 차지하고 앉아, 자신들이 만든 기계를 수용하기 위해, 수송·통신·여가 등을 위해 인간이 만든 구조물 때문이었다. 이러한 온갖 것들로 인해 수많은 야생 동식물이 원래의 서식지에서 쫓겨나면서, 야생 세계의 환경이 뒤흔들려버렸다. 때때로 그 부작용으로 쥐나 바퀴벌레와 같은 생물이 이득을 보았다. 땅을 파고 살아가는 생명체 밑으로 인간과 인간이 만든 구조물들이 지하로 내려간다면 지구상에는 다른 생물이 살아갈 공간이 더 늘어나게된다.

넷째, 자연은 우리와 더욱 가까워질 것이다. 얼핏 보기에는 지하로 내려가는 것이 자연으로부터 더 멀어지는 것처럼 보일지 모른다. 그러나 정말 그럴까? 수많은 사람이 창문도 없이 인공적으로 환기를 조절하는 도시의 빌딩 안에서 근무하는 지금, 지하로 내려가는 것이 과연 자연으로부터 더 멀어지는 일일까? 설사 건물에 창문이 있다고 해도 옆 빌딩의 벽면 말고 무엇이 더 눈에 들어온단 말인가?

심리적인 차이가 있다는 주장도 있을 수 있다. 오늘날의 도시가 아무리 자연으로부터 유리되어보인다 해도 우리는 창밖을 내다보거나 문밖으로 나서면 하늘과 태양을 볼 수 있다고 주장할지 모른다. 사실 그렇지 않은가?

그러나 이런 식으로 한 번 생각해보자. 뉴욕이나 런던, 도쿄 같은 도시에 사는 사람이 도시를 벗어나 진짜 초록으로 물든 길을 따라 순수한 자연의 모습을 어느 정도 지니고 있는 곳까지 나가려면 수평 방향으로 여러 시간에 걸쳐 수십 킬로미터의 거리를 이동해야만 한다. 처음에는 도심의 도로망을 따라, 그리고 나중에는 넓게 퍼져 있는 교외의 주택단지를 지나가야 한다.

지하에 산다면, 그리고 우리에게 지하 세계 문화가 형성돼 있다면, 우리가 지하 도시 어디에 있건 간에 시골은 바로 머리 위에 있을 것이다. 지하 도시 상층부 위로 몇 백 미터만 올라가면 되기 때문이다. 자연의 세계로 가려면 엘리베이터를 타고 올라가기만 하면 된다. 그래서 지하에 사는 사람들은 오늘날 지상의 도시에서 사는 사람들에 비해 생태학적으로 더 건강하고, 싱싱한 자연을 벗삼아 살 수 있게 될 것이다.

그리고 한 가지 더 명심할 점은 언제나 한결같은 조건을 유지하는 지하 세계의 날씨 속에서 살면 걷는 것이 훨씬 더 즐거워질 것이다. 짧은 거리일 경우 운송 수단을 이용할 이유가 적어지므로 에너지도 절약하고 건강도 증진시킬 수 있다.

지하에서의 생활이 가져오는 불이익은 없을까? 몇 가지 있다. 막대한 양의 자본을 투자해야 하고, 심리적으로 대대적인 적응이 요구된다. 또한 광대한 지역에 걸쳐 환기 조절이 필요하다는 문제도 있다. 그리고 물론 화재의 가능성도 있다. 화재는 개방된 곳에서보다 동굴과 같이 폐쇄된 곳에서 더 큰 재난을 가져올 수 있다.

그건 그렇고, 이번에도 나는 내가 완전히 공평한 관점에서 이 주제를 다루고 있지는 않다는 점을 밝혀두고자 한다. 어쩌다가 나는 밀폐된 공간을 좋아하게 됐다. 1953년에 《강철도시》라는 제목으로 소설을 한 권 쓴 적이 있는데, 거기에서 나는 순전히 지하 도시로 이루어진 지구의 모습을 그렸다.

Chapter

지구는
비틀거리며 돈다

지구는 비틀거리며 돈다.
과학자들은 위성에서 보내오는 기상 정보를 면밀히 관찰한 결과,
이 작은 진동은 바람에 의해 대기가 출렁거릴 때
질량 분포에 변화가 일어나기 때문이라고 결론지었다.

 지구는 축을 중심으로 돈다. 만일 지구가
완벽한 구형이고, 내부 구조가 완전히 대칭이며, 전체가 단단한 고체이고
우주 내의 유일한 물체라면, 지구는 고정불변의 축을 중심으로 영원히 돌
것이다. 그러나 지구는 이러한 조건 중 어느 하나도 정확하게 충족시키지
못하며, 흔들리면서 움직인다. 20세기 중엽까지만 해도 이러한 흔들림에
는 세 가지가 있는 것으로 알려졌다. 그러나 1980년대 말에 와서 네 번째의
흔들림이 발견됐다.

밤중에 별의 움직임을 면밀히 관찰하면 지구의 북극 바로 위에 해당하는
특정 점을 중심으로 별이 원운동을 하고 있음을 알 수 있다. (북극성이 바로
이 점 근처에 있지만 정확히 이 자리에 있는 것은 아니다.) 별을 계속 관찰
하면 그 중심점이 천천히 이동한다는 것을 알 수 있다. 이렇게 되는 것은 지
구의 자전축이 이동하기 때문이며, 자전축이 이동하는 것은 지구가 완벽한

구체가 아니라 적도 부분이 불룩하기 때문이다.

해와 달이 이 불룩한 부분을 끌어당기기 때문에 지구의 자전축이 천천히 원운동을 하게 된다. 이 원운동은 한 바퀴 돌기까지 약 2만 6천 년이 걸린다. 이를 '세차운동' 이라고 하는데, 이 운동 때문에 매년 춘·추분점이 평소보다 조금씩 빨리 다가온다. 이는 지구 자전축의 흔들림 중 가장 큰 것으로, 고대 그리스인에 의해 발견되었다.

지구의 자전축은 움직이되 완전한 원운동을 하지는 않는다. 달이 어느 때에는 지구와 비교적 가깝고, 또 어느 때에는 멀어지기 때문에 시간에 따라 달의 인력은 조금씩 변한다. 이 때문에 세차운동을 하는 가운데 작은 흔들림이 생겨난다. 이렇게 생겨난 미세한 진동은 19년을 주기로 되풀이된다.

이 사실은 1748년에 영국의 천문학자 제임스 브래들리가 별의 위치를 주의 깊게 관찰하던 중 발견하였다. 살짝 흔들리는 듯한 이 운동을 '장동' 이라고 부르는데, 장동을 나타내는 영어 용어는 '고개를 끄덕인다' 는 뜻의 라틴어에서 온 말이다. 자전축이 세차운동의 원을 따라 움직일 때 고개를 가볍게 끄덕이는 것같이 보이기 때문이다.

그러나 이것이 전부는 아니다. 일찍이 1765년에 스위스의 수학자 레온하르트 오일러는 지구의 양 극이 약 1년을 주기로 작은 원을 그리며 움직이고 있을 것이라고 예측했다. 당시에는 이 운동이 너무 미세하여 누구도 검증할 수 없었지만, 세월이 지나면서 망원경 등을 비롯한 각종 과학기기가 더 정밀해지고 정교해지면서 그것이 가능해졌다.

1892년, 미국의 천문학자 세스 챈들러가 별을 연구하고 있었는데, 얼마나 정확했던지 별의 위치가 미묘하게 달라지는 것까지도 알아낼 수 있었다.

이러한 변화는 지구 양 극의 위치가 조금씩 달라지고 있다는 것으로 잘 설명될 수 있었다. 이 변화를 '챈들러 진동'이라고 부른다.

챈들러 진동은 양 극이 대략적으로 원운동을 하는 것이다. 한 바퀴 도는데 약 430일 정도 걸린다. 정확한 원은 아니어서, 어떤 해에는 다른 해보다 폭이 넓어지는 경향이 있다. 미세한 진동이어서 한 해 동안 극의 위치는 10미터 정도밖에 움직이지 않는다. 탐지할 수 있을 만큼 큰 움직임이 아니라는 생각이 들 것이다. 이것을 탐지해냈다는 사실은 천문학 기구가 얼마나 정교해졌는지를 말해준다.

만일 이것이 오일러가 예측한 그 운동이라면 점점 작아지다가 얼마 후에는 완전히 사라져야 할 텐데 실은 그렇지가 않다. 운동이 계속되고 있는 것이다. 천문학자들은 이를 지구 내의 물질 분포가 때때로 변하기 때문인 것으로 믿고 있다. 대개는 대규모의 지진 영향 때문인데, 지진으로 인해 지구 내부의 암석 균형이 변화하기 때문이다. 많이 변하는 것은 아니지만, 지구의 자전에 약간의 요동을 일으켜 극이 천천히 몇 미터 이동할 정도는 된다. 물론 지진이 심하면 심할수록 치우침도 심하고, 챈들러 진동 역시 심하게 나타난다.

그러나 꼭 지진이 일어나야만 지구가 흔들리는 것은 아니다. 아주 작은 것이라 할지라도 지구의 질량 분포가 변화하면 진동은 생겨난다. 1862년, 영국의 과학자 배런 켈빈이 예측한 대로이다. 물론 질량 분포 변화가 적을수록 진동도 작다.

달이나 인공위성의 위치 변동을 알아내는 방법은 지속적으로 발달해왔다. 오늘날에는 레이저 광선을 이들 물체에 반사시켜 돌아오는 데 걸리는 시간을 측정함으로써, 5센티미터 정도의 작은 위치 변동도 알아낼 수 있다. 캘리포니아 주 패서디나에 있는 제트 추진 연구소와 매사추세츠 주 케임브리지에 있는 대기환경연구소의 과학자는 이러한 기술을 이용하여, 2주에서 2개월에 걸쳐 자전축이 조그만 원을 그리며 움직이는 네 번째 진동이 있다는 사실을 알아냈다. 이 원은 지름이 6.4센티미터에서 60센티미터 사이로, 챈들러 진동의 30분의 1 정도밖에 되지 않는다.

이들 과학자는 위성에서 보내오는 기상 정보를 면밀히 관찰한 결과 주기가 짧은 이 작은 진동은 바람에 의해 대기가 출렁거릴 때 질량 분포에 변화가 일어나기 때문이라고 결론지었다. 폭풍우로 인해 물이 이리저리 이동한다든지, 눈이 덮이는 지역이 늘었다 줄었다 하는 것 등이 그 주요 원인으로 작용할 수 있다는 것이다.

바람이 몰아친다든가, 강물이 흐른다든가, 혹은 눈이 녹는 것과 같이 흔히 볼 수 있는 현상으로 인해 거대하고 육중한 지구에 미세한 진동이 일어날 수 있다고 생각하면 놀라울 따름이지만, 실제로 그런 작은 변화가 지구를 흔들고 있는 것 같다.

> 우주의 움직임에는 융통성이라고는 거의 없다. 한 번 한 일은 또다시 되풀이된다.
> —아이작 아시모프

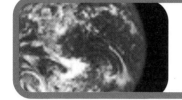

압력이 누적되면
지구는 폭발한다

지질학자들은 빠른 시일 안에 컴퓨터 분석 등을 통해
향후 지진이 일어날 시간대와 장소를 구체적으로 알 수 있게 될 것이다.
따라서 앞으로는 어느 도시에서 어느 정도 크기의 지진이 일어나리라는
사실을 예측함으로써 지진의 피해를 최소화할 수 있을 것이다.

 20세기 말 아르메니아에서 지진이 일
어나 수만 명이 사망한 지 얼마 지나지 않아 다시 타지키스탄에서 대규모의
지진이 일어나는 것을 보고 사람들은 요동치는 지구에 대해 다시금 생각하
게 되었다.

지구는 요동치고 있다. 요동치지 않게 할 수 있는 방법은 없다. 지질학적
으로 볼 때 지구는 살아 있음이 분명하다. 지구의 껍데기는 모두 여섯 개의
커다란 판과 그보다 조금 작은 판 몇 개로 구성되어 있다. 이 판은 끊임없이
움직이며 (움직이는 속도가 아주 느리기는 하지만) 서로 부대끼는데, 이로
인해 판과 판 사이에서 압력이 어마어마하게 높아진다. 압력이 누적된 끝
에 마찰력이 극단에 이르면 판이 약간씩 미끄러지는데, 이때 생겨나는 무
서운 요동을 지진이라고 부른다. 때때로 이런 지진은 가공할 파괴력을 보
이기도 한다.

그러나 지진 자체 때문에 사람이 죽는 것은 아니다. 건물이 무너져 목숨을 잃는 것이다. 만약 어떤 사람이 허허벌판에서 지진을 만나게 된다면, 지구가 흔들리기 때문에 무섭기는 하겠지만 그 사람은 멀쩡하게 제 갈 길을 갈 수 있을 것이다. 지진으로 땅이 흔들린 시간은 기껏 5분 정도이므로. 그러나 지진이 일어날 때 건물 안에 있다면 건물이 무너지면서 목숨을 잃을 가능성이 크다. 기록에 남은 최악의 지진은 1556년 중국 어느 도시에서 일어난 것으로, 83만 명이 죽었다고 한다. 이 숫자가 정확한지는 모르지만, 1976년 같은 중국 땅에서 일어난 지진으로 24만2천 명이 사망했다.

어떻게 하면 이런 인명 피해를 막을 수 있을까?

첫째, 대형 지진이 많이 발생하는 것으로 알려져 있는 판의 접합부에 근접하여 도시를 건설해서는 안 된다고 주장할지도 모른다. 그러나 이는 하나마나한 주장이다. 도시는 해안이나 강변, 혹은 계곡처럼 기후가 좋고 교통이 편리한 곳에 세워진다. 전 세계 대도시의 5분의 2가 공교롭게도 판의 접합부 가까이에 자리 잡고 있다. 그렇다고 해서 도시를 옮겨 세울 방법은 없다.

게다가 상황은 점점 악화되고 있다. 도시는 계속 비대해지는데, 이런 추세는 계속될 것이기 때문이다. 20세기 말 세계에서 가장 넓은 도시는 멕시코시티인데, 통계에 따르면 1985년에 이 도시로부터 조금 떨어진 곳에서 일어난 지진으로 시민 5천 명이 목숨을 잃었다. 당시 최소한 1천5백만 명의 멕시코시티 시민이 대형 지진의 위험에 노출돼 있었다는 통계가 있었다. 20세기 말에는 지진의 위험에 노출된 주민 수는 1천8백만 명이 넘었다.

이와 같은 상황은 전 세계 1백여 개 도시 중 어느 곳에서도 되풀이될 수 있으며, 2000년에는 위험에 노출된 인구가 2억 9천 만 명에 이르렀다는 통계가 있다. 언제 무슨 일이 일어나게 될지 상상만으로도 머릿속이 복잡해진다.

둘째, 그런 위험 지역에 도시를 건설하지 않을 수 없는 노릇이라면, 그곳의 건물을 내진 구조로 지을 수는 없을까? 아르메니아에서 있었던 지진으로 인한 대참사는 부실한 건물에도 원인이 있었다. 선진국에서는 이 부분에 대해서는 약간의 안도감을 느낄 수 있을 것이다. 왜냐하면 부실한 건물은 건설비가 적게 먹힌다는 의미이며, 내진 구조 건물은 건설비가 비싸게 먹힌다는 것을 의미하기 때문이다. 잉여자산이 거의 없는 가난한 나라에서 건설에 투자한다는 것은 현실적으로 어렵다. 지진이 언제 일어날지 알 수 없는 상황에서 그보다 더 시급한 문제가 많이 있기 때문이다.

위험에 노출된 2억 9천만 명 중 80퍼센트는 개발도상국 국민인데, 이들 국가는 국민 모두를 안전한 건축물 속에 보호할 수 있는 수단이 마련되어 있지 않다. 심지어는 미국조차도 예산이 충분히 받쳐주지 않는다면 노후 건축물들을 안전하게 유지·보수하지 못할지도 모른다.

셋째, 어쩌면 지진을 예측하는 방법으로 문제를 해결할 수 있을지도 모른다. 그러나 설혹 1년 후 어느 도시 근처에서 지진이 일어날 것이라고 예측할 수 있게 된다 해도, 그 도시에 구조물을 보강하고 안전 조치를 취할 만한 시간적 여유를 갖기는 힘들다. 우리가 할 수 있는 일은 그 도시를 비우는 것뿐이다. 수백만 명에 이르는 사람을 도시 바깥으로 대피시켜놓고 도시가 다 무너져 내릴 때까지 보호한다는 것은 도저히 불가능한 일이다. 그것이 가능하다 해도 그로 인한 혼란은 실제 지진만큼이나 충격적일 것이다.

그렇다면 우리가 해야 할 일은 지진을 보다 빨리 예측하는 방법을 발견해내는 일이다. 예를 들어 앞으로 54~55년 뒤에 어느 도시에서 대형 지진이 일어나리라는 사실을 상당히 정확하게 예측할 수 있다고 생각해보자. 그렇게 되면 기존 건물을 보강하거나 허문 후 새로 지을 시간을 벌 수 있다. 전세계로부터 지원을 받을 수도 있을 것이다. 따라서 전 세계의 모든 도시가 지진의 위험에서 완전히 벗어나지는 못하더라도 최소화할 수는 있으면서 조금씩 조금씩 안전해질 것이다.

어떻게 하면 지진에 대한 장기적 예측이 가능할까? 빛의 파장을 재는 기구인 간섭계와 레이저를 이용하여 지진의 원인이 되는 지각판의 미세한 움직임을 측정할 수 있는 기술이 이미 개발됐다. 과학자는 이 기구를 사용하여 압력이 어느 정도나 누적돼 있는지 측정해낼 수 있지만, 이 장치를 지구상의 모든 곳에서 사용하기는 어렵다.

그렇지만 위성을 이용해 지구의 미세한 모양 변화와 지구 표면의 미세한 변동을 포착하는 일은 충분히 가능하다. 우주에서 지구를 바라보는 일종의 '지구측지학'인 셈이다. 이를 통해 모든 지각판이 어떻게 움직이는지, 그리고 압력은 얼마나 누적되었는지 전체적으로 파악할 수 있다. 컴퓨터 분석을 통해 어느 시점의 압력이 얼마나 될지 알아낼 수 있을 것이고, 이를 바탕으로 향후 모든 시간대와 장소에 지진이 어떻게 분포될지 구체적으로 알수 있게 될 것이다. 그리고 피해를 줄이기 위한 최선의 조치를 취할 수 있을 것이다.

우주 개발 계획은 낭비이며, 그 돈을 '지상의 현실적인 문제'에 훨씬 요긴하게 쓸 수 있을 것이라고 주장하는 사람들에게 이렇게 질문할 수 있을 것이다. "이제까지 설명한 것보다 더 현실적인 문제가 있을 수 있는가?"

Chapter

16

로봇을 진화시켜라

> 지난 35억 년 동안 어떤 생물도 바퀴를 신체 조직의 일부로 편입하는
> 방향으로 진화하지 못했다. 그러나 우리는 로봇에게
> 다리 대신 바퀴를 달아줄 수도 있고, 다리도 바퀴도 같이 달아줄 수 있다.
> 로봇이 인간 이상이 될지도 모르는 일이다.

 예전에 매사추세츠 공과대학의
마크 레이버트와 카네기멜론 대학교의 제프 케클랭은 다리 두 짝에다 달리
기밖에 하지 못하는 간단한 로봇을 고안한 적이 있다. 이 로봇이 얼마나 빨
리 달릴 수 있는지 알고 싶었던 두 사람은 로봇의 다리 길이와 휘는 정도를
조절하여 시속 약 21킬로미터까지 속력을 내게 할 수 있었다.

 달리기 역학에 관한 연구로서는 흥미가 있지만, 문제는 실제로 우리가
다리 달린 로봇을 원하는가 하는 부분이다. 진정 우리는 인간처럼 보이는
로봇을 원하는 걸까?

 영화 《스타워즈》의 사건 전개에서 매우 중요한 부분을 차지하고 있는
두 로봇을 생각해보면 그런 의문이 떠오르게 된다. 그중 하나(시스리피오)
는 몹시 깔끔하고 호들갑스런 인간의 이미지를 풍길 정도로 인간과 닮았다.
그리고 또 다른 하나(알투디투)는 소화전 같아 보이긴 하지만 나름대로 아

주 귀여워보인다.

그렇다면 미래의 로봇은 어떤 모습일까? 인간과 같은 모습을 하고 있을까, 아닐까?

로봇이 조립공정 같은 분야에서 고도로 전문화된 기능만을 수행한다면 로봇을 고도로 전문화시키는 것이 합리적이다. 예를 들어 동일한 기능을 끝없이 수행하도록 하기 위해서는 컴퓨터로 제어되는 팔만 있으면 된다.

그러나 진공청소기를 돌리고, 커피를 끓이고, 저녁 식사를 준비하고, 잔디를 깎는 등 각종 일을 처리하면서 우리를 가사 노동에서 해방되게 해주는 가정용이나 개인용 로봇을 생각해보자. 간단히 말해 컴퓨터로 제어되는 기계 하인이 있다면 어떨까?

이 점에 있어서 로봇이 인간을 닮아야 한다는 주장을 뒷받침하는 논리가 두 가지 있는데, 한 가지는 실용적인 것이고, 또 한 가지는 심리적인 논거이다.

실용적 차원에서 보면, 가정용 로봇은 인간의 기술을 그대로 활용할 수 있어야 할 것이다. 진공청소기라든가 오븐 등 우리가 사용하는 가정용품 전반을 이용할 수 있어야 한다는 말이다. 우리가 쓰고 있는 기기는 모두 인체의 크기와 모양에 맞게 만들어져 있다. 기기에 달려 있는 조작부는 우리가 자연스럽게 팔이나 다리를 움직여 조절할 수 있는 위치에 있다. 우리가 불편함을 느낄 정도로 높거나 낮지 않으며, 굉장한 힘을 요구하거나 우스꽝스럽거나 우리의 인체가 견디기 어려울 정도의 힘든 요구를 하지는 않는다.

로봇도 이와 같은 기기를 쓰게 하자면 인간과 같은 운동 능력을 지녀야 할 뿐 아니라 모습 또한 비슷해야 한다. 그러지 않으면 우리는 두 개의 시스템을 마련해두어야 할지도 모른다. 하나는 인간과 닮지 않은 로봇에게 알맞은 것이고, 다른 하나는 로봇이 고장나더라도 인간이 사용하는 데 불편하지 않도록 하기 위한 것이다. 이런 일은 확실히 낭비다.

두 번째는 심리적인 차원에서 본 것으로, 기계가 평소의 인간처럼 집 안에서 움직이고 다닐 경우, 그것이 정말 생소하고 기괴한 모습이라면 불안감을 느낄지도 모른다. 그런 기계는 '괴물' 같아보일 것이다. ≪프랑켄슈타인≫이라는 영화에서 보리스 칼로프가 연기해낸 그 유명한 괴물은 정확히 말하자면 인간과 닮지 않게 만들어졌기 때문에 괴물이었던 것이다. 만약 프랑켄슈타인이 클라크 케이블같이 생겼다면 그 영화는 훨씬 덜 충격적이었을 것이다. 이런 관점에서 본다면 로봇은 인간과 닮을수록 더 좋다.

인간의 형태를 한 로봇을 만드는 데 반대하는 주장의 근거는 무얼까? 우선 현재 인간의 모습은 지난 35억 년간 시행착오를 거듭한 진화의 결과물인데, 어떤 면에서 보면 그리 바람직한 모습은 아니다. 인간의 조상은 네 발 달린 짐승이었다. 이제는 인간에게 없어서는 안 될 손이 되어버린 앞발을 자유롭게 사용하기 위해, 약 5백만 년 전 원숭이 같은 모습의 조상 중 하나가 상반신을 꼿꼿하게 세우고 걸어야만 했다. 네 발 달린 동물이 서서 걷는다는 것은 결코 쉬운 일이 아니다. 곰이나 침팬지 등도 잠깐은 뒷다리로 걸을 수 있다. 그러나 몹시 서투르다. 오직 인간만이 안정된 상태를 유지한 채 지속적으로 서서 걸을 수 있다.

상반신의 무게 때문에 넘어지기도 한다. 때때로 '앗!' 하며 넘어지기도 하지만, 손을 가진 데서 얻는 이점이 크기 때문에 이 점은 문제가 되지 않는다. 한데 왜 로봇도 인간처럼 윗부분을 무겁게 만들어야 한단 말인가? 또 상체에는 팔 두 개, 하체에는 다리 네 개를 달면 어떨까?

인간을(다른 생물도 대체로 마찬가지다) 구성하고 있는 물질 자체의 제약 조건 때문에, 로봇은 가능하지만 인간은 불가능한 동작도 있다. 예를 들면 우리는 고개를 양쪽으로 돌리거나 손을 비틀거나 손가락을 구부릴 수는 있지만, 고개나 손을 완전히 한 바퀴 돌리지는 못한다. 그리고 손가락은 한 방향으로만 구부릴 수 있고, 반대 방향으로는 구부리지 못한다. 왜 로봇에게도 똑같은 제약을 가해야 하는가? 단지 우리와 닮게 하겠다는 목적으로?

지난 35억 년 동안 어떤 생물도 바퀴를 신체 조직의 일부로 편입하는 방향으로 진화하지 못했다. 그러나 우리는 로봇에게 다리 대신 바퀴를 달아줄 수도 있고, 다리와 바퀴를 함께 달아줄 수도 있다. 진화가 이루어지면서 인간의 뇌는 신체의 노출된 위치인 윗부분에 자리를 잡았다. 그러나 로봇은 이와 달리 제어장치를 다른 곳에 둠으로써 더욱 안전성을 기할 수도 있다. 우리에게는 입체적인 영상을 보도록 똑바로 앞을 쳐다보는 눈이 두 개가 있지만, 로봇에게는 뒤에다 눈을 하나 더 달아주거나 두 팔에 눈을 하나씩 달아줄 수도 있을 것이다.

간단히 말해 우리는 로봇이 인간 이상이 되기를 바라는지도 모른다.

모든 정보는
컴퓨터 도서관에서

인간의 문명과 기술이 지속적으로 발달하게 되면
도서관이 전산화된다는 것은 피할 수 없는 일이다.
점점 더 많은 정보가 마이크로필름에 기록될 것이고,
컴퓨터로 그 정보를 이용할 수 있을 것이기 때문이다.

 인간의 지식이 지나치게 방대해진 까
닭에 이제는 더 이상 늘어나지 않게 될지도 모른다. 문제는 우리가 너무나
많은 정보를 알게 됐기 때문에, 저 엄청난 지식 덩어리 속에서 우리가 정말
필요로 하는 정보를 찾아내기가 점점 더 어려워지고 있다는 사실이다.

인간이 지닌 지식 덩어리에는 효율적인 '찾아보기'가 없다.

기억 능력이 인간보다 뛰어난 수준의 무언가에 찾아보기 역할을 맡기고,
인간보다 빠른 방법으로 그 찾아보기를 활용하도록 하는 것 외에는 달리 방
법이 없다. 간단하게 말하면 컴퓨터가 필요한 것이다.

우리 인간의 문명과 기술이 지속적인 발달을 한 것을 보면, 도서관이 전
산화된다는 것은 피할 수 없는 일이다. 점점 더 많은 정보가 마이크로필름
에 기록될 것이고, 컴퓨터로 그 정보를 마음껏 이용할 수 있을 것이다.

또한 도서관 정보를 한 군데 모으자는 의견이 제시된 것이고, 그렇게 되

면 필요한 자료를 요청했을 때, 한 지역이나 한 나라 안의 모든 도서관 자료를 컴퓨터로 서로 연결하여 찾아낼 수 있게 될 것이다.

이러한 일은 서서히 이루어질 것이므로, 이 같은 변화가 일어날 정확한 시기를 알아내기는 쉽지 않다. 그러나 넉넉잡아 21세기 초반이 되기까지 많은 진전이 있을 것이 분명하다.

그때쯤이면 각 지역이나 나라가 제각기 전산화 도서관을 운영하고 있을 것이고, 궁극적으로 지역 또는 국가별 전산화 도서관을 바탕으로 — 필요에 의해 — 세계 전산화 도서관이라는 기관이 만들어질 것이다. 이렇게 탄생한 세계 전산화 도서관은 지식의 총체를 적당한 분량만큼 보관하고 있다가, 누구든 필요로 할 때면 도서관이 보관하고 있는 적당한 분량의 지식을 무엇이든 꺼내볼 수 있을 것이다.

여기서 나는 '적당한'이라는 말을 썼다. 컴퓨터에 저장돼 있는 정보는 손쉽게 다룰 수가 있지만, 어떤 정보를 저장해야 하는지는 인간이 결정해야 한다. 방대한 양의 지식을 있는 대로 모두 저장하고 싶겠지만, 적절히 취사선택하여 저장한다면 더욱 효과적으로 이용할 수 있을 것이 틀림없다.

낡은 것이나 쓸모 없어보이는 자료, 지나치게 전문적이거나 난해하여 관심을 갖지 않을 것 같은 정보는 보조 도서관을 만들어 보관할 수 있다. 세계 전산화 도서관은 중요한 자료가 필요한 보조 도서관이나 도움을 받을 수 있는 다른 도서관을 알려줄 수만 있으면 충분할 것이다.

전문 자료를 다루는 이 같은 보조 도서관은 사서를 고용하는 오늘날의 도서관과 비슷할 수도 있다. 다음으로는 자료 확보라든가 프로그램 개발, 컴퓨터 관리, 기타 서비스 등을 맡을 완전히 새로운 분야의 전문가들이 필요할 것이다.

세계 전산화 도서관이 하나의 시스템으로 만들어질 가능성은 낮다. 그보다는 세계의 주요 문화 중심지가 제각기 갖추고 있는 시스템을 서로 연결하는 체계가 될 것이다. 각각의 컴퓨터들은 자료를 찾아내거나 제공하는 능력이 동등하겠지만, 제각기 자기 지역의 언어를 사용할 것이다.

만약 만국공용어인 링구아테라(전 세계의 학자나 사업자, 여행자들이 서로 만나면서 저절로 생겨난 여러 가지 언어의 혼합체)라는 게 쓰이게 된다면, 자료를 만국공용어로도 제공할 수 있을 것이다.

세계 전산화 도서관으로부터 자료를 찾아 꺼내는 방식에 대해서는 문제될 것이 없다. 계속 기술이 개발되고 있는 중이므로. 이미 통신위성이 1초의 몇 분의 1도 안 되는 시간에 지구상의 어느 곳과도 연결할 수 있다. 그러나 오늘날의 통신위성은 전파를 이용하여 연결하는 데 쓸 수 있는 주파수 대역 수는 한정되어 있다.

차세대 통신위성은 가시광선과 자외선을 모두 이용하는 레이저로 서로 연결될 것이다. 여기서 사용되는 레이저의 파장은 전파보다 수백만 배 짧을 것이므로 오늘날보다 수백만 배 많은 주파수 대역을 이용할 수 있게 될 것이다.

그때가 되면 사람들은 제각기 자기 고유의 개인용 텔레비전 채널을 갖게 되고, 이 채널을 통해 세계 전산화 도서관 컴퓨터에 주파수를 맞추어 인류의 지식 덩어리를 활용할 수 있게 될 것이다. 또 어디에서든 주파수를 맞출 수 있을 것이며 사람들은 제각기 휴대용 장치를 가지고 다닐 수도 있다. 예를 들어 길을 물으면 음성이나 문자 형태로 답변을 받을 수 있다.

더욱 상세한 결과를 얻으려면 각 가정에 정교한 장치를 갖추어두어야 할 것이다. 원하는 자료를 — 증권시황이라든가 그날의 뉴스, 상품 정보, 신문, 잡지, 책 등 — 컴퓨터 화면으로 읽기도 하고 필름이나 종이로 출력할 수도 있을 것이다.

물론 그렇다고 해서 출판업이 사라지지는 않을 것이다. 단지 출판의 형태만 달라질 것이다. 새로운 형태의 출판물은 지금보다 더욱 중요한 위치를 차지하게 될 가능성이 높다.

이제 실질적이고 경제적인 문제에 대한 궁금증이 생길 것이다. 사람들은 컴퓨터로 도서관과 연결하여 자료를 찾아내는 방법을 쉽게 배울 수 있을까?

물론이다. 자동차나 텔레비전 사용법을 배웠던 것처럼 쉽게 적응해갈 것이다. 배우고자 하는 욕구가 있을 것이고, 사용법도 갈수록 쉬워질 것이다.

그러면 비용은 누가 부담할까? 여러 가지 예측을 해볼 수 있다. 컴퓨터 이용을 공익사업으로 정해 국민의 세금으로 비용을 댈 수도 있다. 그리고 개인이나 기업 이용자에게 요금을 받을 수도 있다. 또한 세계 전산화 도서관에 정보를 제공하는 사람에게 지급되는 저작권료 역시 일정 액수로 정해둘 수도 있고, 해당 정보의 사용 빈도에 따라 이용 액수를 일정 비율로 정해둘 수도 있을 것이다.

세계 전산화 도서관은 연구 활동을 하는 사람이나 학자에게는 꼭 필요한 것이지만, 어찌 보면 도서관의 역할 가운데 아주 작은 부분에 지나지 않을 수도 있다. 중요성을 놓고 볼 때도 마찬가지이다. 가장 큰 이점은 이러한 지식을 누구나 쉽게 이용할 수 있다는 점이다. 지구촌 사람이면 누구나 인류의 모든 지식을 직접 활용할 수 있게 되는 것이다. 세계 전산화 도서관은 사람들이 무엇이든 쉽게 배울 수 있게 도와줄 것이다. 게다가 사람들은 배우고 싶은 욕구가 강하다.

요즘 사람들은 어떤 것도 배우려 들지 않는다고 생각하는 사람들에게는 내 글이 미심쩍게 여겨질지도 모른다. 그러나 오늘날의 학교를 관찰해보면, 학생 한 사람 한 사람이 무엇을 배우고 싶어 하는지, 혹은 얼마나 빠른 속도로 배운 것을 소화할 수 있는지에 아랑곳하지 않고, 학생을 한 덩어리로 모아놓고 틀에 박힌 주제를, 정해진 속도에 맞춰 억지로 퍼다 먹이는 식이다. (배울 기회를 어른에게 주는 것 역시 아이에게 주는 것만큼이나 중요하다는 사실은 근래에 와서야 알려지게 되었다.)

그 대신 정보 장치가 있는 각 개인에게 원하는 것을 — 우표수집 방법이라든가, 담장 수리법, 빵 만드는 방법, 성교육, 영국 왕들의 사생활, 축구 경기 규칙, 연극의 역사 등을 — 정확하게 알려준다면 어떨까? 이러한 것들을 절대로 짜증내는 일 없이, 필요하다면 끝없이, 또 배우는 사람이 정한 시간과 장소에서 알려준다면 어떨까?

만일 해당 주제에 대해 어느 정도 배운 다음, 좀 더 깊이 알고 싶다거나 아니면 주제와 관련된 다른 내용을 원한다면 어떨까? 뭔가를 배우던 중에 갑자기 강렬한 흥미를 느껴 배우는 사람이 전혀 새로운 방향으로 파고들어간다면 어떨까?

그러지 말아야 할 이유가 없다.

앞으로 점점 더 많은 사람들이 이처럼 쉽고도 자연스러운 방법으로 자신의 궁금증을 풀 것이 틀림없다. 사람은 누구나 무게 1.4킬로그램 정도 되는

뇌가 있어서 이를 계속 이용하지 않으면 지루함 때문에 견딜 수 없게 된다. 개개인이 관심을 갖는 것을 언제든지 속 시원하게 해결해줄 준비가 되어 있는 세계 전산화 도서관이 꿈의 해결책이 될 것이다.

각 개인이 자신의 관심사에 대해 배우고 난 후 그 분야에 대해 공헌을 할 수도 있다. 어떤 분야에서건 새로운 생각이나 관찰을 하게 되면 그 사실을 세계 전산화 도서관에 알려야 할 것이다. 새로운 정보를 전산화 도서관에 올릴 때는 검증을 거쳐 도서관의 자료로 소장해야 할 것이다.

한 사람 한 사람이 배우는 동시에 교사가 되는 것이다.

궁극의 도서관이 궁극의 교사 역할을 맡게 되는 셈이다. 그러면 가르치는 사람과 배우는 사람이 서로 직접 만나 교류하고 싶은 생각이 없어지게 될까?

전혀 그렇지 않다. 어느 면으로 보나 세계 전산화 도서관은 사람과 사람이 만나는 것을 대신할 수 없다. 운동, 대중 연설, 극예술, 무용, 성관계 등에서 이론을 통해 수준을 좀 더 끌어올릴 수는 있겠지만, 실제 행위를 대신할 수는 없다. 세계 전산화 도서관이 실현된다 해도 사람들은 더욱 알차게, 더욱 즐거운 마음으로 교류하게 될 것이다. 저마다 자신이 맡은 분야에 대해 누구보다 많은 정보를 알고 있을 것이기 때문이다. 그리고 세계 전산화 도서관으로부터 배우고 싶은 욕구도 크겠지만 자신이 아는 부분을 가르치고 싶은 욕구 또한 그에 못지않을 것이다.

그렇게 되면 개개인은 새로운 관심사에 몰두하게 될 때마다 선구자 같은 본능에 사로잡힐 것이다. 체스 애호가는 다른 사람도 체스를 즐기게 하고 싶어 한다. 이는 낚시에도 해당된다. 바둑, 춤, 역사학, 조깅, 골동품 등…… 어떤 분야도 마찬가지이다.

세계 전산화 도서관을 뒤지다 뜨개질에 대해, 의복의 역사에 대해, 또는 로마 화폐에 대해 흥미를 느끼게 되는 사람은 취향이 비슷한 다른 사람을 찾으려고 애를 쓸 것이 틀림없다.

자신의 관심 분야를 자신과 비슷한 속도로 배워나가는 사람으로 가득 찬 세계는 믿을 수 없으리만치 많은 지식이 더욱 많은 지식을 낳는 동시에 수많은 관심사가 서로 경쟁을 벌이는 세계가 될 것이다. 수많은 흥밋거리 가운데 무엇을 고를 것인지 고민하는 사람을 주위에서 흔히 볼 수 있게 될 것이다.

그리고 세계 전산화 도서관은 점점 더 복잡한 모습으로 성장하면서 지식이 지식을 낳는 과정에 직접 기여할 수도 있을 것이다. 보관하고 있는 자료를 자유롭게 다른 것과 연관 지어봄으로써 새로운 관심사나 놀라운 연구 방향을 제시할 수 있을 것이고, 나아가 오랫동안 풀리지 않은 문제에 대해서도 새로운 해결책을 제시할 수도 있을 것이다.

그러나 잠깐! 누구나 자기가 바라는 것을 마음대로 배울 수 있다고 한다면, 너나없이 쓸데없는 것만 배우려 들 수도 있지 않을까? 세상이 돌아가는 데에 필요한 지루하고도 어려운 것을 배우려는 사람이 누가 있을까?

그러나 컴퓨터로 움직이는 미래 사회에서는 자동으로 움직이는 기계류가 바로 이렇게 지루하고도 어려운 것들을 도맡을 것이다. 그런 것은 더 이상 인간이 맡을 필요가 없는 것이다. 인간이 맡아야 할 몫은 창조적 측면이 될 것이다. 게다가 이 분야는 '오락' 이라는 이름으로 제공될 것이다.

지구촌의 수많은 사람들 가운데 수학이나 과학 연구, 문학, 미술, 정치,

경영 등에서 큰 즐거움을 얻는 사람이 있을 것이다. 이들은 세상이 '돌아가는' 데 도움을 주는 일을 하는 동안 정원을 꾸미는 일이나 식도락가의 혀를 즐겁게 해줄 수 있는 비결을 연구하는 데 몰두하는 사람들이 누리는 것과 같은 종류의 즐거움을 느낄 것이다.

그러나 여가와 즐거움만 있는 세계에서 살다보면 인간 사회가 무너져 내리지는 않을까? 사는 것이 항상 한가한 일요일 오후처럼 되는 게 아닐까? 모험! 도전! 위험! 이런 것이 자리 잡을 곳은 어디일까?

우리가 상상하는 미래 속의 지구에서는 이러한 것을 찾아볼 수 없을는지도 모른다. 하지만 지구가 인류의 유일한 생활공간이 아닐지도 모른다. 세계 전산화 도서관 덕분에 기술과학은 빠르게 발달할 것이고, 인류는 우리가 상상하는 것보다 훨씬 빠른 속도로 우주를 탐험 · 개척하고 정착하게 될 것이다. 인류의 최전선은 바로 우주가 될 것이다.

인류가 맞이한 신개척지 중 가장 커다란 개척지가 될 이 우주에서는 모험과 도전과 위험을 통해 즐거움을 느끼는 사람이라면 누구든 뛰어들 공간이 있을 것이다. 모든 분야에서 유용한 세계 전산화 도서관은 여기에서도 다시금 진가를 발휘할 것이다.

앞으로 우리 후손에게는 세계 전산화 도서관이 없는 세계는 상상하기도 힘들 것이다. 그들은 세계 전산화 도서관이 없는 세상에서 살아야 했던 우리를 얼마나 불쌍하게 생각할까?

사람이 할 일,
컴퓨터가 할 일

컴퓨터는 인류 역사상 인간을 가장 인간답게 만든 발명품이다.
컴퓨터는 사람이 머리로 해내기 어렵거나 지루해하는 일을 뭐든지 해내고 있다.
그러나 컴퓨터가 할 수 없는 일을
예측하는 것은 굉장히 위험하다.

 미래가 평화로울 것이라고 가정하
고 미래를 예측해보면 컴퓨터는 지금에 비해 점점 더 많은 일을 해낼 것이
분명하다. 그렇지만 컴퓨터가 할 수 없는 일을 예측하는 것은 굉장히 위험
하다. 예측이 잘못될 가능성이 크기 때문이다.

이에 대해 아서 클라크 박사가 한 말은 정곡을 정확히 찌른다.

"저명한 노과학자가 뭔가를 두고 불가능하다고 단언한다면 그 말은 틀렸
을 가능성이 크다."

내가 저명한가 아닌가에 대해서는 의견이 분분하겠지만, 나도 웬만큼 나
이가 들었으므로 그 말을 가슴 깊이 새겨두고 있다. 그리고 컴퓨터로 가능
한 일을 실행하지 않는 것에 대해서는 기꺼이 미리 점쳐볼 용의가 있다. 말
을 이렇게 바꾸어 써야 할지도 모르겠다. "컴퓨터를 설계할 때 어떤 일을
할 수 있도록 설계할 수 있었음에도 그렇게 하지 않는 것은 그럴 만한 충분

한 이유가 있기 때문이다"고 말이다.

'하지 못하는' 것과 '하지 않는' 것의 차이를 알아보기 위해 자동차를 한 번 생각해보기로 하자. 자동차는 바퀴를 돌려 달리는데, 그 바퀴를 돌리는 것은 축이다. 축과 바퀴는 인간이 만든 것 중 자연보다 더 기발한 최초의 발명품이다. 살아 있는 생물 가운데 바퀴를 이용하여 움직이는 것은 없기 때문이다. 어떤 생물에게도 불가능한 일이다. 살아 움직이는 바퀴에 양분을 보내고 조절할 수 있는 순환계통과 신경계통을 만들어내기가 어렵기 때문이다.

그 결과 자동차는 빠른 속도로 달리지만 우리 인간은 한 발을 옮겨놓은 다음 다른 발을 교차하여 옮겨놓으며 터벅터벅 걸어다니는 운명에서 벗어나지 못하고 있다.

그렇지만 걷는 — 위로, 아래로, 위로, 아래로 — 데에도 나름대로 좋은 점이 있다. 바퀴는 평평한 곳에서만 다닐 수 있지만, 사람은 조그만 장애물은 딛고 넘어가고, 높은 것은 기어올라 극복할 수 있다. 풀숲 속으로 난 좁은 길을 따라 걸어다닐 수도 있고, 좁은 낭떠러지에서는 절벽에 바짝 붙어 손으로 벽을 짚고 옆으로 걸어가면 된다. 이런 능력은 매끈하게 닦아놓은 고속도로에서 시속 1백 킬로미터로 달리는 자동차처럼 대단해보이지는 않겠지만, 사람만이 가능한 일이 있다.

가까운 시일 내에 과학자들은 바퀴를 돌리는 대신에 발을 들어올리는 기계 장치를 발명할 수 있을 것이라고 생각한다. 굴러다니는 기계의 개발에 쏟아 부은 노력을 걸어다니는 기계에다 쏟는다면, 장담하건대 우리는 아주 멋진 보행기를 만들어낼 수 있을 것이다. 그 기계에 올라타고 바위투성이

도로나 가파른 시골길을 걸어다닐 수도 있을 것이고, 바위나 절벽을 탈 수도 있을 것이다.

하지만 누가 그런 기계를 만들려고 하겠는가? 사람이라면 누구나 쉽게 할 수 있는 것을 만들자고 무엇 때문에 그렇게 큰 돈을 들이겠는가? 걸어다니는 것이 피로하다는 점을 인정한다고 해도, 적어도 그것은 '공짜로' 할 수 있다. 걸어다니려고 그렇게 비싼 기계를 사고, 연료를 넣고, 정비를 한다는 것은 잘난 체하고 거들먹거리기 위한 부질없는 소비이다. 단지 정신병자나 그럴싸하다고 생각할 것이다. 실제로도 사회는 고속도로가 필요 없게 될지도 모르는 보행기를 만드는 데보다는 자동차 바퀴가 쉽게 굴러가도록 하기 위해 어마어마한 자본을 들여 고속도로를 거미줄처럼 까는 일에 더 열심이라는 사실을 분명하게 알 수 있다.

따라서 자동차는 인간이 할 수 없거나 할 수 있다 해도 아주 힘든 일을 하도록 만들어진 것이다.

이 논리를 컴퓨터에 적용하면 어떻게 될까?

컴퓨터가 오류를 일으킬 가능성은 거의 0에 가까우면서도 아주 빠른 속도로 필요한 작동을 하여 수학 문제를 풀어낸다는 것을 우리는 이미 잘 알고 있다.

이런 것은 사람이 할 수 없는 일이다. 사람의 머리는 수학 문제를 풀어낼 수는 있지만 아주 느리고 답답하기 그지없으며, 수치나 논리에 오류가 끼어들 가능성은 심각할 정도이다. 이런 점 때문에 우리는 컴퓨터를 환영하고, 또 문제를 더욱 빨리 풀어내도록 설계하는 한편 더욱 어렵고 복잡한 문제와 씨름할 수 있게 만들어내려고 애쓰는 것이다.

그렇지 않은가? 뉴욕에서 시카고로 가는 데 반드시 자동차가 있어야 되는 것은 아니다. 걸어갈 수도 있다. 그러나 많은 시간과 에너지를 필요로 할 것이다. 그보다는 자동차를 이용하고 고속도로와 교통 표지판과 나들목과 더 경제적인 엔진을 설계하는 편이 낫다.

수학 계산을 컴퓨터에 넘겨준다고 해서 인간이 해야 할 중요한 뭔가를 포기하는 것은 아니다. 단지 잘 안 돌아가는 구식 연장을 잘 돌아가는 새 연장으로 바꾸는 것일 뿐이다.

컴퓨터에 문제 풀이를 맡기면 인간이 '인간 이하'로 떨어질 것이라는 생각은 잘못이다. 컴퓨터가 있기 전에는 인간이 스스로 모든 문제를 풀었다는 생각 또한 오해이다.

보통 사람은 어느 정도 지능이 뛰어나고 또 최고 수준의 교육을 받았다고 하더라도 혼자 힘으로는 복잡한 수학 문제를 거의 풀어내지 못한다. 이 말이 믿기지 않는다면, 또 스스로를 지능이 뛰어나고 최고 수준의 교육을 받은 사람이라 생각한다면 이렇게 해보라. 머릿속으로 72,647을 323으로 나누어 소수점 아래 세 자리까지 답을 내보라. 이 문제를 실제로 풀어볼 생각을 할지조차도 의심이 가지만(나 같으면 풀지 않는다), 정답을 계산해내는 시간보다 뉴욕에서 시카고까지 걸어가는 시간이 덜 걸릴 것이다. 게다가 이 문제는 무지무지 쉬운 문제인 것이다.

역사적으로 인간은 아주 쉬운 문제조차도 뭔가의 도움을 받으면서 풀어냈다. 손가락으로, 종이와 연필로, 외어둔 규칙에 따라, 주판이나 기계식 계산기 등 여러 가지 도구를 이용했던 것이다. 이제는 컴퓨터를 쓰게 되었는데, 이는 이제까지 사용한 어떤 도구보다도 우수하다.

해결 방법을 분명하고 완벽하게 알려준다면, 그리고 인간이 직접 해결할 수 있지만 어려움이 따른다면 그게 무엇이든 간에 컴퓨터에 도움을 청할 것이고, 또 그렇게 해야 마땅하다.

그런데 인간이 쉽게 해낼 수 있지만, 그 방법을 분명하고 완벽하게 알려주기가 어려운 것이라면 어떻게 될까? 그 경계에 해당하는 예가 한 가지 있다. 바로 체스이다.

체스는 가로세로 여덟 칸씩 예순네 칸의 사각형을 그려놓은 판 위에서 여섯 가지 종류의 말 서른두 개를 가지고 노는 서양식 장기이다. 시작할 때 말을 놓는 위치는 따로 정해져 있고, 일정한 방법으로만 말을 움직일 수 있다. 놀이 방법은 분명하게 적어둘 수가 있다. 그렇지만 오랫동안 노력했음에도 불구하고, 체스를 둘 수 있는 컴퓨터는 이제 겨우 체스의 대가와 맞상대를 할 수 있을 정도로밖에는 만들지 못했다. 컴퓨터로는 바비 피셔는 고사하고 카르포프나 카스파로프도 이길 수가 없는 것이다. 언젠가는 이길 수가 있겠지만, 아직은 아니다.

도대체 왜 그럴까? 시작하는 위치도 일정하고, 또 조그마한 판 위에서 말을 움직이는 방법도 간단하다. 그렇지만 말을 놓을 자리와 움직일 수 있는 곳을 전부 합하면 믿을 수 없을 정도로 어마어마하게 많은데, 아직 우리는 적당한 시간 내에 컴퓨터가 그 가능성을 전부 살펴보도록 만들 수가 없는 것이다.

그렇다면 체스의 명인들은 어떻게 해낼까? 바로 그것이 문제이다. 우리는 그 해답을 모른다! 더욱이 체스 명인들마저도 모른다!

그렇다면 더 복잡한 놀이를 한 번 생각해볼까? 영어에는 낱말이 수십만

이 되고, 내가 쉽게 쓸 수 있는 낱말은 그 가운데 5천이나 1만 정도이다. 장기 말은 몇 개 안 되지만 낱말은 수천 개나 있고, 또 이 낱말을 짜 맞추는 규칙은 체스 말을 움직이는 규칙보다 훨씬 더 복잡하다. 그러니 글을 쓰는 놀이를 만든다면 어떻게 될까?

우리는 모두 똑같은 낱말을 알고 있고, 그 낱말을 짜 맞추는 규칙도 잘 알고 있다. 또 우리는 글을 자주 읽기 때문에 다 써놓은 글이 어떤 분위기를 가질 것인지도 잘 알고 있다. 그렇지만 책으로 펴낼 생각으로 글을 쓰려는 사람은 얼마 되지 않는다. 그렇게 쓰는 사람들 가운데서도 그 글을 책으로 만들어주겠다는 편집자를 만날 수 있는 사람은 얼마 되지 않는다.

그런데 내 글이 책이 되어 나온다. 나는 말 그대로 수천 가지 이야기와 수필을 쓰고 출판했다. 그리고 지금까지 단행본이 4백 권이 넘게 나와 있다. 내가 이렇게 많은 글을 써 내는 방법은 오로지 하나뿐이다. 될 수 있는 대로 빨리 쓰고, 또 처음 쓸 때 별로 손댈 필요가 없게 쓰는 것이다. 나는 일단 쓰고 나면 손질을 별로 하지 않는다.

충분히 상상이 가겠지만 내게는 생각할 시간이 거의 없고, 그런 상황에서 무엇이든 생각을 하려면 아주 빨리 해야 되기 때문이다.

자, 그러면 나는 그 작업을 어떻게 해낼까? 대답은 간단하다. 내가 어떻게 그 작업을 해내는지 나도 모른다! 짐작조차 가지 않는다! 내가 알고 있는 것이라고는 전혀 배우지 않았는데도 열댓 살 무렵부터 해결 방법을 이미 알았다는 것뿐이다.

그런 점에서 나는 별로 특별한 사람이 아니다. 세상에는 아주 남다른 일을 할 수 있는 사람은 많다. 모차르트에게 교향곡을 쓰는 법을 누가 가르쳐

주었나? 루이 암스트롱에게 트럼펫을 부는 법을 알려준 사람이 누가 있을까? 윌리 메이스에게 공중에 뜬 공을 잡아채는 법을 누가 가르쳤나? 머리가 정상인 사람이라면 누구나 뭔가 아주 뛰어나게 잘하는 분야가 있지만 어떻게 그렇게 잘하게 됐는지는 설명하지 못한다.

바로 이런 점이 두뇌의 놀라운 부분이다. 어떤 작업에 대해 그 규칙을 조목조목 적을 수 없으면서도 그 작업을 해낼 수 있다는 사실이 그렇다. 사람의 머리는 수학 계산이나 그림으로 떠올리는 기능은 그다지 좋지 않지만, 창의력이나 직관, 통찰, 환상, 상상이라고 불리는 특별한 기능이 있다. 어떤 결론을 내리는 데 자료가 모자란다고 하더라도 사람의 머리로는 분명한 해결 방법이 무엇인지 짐작을 할 수 있고, 느낌이나 직관으로도 알 수 있다. 사업이나 행정, 과학, 문학, 예술 등에서 언제나 이런 일이 이루어지고 있다.

이런 창의력과 직관 능력, 혹은 재능이 (한발 더 나아가 천재성이) 있는 사람은 전체 인구 가운데 소수에 불과하다는 주장이 있을 수 있다. 천재성을 나타내는 사람은 소수에 지나지 않지만, 그러한 사실은 피할 수 없는 우리의 운명 때문일까, 아니면 우리가 살아가는 방식에서 생겨난 결과일까? 역사가 생겨난 이래 오랜 기간 인간은 컴퓨터 없이 살아왔기 때문에, 또 그어떤 첨단기술도 없는 상태에서 살아왔기 때문에, 사람들은 대부분 머리를 그다지 쓰지 않는 일을 하면서 평생을 보낼 수밖에 없었다. 기술이 필요 없는 단순노동을 해야 했고, 별 것 아닌 정신노동을 해야 했다. 예를 들면 숫자를 수십, 수백 줄씩 합산하는 등과 같이 두뇌에는 적합하지 않은 따분한 직업에 종사해야 했다.

창의력을 제대로 발휘할 수 있는 위치에 있었던 사람 수는 전체 인류 가운데 아주 미미한 비율에 지나지 않는다.

만일 나폴레옹이 환경 때문에, 또는 경제적인 이유 때문에 양복점에서 일평생을 살아야 했다면 과연 그런 군사적 기술을 발휘할 수 있었을까?

이런 면에서 볼 때 컴퓨터는 역사상 사람을 가장 사람답게 만든 발명품이다. 많은 사람들이 자신 없는 일과 마주했을 때, 어깨 위에 지워진 짐을 떠맡았을 때, 놀랍게도 두뇌가 잘 회전하고 있음을 알 수 있었을 것이다.

그러나 컴퓨터가 할 수 있는 일의 가짓수가 점점 더 많아지고, 또 시행착오를 통해 원활하게 이용하게 된다면, 결국에는 인간이 하는 일의 영역까지 떠맡을 수도 있지 않을까?

자동차가 걸어다닐 수 있게 만들 수 없다고 하는 것과 마찬가지로, 컴퓨터가 절대로 그렇게 될 수 없다고 한다면 틀린 말이 될 가능성이 크다. 그러나 그렇다고 해도 컴퓨터를 그렇게 만들 필요가 있을까 하는 생각이 든다.

그럴 필요가 있을까? 아무리 비싸다고 하더라도 컴퓨터는 사람이 할 수 없는 일을 대신 할 수 있을 때 커다란 가치를 지닌다. 그런데 사람의 두뇌가 잘할 수 있는 일을 컴퓨터가 대신하게 하려면 많은 비용이 들 것이다. 사람이 쉽게 해낼 수 있는 일을 비싼 비용을 들여 컴퓨터에게 맡기고자 할 사람이 있을까? 당신 같으면 그냥 (여의치 않을 때에는 펜과 잉크만 가지고도) 글을 쓸 수 있는데도, 그저 글 쓰는 일을 맡기려고 아주 비싼 돈을 들여 만든, 그러면서도 언제라도 '먹통'이 될 수 있는 있는 컴퓨터를 장만하려고 할까? 정말이지 그런 사람은 없을 것이다.

컴퓨터는 내가 글을 쓸 때 도와줄지 모른다. 나 역시 지금 이 글을 쓰면서 필요로 하는 기계적 작업에 워드프로세서의 도움을 받고 있다. 워드프로세서를 이용하면 내가 손으로 직접 쓰는 것보다 훨씬 빠르고 깔끔하게 글자를 만들고 출력할 수 있게 해준다. 그렇지만 워드프로세서를 사용한다 해도, 생각하는 일만큼은 불가능하다. 또 나 대신 걸음을 걸어주는 자동차가 필요치 않은 것과 마찬가지로 내 대신 생각을 해주는 컴퓨터 역시 불필요하다. 특히 나는 걷는 것보다 생각하는 것을 훨씬 더 좋아하니까.

그러므로 미래 사회에 대한 나의 결론 역시 이와 같다.

컴퓨터는 사람이 머리로 해내기 어렵거나 지루해하는 일은 뭐든지 해내도록 만들 수 있고, 또 그렇게 만들어질 것이다.

컴퓨터는 사람이 머리로 쉽게 해내거나 즐거이 해낼 수 있는 일은 뭐든지 해내도록 만들 수 있겠지만, 그렇게 만들지 않을 것이 틀림없다.

우주라는 것은 존재하는 모든 것을 포함하는 것으로 정의되어 있다. 따라서 그 너머에 무엇이 있는가를 묻는 것은 무의미한 질문이다.

—아이작 아시모프

Chapter

남자가 할 일,
여자가 할 일

> 결혼이란 생물학적으로 전혀 다른 두 가지 성이 만나 이루어진다.
> 연구 결과 비협조적 관계에 있는 커플보다 서로 협조적인 관계에 있는 커플이
> 훨씬 잘 산다는 것이 밝혀졌다.

 결혼이란 생물학적으로 전혀 다른
두 가지 성의 존재가 만나 이루어진다. 오랜 옛날이나 지금이나 그 사실은
변함이 없다.

첫 번째로, 여자는 아기를 낳지만 남자는 낳지 않는다. 이는 인류가 땅에
서 나는 것으로만 살아가던 시대에, 여자는 주기적으로 아홉 달 동안 임신
을 했는데, 그중 마지막 석 달 동안은 다른 때보다 활동도 둔해지고 위험에
취약했다. 임신하고 젖을 먹이는 일은 에너지가 많이 필요하기 때문에 임
신한 여자는 남자에 비해 외부 세계로부터 더 많은 보호를 받아야 했다.

예전이나 오늘날이나 변함없는 또 다른 생물학적인 차이는, 평균적으로
남자가 여자보다 더 크고 힘이 세다는 사실이다.

남자는 여자를 보호하고 비교적 안정된 상태에서 아기를 낳을 수 있도록
뒷바라지할 수 있었던 것은 위와 같은 생물학적 이점이 있었기에 가능했다.

남자가 공짜로 이렇게 뒷바라지를 해준 것은 아니다. 남자는 여자를 보호하는 대신 성적으로 접촉할 수 있는 편리한 대상이 되어주기를 바랐다. 또 거친 들판에서 그를 도와주는 대가로 늙었을 때 돌봐줄 자식을 낳아주기를 바랐던 것이다.

남녀가 서로의 조건을 충족시키기 위해 노동의 분화가 일어났다. 여자는 아이들에게 매여 있었지만 임신과 출산, 수유의 과정을 거치면서 아이들과의 연대감을 남자에 비해 훨씬 강하게 느꼈다. 따라서 자연히 행동반경을 아이들이 있는 집안으로 국한하려는 경향이 있었다. 먹을 것을 공급하고 가족을 보호해야 하는 남자는 사냥이나 농사를 위해 들판으로 나가려는 경향이 강했다.

이는 생물학적인 차이가 아니라 생물학적인 차이 때문에 벌어진 사회적인 차이이다. 남자의 일, 여자의 일을 서로 지나치게 세분화해서 나눌 필요는 없다. 여자가 농사일을 못한다거나 남자가 집안일을 못할 까닭은 전혀 없었으므로 서로 일을 바꾸어 하게 되는 경우도 있었다. 그러나 오늘날에 와서조차도 '전통적' 가족제도를 신봉하는 나라에서는 여자를 집 안에, 남자를 집 밖의 세계에 두고 있다. 게다가 전통이라는 것은 실제 가치보다 더 많이 존중받는 경향이 있다.

짝을 찾는 과정에서 여자는 성적인 매력과 아이를 낳을 수 있다는 점을 내세웠고, 남자는 힘과 장래의 가능성을 내세웠다. 그러나 이 거래는 남자에게 유리했다. 남자는 마음만 먹으면 강제로 성관계를 갖고, 그에 대한 대가를 지불하지 않아도 될 힘이 있었기 때문이다. 그래서 스스로를 내세우려고 애를 써야 하는 일은 대부분 여자의 몫이 되었다. 오늘날에 와서도 성적으로 다른 사람의 관심을 끌 만한 면을 드러내 강조하도록 만든 옷을 입는 쪽은 여자이고, 얼굴에 색깔을 입히는 쪽도 여자다.

그냥 지나칠 수 없는 생물학적인 차이가 한 가지 더 있다. 여자는 비교적 젊을 때에만 아기를 가질 수 있다는 점이다. 마흔이 지나면 우선 아기를 갖기가 어려워지고, 나이가 더 들면 가질 수 없게 된다. 그러나 남자는 늙어서도 아기를 만들 수 있다.

그래서 여자는 젊다는 것을 되도록 강조해야 했다. 그래서 오늘날에도 머리카락에 물을 들이고 피부가 팽팽하도록 관리를 하는 등의 노력을 하는 쪽은 여자다. 그리고 전통적으로 여자는 나이를 속여도 으레 그러려니 하며 눈감아준다.

또 한 가지 생물학적으로 다른 점은 여자는 아기가 자신의 뱃속에서 나오기 때문에 그 아기가 자기 아이라는 것을 명백히 알고 있다. 그러나 남자는 그만큼 분명하게 알지 못한다. 여자의 아기가 자기의 아이이기도 하다는 점을 어느 정도 확실하게 해두고자 하는 남자는 다른 남자가 자기 아내에게 접근하지 않게 하려 했을 게 확실하다. 바로 이 때문에 대개는 아내를 집 안에 두고 주의 깊게 감시했을 것이다.

이로 인해 자연스레 남자에게는 너그럽고 여자에게는 엄한 이중적 성도덕이 생겨났다. 남자는 마음대로 바람을 피울 수 있었는데, 그렇게 해도 결과적으로 아내가 다른 남자의 아기를 낳는 일이 없기 때문이었다. 그러나 여자가 바람을 피우는 일은 허용되지 않았는데, 그 이유는 남편의 아이가 아닌 아기를 남편에게 안겨주는 결과를 낳기 때문이었다. 같은 이유로 조그만 공동체에서 일부다처제(남자 한 명에 여러 명의 아내)가 드물지 않은 한편 일처다부제(여자 한 명에 여러 명의 남편)는 찾아보기 힘든 것이다.

그런데 오늘날에는 어떻게 변했을까? 생물학적 차이는 그대로 유지되고 있다. 그런 차이를 토대로 생겨난 오랜 전통도 남아 있다. 그렇지만 사회 내의 여러 가지 요건은 달라졌다.

예를 들면, 아기를 옛날처럼 중요하게 생각하지는 않는다. 옛날에는 유아 사망률이 너무나 높았기 때문에 대부분의 여자들은 본인이 원치 않아도 아이를 많이 낳아야 한다는 외부의 압력이 강했다. 몇 명이라도 살아남아 나중에 부모를 돕고 편안하게 지내게 해주게끔 보장받기 위해서였다. 오늘날은 의술이 발달한 지역에서는 영아 사망률이 매우 낮다. 그래서 일반적인 조건이라면 두세 명이면 혈연을 이어가기에 충분하다.

옛날에는 또 여자 스스로가 아기를 몹시 원했는데, 이는 여자에게는 사회에 기여할 수 있는 길이 사실상 그것 말고는 아무것도 허용되지 않았기 때문이다. 아이를 낳지 못하면 여자는 남편에게도 사회에도 쓸모가 없었다. 게다가 아이를 낳지 못하는 책임은 고스란히 여자에게만 전가된다. 남편은 씨앗을 뿌리고 아내는 그 씨앗을 키우는 밭이었다. 씨앗을 뿌렸는데도 자라지 않는다면 그것은 밭이 불모지이기 때문이었다. 그래서 성관계를 해도 아기를 낳지 못하는 여자를 '석녀(石女)'라고 불렀다.

여자가 아기를 낳지 못하면 과거에 지은 죄 때문에 저주를 받았다는 인식이 어렵잖게 자리를 잡았고, 이 때문에 그런 여자는 더욱 처지가 어려워졌다. 성경에 의하면 사라와 라헬은 오랫동안 아기를 낳지 못하여 푸대접을 받았고 쫓겨날지도 모른다는 두려움 속에서 살아야 했다. 삼손의 어머니와 사무엘의 어머니는 오랫동안 아기를 낳지 못해 비참하게 살았다. 그리고 다윗의 첫번째 아내 미갈은 남편에게 무례하게 행동했는데, 그 벌을 받아 죽을 때까지 아기를 낳을 수 없었다.

남자나 여자나 임신에 대해서는 똑같이 영향을 받으며, 또 아기를 갖지 못할 경우 여자에게나 마찬가지로 남자에게도 생물학적 결함이 있다는 사실이 분명해졌다. 불임은 생물학적 문제이지 도덕적 문제가 아닌 것이다.

지금 지구상에서 살고 있는 인구는 60억이 넘는다(1989년). 인구가 너무 많이 늘어나면 위험하기 때문에 세계 곳곳에서는 아이를 적게 낳도록 유도하고 있다.

이러한 갖가지 변화로 인해 여자가 스스로의 의지 또는 어떤 사정 때문에 아기를 적게 낳거나 아예 낳지 않는다고 해도 완전히 이해할 수 있게 되었다. (물론 전통적인 가족은 아이를 많이 낳아야 한다는 입장을 고수하고 있지만, 전통이라는 것은 어느 모로 보나 변화를 따라잡을 수가 없다.) 이에 따라 여자는 사회 안에서 다른 역할을 맡을 시간을 얻게 되었다. 아니, 이렇게 바꿔 말할 수도 있다―사회 안에서 '어머니' 말고 다른 역할을 하도록 여자를 놓아주어야 할 뿐 아니라, 다른 역할을 할 수 있도록 이끌어주기도 해야 한다. 여자에게 아무 일도 주어지지 않으면 아이를 많이 낳는 것 말고는 특권을 얻을 방법이 없을지도 모르고, 그러면 우리는 빠른 속도로 늘어나는 인구를 감당할 수 없게 될지도 모른다.

그리고 남자에게는 너그럽고 여자에게는 엄한 성도덕이 어느 정도 약화되기도 했다. 젊은 미혼 남자는 자신이 임신을 하지 않기 때문에, 또 양심이 없는 남자라면 상대 여자가 아기를 갖느냐 하는 문제로 걱정할 필요를 느끼지도 않기 때문에 언제나 성적 활동에 적극적이었다, 그러나 젊은 미혼 여자는 피임을 하지 않은 상태에서는 성관계를 할 때마다 임신의 위험을 감수해야 했다. 게다가 원치 않는 아기를 갖게 되면 그 잘못과 불명예를 혼자 떠맡아야 했다. (어쨌거나 젊은 남자는 원래부터 '씨를 뿌리고 다니는' 것을 당연시하는 경향이 있었다.)

오늘날에는 '피임약'도 있고 그 밖에 여자가 임신을 피할 수 있는 갖가지 방법이 있다. 결과는 어떻게 되었을까? 여자가 성적 활동에 적극적이 되어도 사회적 처벌은 예전에 비해 비교적 덜 받을 수 있게 됐다. 실제로 그렇게 변했고, 남녀를 차별해서는 안 된다는 목소리 또한 사회적으로 많이 강해졌다. 젊은 미혼 여자가 아이를 갖고도 사회적으로 매장당하지 않을 정도로까지 되었다. (그럼에도 우리 사회에서는 혼자 사는 여자가 아기를 양육하려면 대개는 가난하게 살게 된다. 그 아이도 마찬가지이다. 경제적인 도움을 거의 받지 못하기 때문이다.) 사회가 변했기 때문에 여자가 일자리를 얻는 것이 쉬워졌고, 얻을 수 있는 일자리도 훨씬 많아졌다. 혼자 사는 여자가 굶주리지 않으려면 말상대를 해주거나 입주 가정교사, 바느질, 파출부 등 저임금에다 사람 대접도 제대로 받지 못하는 일자리를 구할 수밖에 없던 시대는 지나갔다. 오늘날에는 여자가 남자 동료의 따가운 눈총만 견뎌낼 수 있으면 변호사도 될 수 있고 소방관이나 청소부도 될 수 있다.

한 걸음 더 나아가, 여자는 임신에 대한 걱정 없이 성적 활동을 적극적으로 할 수 있다. 이제는 여자가 결혼 때문에 압력을 받는 일은 없을 것이다. 옛날에는 남편이 없는 여자에게 가난과 '노처녀'라는 달갑잖은 꼬리표가 늘 따라다녔다. 그래서 여자는 어느 정도 나이가 들면 초조해져 적당한 남자와 결혼하려고 했다. 그러나 오늘날에는 진정 함께 지내고 싶은 사람을 골라 결혼할 수 있고, 결혼이 늦어진다고 해도 노처녀라는 불명예를 떠안지는 않는다.

그러다 보니 이제는 예부터 전해 내려오던 '백년해로' 라는 것을 찾아보기 힘든 세상이 되고 말았다. 어쨌건 약 150년 전까지는 선진사회에서도 인간의 평균 수명은 대략 서른다섯이었고, 그래서 결혼생활은 10년이나 15년 뒤에 둘 중 하나가 세상을 떠나면서 끝이 났다. 결혼생활이 그 정도 계속되는 것은 그다지 어렵지 않다.

그러나 최근 평균 수명은 일흔다섯까지 올라갔고, 이혼하는 사건이 없으면 결혼생활은 반세기까지 갈 것이 거의 분명한 사실이 되었다. 다섯 해 정도 함께 살고 나서 어떤 결점이 있는지 너무도 분명하게 알아버린 사람이랑 50년이나 함께 살아간다는 것은 굉장한 인내심이 필요한 일이고, 따라서 이혼이라는 게 흔해지고 또 사회적으로도 그다지 무리가 없는 것으로 받아들여지기도 한다.

이혼이 아니라 죽음 때문이기는 하지만 옛날에도 결손가정은 오늘날만큼 흔했다. '결손가정' 에서 살아가야 하는 어린이는 예나 지금이나 힘든 것은 마찬가지이다. 그리고 서로에 대해 갈등을 겪고 있으면서 종교나 경제적 이유 때문에 이혼할 수 없는 부모 밑에서 자라는 아이들이 부모보다 더한 고통을 겪고 있을 수도 있다는 사실을 우리는 잘 알고 있다.

그러면 결혼을 놓고 생각해볼 때 남자는 어떤 위치일까?

내가 생각하기로는 여성 해방은 남성 해방도 된다.

옛날에는 대부분의 여자가 교육을 받지 못했다. (사실 여자가 교육을 받을 필요가 있기나 했을까?) 또, 여자는 생물학적으로 남자보다 지능이 훨씬 떨어진다는 인식이 널리 퍼져 있었다. 그 결과 남자는 자기 아내보다 똑똑해야 된다고 생각했으므로, 자기 아내가 자기보다 뛰어나다는 증거가 보이면 견딜 수 없이 창피하게 느꼈던 것이다. 그래서 젊은 여자는 자기 지능을 감추고 바보스럽고, 멍청한 척해야 했다. 그러지 않으면 '아무 남자도 날 거들떠보지 않을 거야' 하고 생각하였다. 여자가 바보스러워보이면 일반적으로 '귀엽게' 보아준다. 그러나 여자 스스로 절대로 머리를 쓰지 않는다는 주의에 따라 살다보면 나중에는 머리를 쓸 능력이 아예 없어진다.

결과적으로 남자는 멍청한 여자와 살도록 되어 있었던 것이다. 성행위는 으레 하는 것이 되면 금세 싫증이 나게 된다. 게다가 바보와 함께 지내는 것은 즐거운 일이 아니다. 그래서 남편과 아내는 어느 순간 싫증을 느끼게 되어, 소로가 말한 대로 '조용한 갈망' 속에 살거나 이혼을 했다.

오늘날 여자들은 대부분 높은 교육을 받고 있다. 남자는 자기만큼, 또 어떤 부분에서는 자기보다 더 똑똑한 아내를 맞이할 수 있다. '여자는 멍청하다'는 전통적 생각을 버릴 수 있다면 남자는 훨씬 더 나은 반려자를 얻을 수 있을 것이고, 훨씬 더 아내를 귀중히 여기게 될 것이다. (정신적 조화가 육체적 조화보다 더 오래 갈 뿐 아니라 길게 내다봤을 때 훨씬 더 즐겁다.) 여자도 자신의 지능을 의심하지 않는 남편을 더 만족스럽게 생각할 것이다.

한마디로 결혼은 참된 의미의 반려가 되어, 전통적 방식으로 살아가는 사람들은 끝내 알수 없는 또 다른 즐거움을 안겨다줄 것이다. 사실 전통적 결혼으로 얻을 수 있는 안정보다 이런 '발전된 형태의 결혼'으로 얻는 안정이 더 클 것이다.

여자가 옛날에 비해 집 밖에서 책임을 더 많이 떠맡게 되면 남자는 집 안에서 더 많은 책임을 떠맡아야 한다는 압박을 느끼게 된다. 따라서 남자가 저항하는 것은 당연하다. 집안일은 지겨운 법이다. (남자는 바로 이 때문에 집안일을 악착같이 여자에게 미루려고 한다.) 그러나 남자가 그 일을 수치스럽게 여기지만 않는다면 요리 같은 일을 즐겁게 할 수 있을 것이다. 남자는 아내가 스스로의 입맛에 맞게 만든 음식을 계속 먹어야 하는 고통을 겪지 않아도 되고, 자기가 좋아하는 방식대로 요리를 할 수 있는 기회를 얻을 수 있는 것이다.

다른 자질구레한 일도 나누어 하면 쉬워진다 — 쉬워질 뿐 아니라 남편과 아내가 하나라는 점을 더욱 깊이 각인시켜준다. (나는 내가 여기서는 좋은 본보기가 되지 못한다는 점을 말해두고 싶다. 내 아내는 정신과 의사로 활동하다가 퇴직하고 지금은 책을 쓰고 있는데, 집안일도 거의 도맡아 하고 있다. 그렇지만 나는 글을 '많이 쓰는' 작가로서 한 주에 70시간씩 일하고 있고, 아내는 그런 나를 이해해준다. 내가 맥주 깡통을 한 손에 들고 텔레비전 스포츠 프로를 보다가 아내에게 들키는 날이면 그 날로 아내는 진공청소기를 내 손에 넘겨줄 것이다.)

그리고 여자가 집 밖에서 전보다 더 많이 활동하면 아이를 보살피는 일도 아버지와 나누어 맡을 필요가 있다. 남자로서 이는 정말이지 좋은 변화가 아닌가? 그러면 아버지는 아이들과 더 가까워지게 되고, 또 전통적 경우처럼 아이들과 거리를 두고 지내면서 한번씩 아이를 잡아먹는 귀신 노릇은 그만둬도 된다. ('네 아버지께서 오시면 널 가만 안 두실 거야!')

남자는 이런 모습을 자기 나름대로 이기적으로도 생각해볼 수가 있다. 왜 나는 아이들과 가깝게 지내는 재미를 포기해야 하는가? 왜 아내만 그런 재미를 독점해야 하나? 아이를 보살피는 일을 아내와 나누어 맡으면 어쩌다 가족이 갈라서게 될 때 아이를 만나볼 기회를 더 많이 얻을 수 있을 것이고, 보호자로서의 권리도 똑같이 얻을 수 있을 것이다.

서로 전혀 다른 성격을 지닌 사람이 만나 서로를 다툼의 대상으로 보는 비협조적 관계에 있는 결혼 생활을 하는 사람보다 서로 동등한 관계에 있는 두 사람의 결혼 생활이 훨씬 생산적이다. 우리는 이렇게 할 수 있는 시대에, 이렇게 할 수 있는 사회에서 살아가는 것만으로도 운이 좋다고 할 수 있다. 우리는 이런 행운을 감사하게 생각하고, 앞으로도 보다 나은 가능성을 열어두도록 노력해야 할 것이다.

> 인간이 살고 있는 사회는 어딜 가나 복잡하다. 우리가 우리 자신과 평화를 이루고 살아가기 위해서는 아주 많은 규칙이 필요하기 때문이다.
> —아이작 아시모프

인간은 왜
탐험에 나설까?

사람들은 지구촌의 땅은 물론 바다,
하늘 저 높이까지 끝없는 탐험에 나선다.
달 위를 걸어다닌 사람들까지 있다. 사람들은 무엇 때문에
이토록 위험을 무릅쓰고 탐험에 나서는 걸까?

 사람에 가까운 짐승들이 아프리카 남
부 지방에서 살게 된 약 400만 년의 전이었다. 이 짐승들과 그 자손은 점차
땅 위로 퍼져 나갔는데, 처음에는 그 속도가 아주 느리다가 차츰 빨라져서
마침내 오늘날 온 육지와 (남극마저도) 온갖 섬에다 (아무리 떨어져 있는
섬이라 해도) 인간의 발자취를 남기게 되었다.

사람이 다닌 곳은 마른 땅만이 아니다. 바다 밑으로 뛰어들어 심해 깊은
해저까지도 가보았고, 하늘로 날아올라 끝 간 데 없는 곳까지 가보았다. 달
위를 걸어다닌 사람도 있다.

무슨 매력이 있기에 이토록 탐험을 하는 것일까?

무엇 때문에 그토록 먼 곳으로 목숨을 건 탐험을 하는 것일까?

아주 오랜 옛날의 탐험은 신기할 것이 없다. 사람들은 먹을거리와 물을
찾아다녔다. 기근이 든다거나 인구가 늘어나면 먹을거리를 넉넉히 찾아내

기가 어려웠기 때문이다.

아니면 두려움 때문이었을 수도 있다. 무서운 동물이 덤벼든다고 생각하면 누구나 공포를 느낀다. 하지만 그보다 더한 불안은 낯선 인간들이 먹을 거리를 찾아 나타났을 때이다. 그래서 원주민은 자신들의 고장에서 쫓겨나와 안식처를 새로 찾아야 했던 것이다.

어떤 것이 계기가 됐든 간에 새로운 땅과 새로운 경치를 바라보는 흥겨움, 지낼 만한 곳을 새로 찾아내는 즐거움도 있었을 것이 틀림없다.

이러한 이유로 시베리아에서 매머드를 사냥하던 사람들은 2만 5천 년 전쯤에 이동하는 매머드 무리를 따라 조금씩 이동하여 베링 해를 건너 (당시에는 바다가 아니었다) 아메리카 대륙으로 들어갔다. 거기서 이들은 남쪽으로 남하를 계속하여 드디어는 남아메리카 대륙 남쪽 끝의 섬인 티에라델푸에고에 자리를 잡았다. 지구 반대편에서는 사람들이 광활한 인도네시아 군도에서 이 섬 저 섬으로 옮겨 다니다가 오스트레일리아에 다다랐고, 거기서 더 남쪽으로 내려가 태즈메이니아의 여러 섬까지 가서 자리를 잡았다. 세월이 흐른 뒤 사람들은 원시적인 배를 타고 세계에서 가장 망망한 태평양에서 외로움과 싸우며 헤매고 다니다가 뉴질랜드 섬과 그 근처에 흩어져 있는 작은 섬 곳곳을 메웠다.

우리는 이러한 탐사 이야기를 들어 알고 있지만 이들 탐사가 성공했다는 것 말고는 아무것도 아는 게 없다. 위험과 난관과 죽음이 분명히 있었다는 사실 외에는 탐험대를 이끌었던 용감한 사람들의 이름도 모르고, 어떤 위험이 있었는지, 어떤 난관에 부딪혔는지, 어떻게 죽었는지도 모른다.

그리고 근대의 유럽과 중동에 대한 지식은 해박하지만, 처음 탐험이 있었던 시기에 대해서는 거의 아는 것이 없다. 역사 이래 처음으로 바다를 탐험했던 사람들은 서기전 1천 년쯤에 오늘날의 레바논 해변에 살았던 페니키아 사람이었다. 이들은 별을 보고 항해하는 법을 배웠으므로, 육지가 보이지 않아도 항해를 할 수 있었다. (정보가 많으면 안전성도 높아진다는 사실을 일찍이 보여준 좋은 본보기이다) 이들은 배를 타고 지중해를 떠돌아다니다 마침내 대서양으로 들어섰다.

페니키아 사람들은 필요한 자원을 찾아다니다가 (오늘날의 영국 연안에 있는) 주석 섬을 찾아냈다. 주석은 청동을 만드는 데 없어서는 안 되는 것이다. 서기전 6세기쯤에는 페니키아 사람이 탐험대를 보내 3년에 걸쳐 아프리카 바닷가를 한 바퀴 돌았다는 이야기가 있다.

거의 2천 년쯤 뒤인 서기 8백 년 경부터는 스칸디나비아의 바이킹이 지독하게 추운 겨울이 계속되는 자기네들 반도에서 쏟아져 나와 유럽 해안을 돌며 약탈하고, 영국과 북부 프랑스, 남부 이탈리아, 러시아의 강변 지역에 자리를 잡았다. 그러던 중에 그들은 새로운 땅을 발견하기도 했다. 아이슬란드와 그린란드, 나아가 북아메리카까지 발견한 것이다.

그러나 탐험의 진정한 황금시대는 15세기에 포르투갈이라는 작은 나라에서였다. 유럽의 선박은 하늘에 구름이 끼었을 때나 해나 별이 없어서 방향감각을 잡을 수 없을 때에도 나침반을 이용하여 항해할 수 있었다. 이들은 넓고 넓은 바다를 이리저리 돌아다녔고, 미국과 호주, 남아프리카 등에 유럽을 근거지로 하는 새로운 나라를 세웠다. 그리고 이미 사람들이 터전을 잡고 살던 아프리카와 아시아 땅을 다스리게 되었다. 그로부터 4세기 하고도 반 세기 동안 지구는 점점 유럽 땅으로 변해갔다. 적에게 나라를 빼앗

겼던 수많은 나라가 다시 조국을 되찾은 것은 우리 시대에 와서야 있었던 일이다.

탐험에 나섰던 동기는 그야말로 실질적 이유 때문이었다. 유럽에서는 비단과 설탕, 향료 등 동양 특산물이 필요했다. 그러나 육지로 이동하기는 쉽지 않았다. 게다가 유럽을 적으로 보는 이슬람 나라들이 길을 가로막고 있었다. 그래서 이슬람 사람들의 땅을 밟지 않고 동양으로 곧장 가는 바닷길이 필요했다.

사람들은 영웅처럼 의연한 마음으로 위험과 맞서 항해했다. 오랜 옛날부터 폭풍이나 바람의 위험은 늘 상존했다. 그러나 그것 말고도 커다란 위험이 있었다.

1497년, 포르투갈의 탐험가 바스코 다 가마는 배를 타고 나가 아홉 달 만에 아프리카를 돌아 인도까지 갔다. 그는 유럽인 가운데 처음으로 배를 타고 아시아로 간 사람이다. 그러나 항해 도중 선원들이 괴혈병에 걸렸다. 신선한 과일과 채소에만 있는 비타민 C가 없는 음식을 너무 오래 먹었기 때문이었다. 그러나 당시에는 그 사실을 아는 사람이 아무도 없었다. 장기간 항해하는 사람에게 괴혈병은 천벌처럼 무서운 병이었고, 이 때문에 여러 세기 동안 수많은 선원이 죽었다.

1519년, 포르투갈의 선장 페르디난트 마젤란은 극동지방으로 이어지는 서쪽 항로를 찾아 배 다섯 척과 선원 230명을 거느리고 항해를 시작했다. (스페인에서 그 비용을 댔다) 최초로 세계 일주를 하게 된 이들은 폭풍이 몰아치는 마젤란 해협을 지나기도 했고, 99일 동안 육지라고는 구경도 하지 못한 채 태평양을 항해하기도 했다. 음식이 떨어졌을 때에는 거의 전부 굶어 죽을 위기에 몰리기도 했다. 향료를 잔뜩 싣고 돌아왔으므로 항해가 수지가 맞는 장사임에는 분명했지만 대가는 단단하게 치러야만 했다. 선원 212명이 목숨을 잃었던 것이다. 결국 마젤란 자신도 필리핀 섬에서 원주민과 싸우다 목숨을 잃었다. 오로지 열여덟 명의 선원만 살아서 배 한 척에 모여 타고 스페인을 다시 볼 수 있었다.

그러나 질병과 죽음도 탐험가의 앞길을 막지 못했다. 성공하면 수지가 맞을 것이 분명했지만, 그보다 더 큰 것은 미지의 땅에 대한 유혹이었다. 그래서 사람들은 온갖 어려움을 헤쳐 나갔던 것이다. 마젤란의 항해에서 살아남은 열여덟 명의 선원을 지휘한 사람은 후안 세바스찬 델 카노라는 사람이었다. 이제 항해라면 진절머리가 나지 않았겠느냐는 생각이 들지도 모르지만, 4년 뒤 그는 다시 배를 타고 태평양으로 나갔고, 항해 도중 목숨을 잃었다.

용감하게 탐험길에 오른 사람들은 모험을 지독하게 즐기는 몇몇 사람만이 아니었다. 유럽 사람 수천 명이 대서양을 건너가기도 했다. 금이며 향료 등 귀한 물건을 얻기 위해서 그런 것이 아니라 그저 평안하게 살 수 있는 땅을 찾기 위해서였다. 그러나 그들이 치러야 했던 대가는 엄청났다. 1587년 영국에서는 여자와 어린이 스물다섯 명을 거느린 1백여 명이 북아메리카 연안의 로어노크 섬에 정착했다. 그러나 4년도 채 못 되어 모두 죽었다. 이들에게 어떤 일이 있었는지 아무도 모른다. 인디언에게 잡혀 죽었을 가능성이 높다.

1607년, 버지니아 주 제임스타운에 영국인이 정착했을 때는 그보다 형편이 나았다. 그렇지만 1607년에서 1617년까지 10년 동안 1만1천 명에 이르는 정착민이 버지니아에 자리를 잡았지만, 1617년에 그곳 인구는 1천 명뿐이었다. 나머지 1만 명이 죽은 것이다.

1620년 말에는 매사추세츠 주 플리머스에 청교도 1백 명이 정착을 했지만 겨울을 지나는 동안 살아남은 사람은 몇 명 되지 않았다.

그러나 미지의 곳으로 가고자 하는 불굴의 의지를 꺾을 수 있는 것은 아무것도 없었다. 그리고 조금씩 사람들은 지식을 쌓아 나갔고, 안전하게 탐험을 하려면 어떻게 해야 하는지 알게 되었다. 또 더 좋은 배도 만들었으며, 괴혈병을 막기 위한 식이요법도 알게 되었다. 그래서 1770년대에 제임스 쿡 선장이 3년 동안 태평양을 두루 다닌 후 남쪽의 남극 바다까지 탐험을 했지만, 괴혈병으로 죽은 사람은 한 사람뿐이었다. 쿡 선장은 마젤란이 죽은 것과 마찬가지로 1779년에 하와이 여러 섬의 원주민과 싸우다 죽었다.

그 다음 세기 동안 미국에서는 수많은 사람이 서쪽으로 이동하면서 새로운 땅을 차지하여 땅을 넓혀 나갔다. 그러나 이렇게 영토가 넓어지기까지 수많은 사람이 굶주림과 폭력에 희생됐다.

그러는 한편 인류 역사상 처음으로 순전히 과학적인 흥미 때문에 거대한 탐험이 진행되고 있었다. 남극과 북극을 탐험하기 시작한 것이다.

처음에는 동양으로 가는 또 다른 바닷길을 찾아내려고 북극을 돌아다녔고, 남극을 처음으로 탐험하려 했던 이유는 물개와 고래를 잡기 위해서였다. 이런 목적은 나중에 사람들이 지구의 자극(磁極)이 어디에 있는지, 또 극지방의 환경은 어떠한지, 그것이 아니면 그저 극점에 가본다는 호기심을 가지게 되면서 없어지고 말았다. (과학자들도 새로운 동물과 식물을 찾아서, 혹은 그 밖의 과학적 자료를 찾아서 지구의 곳곳을 탐험하는 데 열심이었다. 찰스 다윈은 배를 타고 탐험을 하다가 진화론을 생각하게 되었다. 그는 내내 멀미를 했지만 탐험을 포기하지 않았다)

극지방을 탐험하다가 목숨을 잃은 사람은 수도 없이 많다. 1609년 허드슨 강을 발견한 헨리 허드슨은 그로부터 2년 뒤에 허드슨 만의 바닷가에서 죽었다. 베링 해협을 발견한 후 맨 처음 알래스카에 발을 디뎠던 비투스 베링은 북태평양 어느 섬에서 죽었다. 내가 두 사람을 예로 들어 썼지만 사실 이렇게 죽은 사람은 수도 없이 많다.

그 가운데 가장 슬픈 이야기는 1911년, 처음으로 남극으로 가려고 했던 두 사람에 대한 것이다. 한 사람은 영국 사람 로버트 팰컨 스콧이고, 또 다른 한 사람은 노르웨이 사람 로알 아문센이었다. 철저하게 준비를 하면 결과가 얼마나 달라지는가를 알 수 있는 이야기이다.

스콧은 남극의 얼음 위에서 짐을 나르는 데 말을 이용했다. 그것은 큰 실수였다. 말은 풀을 먹기 때문이었다. 그러니 엄청난 양의 풀을 끌고 다녀야 했다. 결국 풀이 떨어지자 말은 모두 죽고 말았다. 그래서 여행이 막바지에 이르렀을 때, 일행은 직접 짐을 끌고 다녀야했다.

그러나 아문센은 개를 이용했다. 개는 사람이 먹는 것과 같은 음식을 먹는다. 그리고 음식이 바닥이 날 경우 약한 개를 잡아 힘센 개에게 먹일 수도 있었다. 그래서 개 몇 마리가 여행이 끝날 때까지 살아남았고, 아문센은 훨씬 더 편안하게 다닐 수가 있었다. 남극에 다다랐을 때 스콧은 아문센이 여섯 주 먼저 다녀갔다는 사실을 알게 되었다.

낙담하여 기운이 빠진 스콧과 대원은 돌아오는 길에 지독한 눈보라를 만나 죽고 말았다.

아문센은 무사히 돌아왔다. 이후 그는 극지방 탐험을 계속했고, 1928년, 북극 바다에서 배가 침몰했을 때 생존자를 찾다가 죽었다.

1958년 에드먼드 힐러리가 갈 때까지는 땅을 밟고 다시 남극에 간 사람은 없었다. 그러나 그는 엔진을 장착한 견인차를 이용했기 때문에 아무 어려움 없이 도착할 수 있었다. 기술 발달 덕분에 극지방을 탐험하는 두려움이 사라진 것이다.

그러나 기술 수준이 아주 발달해 있는 오늘날에 와서도 탐험의 위험이 완전히 없어지지는 않았다. 여러 가지로 검증이 된 도구를 이용해도 위험은 늘 상존해 있다. 아직도 바다 저 밑에서는 생각지도 못한 이유로 잠수함의 기능이 마비되고, 날아가는 비행기가 고장을 일으키기도 한다. 세계 곳곳의 바다에서 수백 명이 죽고, 하늘에서도 수천 명이 죽고, 도로에서 역시 수만 수십만이 죽었다는 기사가 신문에 대문짝만하게 나온다.

그러면 인간이 과거에 탐험한 그 어떤 곳보다도 아득한 먼 곳을 향한 새로운 탐험에 대해 우리가 미리 생각해두어야 할 것은 무엇일까? 오늘날 인간은 대기권 밖을 드나든다. 공(空)으로만 이루어진 우주에 비하면 광대한 태평양은 아무것도 아닌 것이다.

그럼에도 대체로 안전하게 해낸다. 콜럼버스나 마젤란이나 스콧이 대면했던 것보다 훨씬 위험이 적다. 지난 반세기 동안 우주를 탐험해 온 사람들은 무전 기술과 텔레비전 덕택에 항상 지구와 연락이 가능했다. 옛날의 위대한 항해처럼 육지가 보이지 않게 되는 순간부터 연락이 끊어진다든지 하지는 않는다. 더욱이 옛날에 바다를 항해한 사람은 장차 자기에게 무슨 일이 닥칠지 꿈도 꾸지 못하는 경우도 있었지만, 오늘날 우주 탐험에 나서는 사람들은 자기네가 어디로 가고 있는지 알고 있다. 우주 탐험가들은 낯선 생명체가 자기에게 덤벼들 거라고 걱정할 필요는 없다. 무슨 일이 일어나든 마젤란이나 쿡 선장처럼 죽지는 않을 거라는 것을 알고 있다.

그러나 위험이 완전히 없어진 것은 아니다. 제아무리 기술이 좋아도 때로는 고장이 날 수가 있다. 인간은 완전한 존재가 아니라서 늘 실수를 하게 마련이다. 컴퓨터가 잘못 작동될 수가 있고, 연료가 떨어질 수도 있는 것이다.

1986년 1월 28일에는 우주왕복선 챌린저호가 폭발하여 산산조각이 났다. 그 사고로 우주선 안에 타고 있던 남자 다섯과 여자 두 명이 목숨을 잃었다.

이때의 충격은 지구촌 사람들에게 전대미문이라 할 수 있을 만큼 컸다. 탐험으로 인한 비극 앞에서 탐험 사상 처음으로 사람들은 인간이 모험을 하는 것이 과연 지혜로운 일인가를 소리 높여 되묻게 되었다. 이제는 뒤로 물러서야 한다고 생각하게 되었다.

왜 그랬을까?

우선은 그간의 성공 때문에 너무 자만에 빠져 있었다는 점을 들 수 있다. 그때까지 우주 탐험을 계속하는 동안 우주에서 미국인이 사망한 일은 한 번도 없었다. 그것은 컴퓨터를 이용한 덕분이기도 했다. 뭔가 잘못된 것이 있음을 알게 되었다면 발사 직전에라도 발사를 중단했을 것이다. 또 한편으로는 온갖 것을 빠짐없이 생각하려고 발사 때 느릿느릿 0까지 세어 나가는 미국항공우주국NASA의 아주 세심한 주의 덕분이기도 했다. 갑작스런 비극은 전혀 짐작도 하지 않은 상태에서 일어났기 때문에 더욱 충격이 컸다.

다음으로는 많은 사람들의 호주머니가 축났다는 점을 들 수 있다. 탐험이라는 것이 생겨난 이래 비용은 민간단체가 지불했다. 국가는 비용을 댄다 해도 아주 적은 일부만을 부담했다. 챌린저호의 경우에는 단 한 번의 폭발로 수조 원이나 소요된 장비가 날아간 것이다. 용감한 우주인 일곱 명이 죽었다는 생각이 가슴 속 깊이 비극으로 자리 잡고 있는 동안에 그걸 돈으로 환산한 사람은 거의 없었을 것이다. 그러나 결국에는 그런 생각이 스며들었다.

하지만 가장 중요한 부분은 이 비극이 바로 우리 눈앞에서 벌어졌다는 사실이다. 챌린저호가 폭발할 때 생중계를 보고 있지 않았던 무수한 사람도 그날 오후 텔레비전으로 수없이 나왔던 '재방송'을 한 번은 보았을 것이 틀림없다. 마젤란 일행이 굶주리는 광경이나 스콧 일행이 얼어 죽는 모습을 본국에서 보고 있었던 사람은 아무도 없었다. 그러나 사람들은 그 일곱 우주인이 죽는 것을 눈으로 보았다.

우리는 참을 수가 없었다. 그러나 그래도…….

인류는 한 사람 한 사람보다도 큰 것이다. 우리는 4백만 년 전에 시작된 모험을 계속하고 있는 것이다. 우리는 우주로 퍼져나가고 있고, 아직 한계에 다다르지는 않았다. 아직까지 우리는 어떤 불행에도 굽히지 않았다. 그리고 지금 어떤 불행도 우리 앞을 가로막을 수는 없다. 우리가 우주에게 해주는 말은 언제나 그랬듯이 지금도 마찬가지가 되어야 한다.

"우리가 간다!"는 것.

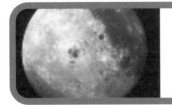

C h a p t e r **21**

달은 안성맞춤의 우주 정거장

이제 우주에서 어떻게 해야 하나?
지구-달이라는 공간이 사람이 살아가는 보금자리로 진화하기까지는
한 세기 이상 걸리겠지만, 그렇게 되고 나면 우리는 다음 단계인
화성으로 발걸음을 옮길 준비가 되어 있을 것이다.

 이제 우주에서 어떻게 해야 하나?

어디로 가야 하나?

챌린저호의 비극 때문에 미국 사람들의 의지는 바닥이 나버렸고, 자부심까지 잃어버린 사람도 있었다. 우주로 되돌아가기를 바랐지만 그러려면 다음과 같은 문제를 해결해야 한다.

이제는 어떻게 할까? 그리고 어디로 갈까?

거기에 대한 질문에 이런 대답을 생각해볼 수 있다. 아무것도 하지 않고, 아무 데도 가지 않는다.

우주 탐험은 경비가 아주 많이 든다. 전쟁이나 전쟁 준비에 전 세계가 해마다 어마어마한 액수의 돈을 쏟고 있는 한 우주에다 쓸 수 있는 돈은 제한적이다. 게다가 우주에 쓸 돈이 있다 해도 우주를 또 하나의 전쟁터로 바꾸어놓을 작정이라면 평화를 위한 탐험에 쓸 수 있는 돈은 사실상 한 푼도 남지 않을 것이다.

그러나 세계에 평화스러운 기운과 협동하는 분위기가 점점 무르익게 되면, 무기 경쟁은 끝나거나 적어도 제자리에서 멈출 것이고, 그렇게 되면 우주는 전 세계가 함께 개발할 것이며, 돈도 적당히 쓸 수 있게 될 것이고, 시간도 노력도 자원도 넉넉해질 것이다. 이 모든 것이 이루어지면 우리는 어떻게 해야 될까? 어디로 가야 할까?

자, 한 번 생각해보자. 먼저 우주선을 우주로 띄워 올릴 기지가 필요할 것이다. 지구라는 곳이 있기는 하지만 그다지 좋은 곳이 못 된다. 지구 표면의 중력계수는 1인데 (그렇게 기준을 정해놓았다) 이 중력을 벗어나려면 초속 11킬로미터가 넘는 속도를 내야 된다. ('탈출속도'라고 한다.) 태양계 안에서는 중력이 지구보다 높아 탈출속도가 지구보다 빠른 곳이 다섯 군데뿐이다. 태양, 목성, 토성, 천왕성, 해왕성이 그 다섯 곳이다. 이런 곳을 우리는 무인 우주선으로 탐험을 하기는 하겠지만, 가까운 장래에 인간이 이런 곳에 발을 내디딘다든가 아니면 가까이 가는 일조차도 없을 것 같다. 그래서 이런 곳을 빼고 나면, 우리가 기지로 쓸 만한 곳 가운데 지구가 '중력 우물'이 가장 깊어서 빠져나가기가 매우 어렵다.

그리고 또 지구에는 공기도 있고, 날씨라는 것도 있다. 폭풍이 심한 날에는 발사를 할 수 없다. 맑은 날에도 공기라는 것 때문에 저항이 생긴다. 지구보다 중력이 약하면서 지구보다 대기층이 두터운 곳은 금성뿐이다. (어쩌면 토성의 달 타이탄을 생각해볼 수도 있다.) 금성은 너무 뜨거워 인류가 그곳에 발을 디딘다는 것은 불가능할 것 같고, 타이탄은 너무 멀어서 적어도 한 세기는 지나야 그곳에 가게 될 것이다.

그래서 우리가 갈 수도 있고, 내릴 수도 있는 곳 가운데서 생각해보면 기지로 쓰기에는 지구의 조건이 가장 고약하다.

우리에게 필요한 것은 크기가 충분하면서도 지구보다는 작아서 탈출속도가 낮은 곳이다. 대기가 있어서도 안 된다. 그러나 운이 좋게도 정말 안성맞춤인 곳이 우리와 아주 가까운 곳에 있다. 달이 바로 그곳이다. 지름이 350킬로미터쯤 되고 탈출속도는 초속 2.4킬로미터 정도이며, 게다가 대기도 없다. 지구와는 40만 킬로미터 정도밖에 떨어져 있지 않아서, 오늘날의 로켓으로 사흘 정도면 거기까지 갈 수 있다. 그리고 실제로 인간은 그곳을 지금까지 여섯 번 들렀다.

우리가 본격적으로 우주로 진출하려면 달을 기지로 이용하는 데까지는 가야 한다. 기지로는 지구보다 훨씬 더 적합한 곳이므로.

그러면 달까지는 어떻게 갈 것인가? 사람들이 벌써 거길 다녀왔다는 것은 사실이지만 그것은 그저 시작일 뿐이다. 달에 가서 머무르면서 돌멩이 몇 개 주워 돌아오는 것은 볼만한 구경거리이긴 했지만, 사실 그것은 그 이상도 이하도 아니었다.

우리는 좀 더 규모를 갖추어 다시 달을 찾아가 영구히 쓸 기지를 그곳에 세워야 한다. 이렇게 하기 위해서는 단계적으로 가야 된다.

우선 지구 주위에 우주 정거장을 세워야 한다. 우주 정거장은 쉽게 자주 오갈 수 있을 만큼 가까운 거리여야 하고, 또 앞으로 1백만 년 동안은 궤도를 벗어나 지구로 떨어지는 일이 없을 정도로 지구로부터 충분히 먼 곳이어야 한다. 우주에다 영구 정거장을 만들어, 우주인이 교대로 임무를 수행하게 하면서 그곳에서 달까지 다닐 수 있는 우주선을 제작할 수 있을 것이다.

이 우주선은 (지구에서 멀리 떨어져 있기 때문에) 탈출속도가 낮아서 쉽게 쏘아 보낼 수 있을 것이고, 대기의 간섭도 없을 것이다. 이런 방법으로 우리는 두 단계에 걸쳐 달까지 갈 수 있을 것이고, 또 길게 보면 지구에서 직접 왔다 갔다 하는 것보다 더 비용을 적게 들이고 편리하게 다닐 수 있을 것이다.

우주에다 정거장을 세우면, 그곳을 기지로 삼을 수 있으므로 달은 필요 없다는 생각이 들지도 모르겠다. 그러나 그렇지 않다. 이 우주 정거장은 우리가 아무리 잘 만들어도 공간이 넉넉하지 않을 것이고, 따라서 움직일 공간도 그다지 많지 않을 것이다. 게다가 우주 정거장에서는 뭐든지 필요한 것을 지구에서 가져다 써야 할 텐데, 지구의 자원 사정은 이미 고갈될 만큼 고갈되었다.

달은 표면 넓이가 남북 아메리카를 합한 것만큼 되는 등 그 자체가 하나의 세계이다. 거기서 나는 자원으로 콘크리트나 시멘트, 유리, 산소뿐 아니라 갖가지 금속을 얻어낼 수 있다. (달 표면에서 나는 자원을 적당히 처리하면 이런 것들을 만들어낼 수 있다.) 실제로 달 기지에 정교한 광산을 만들면 우주 건설에 필요한 재료 가운데 탄소, 질소, 수소 등 가벼운 원소를 뺀 나머지는 뭐든지 얻어낼 수 있다. 거기서 얻을 수 없는 것은 지구에서 보내면 된다. 사람 또한 지구에서 보내야 한다.

달에서 자원을 얻고, 지구에서 기술을 얻으면 달과 지구 사이의 공간은 태양력 발전소라든가 핵발전소, 관측소, 연구소, 공장 등의 시설로 가득 찰 것이다. 지구의 공장을 될 수 있는 대로 우주궤도로 많이 올려보내 우주에서만 얻을 수 있는 성질(진공, 중력이 낮다는 점, 온도 변화가 심하다는 점 등)을 최대한 활용해야 한다. 이렇게 옮기게 되면 다음과 같은 좋은 점이 생겨난다. 생물권(生物圈)은 폐기물을 모아두는 곳으로 이용할 수 있다. 우주 정착지 안에는 가능하면 지구의 환경을 그대로 옮겨놓고, 정착지 하나에 1만 명까지 거주할 수 있도록 만들 수 있을 것이다. (물론 문제는 생겨날 것이다. 예를 들면 지구 주변에는 이미 수도 없이 많은 '우주 쓰레기'가 있는데, 어떻게든 이런 문제는 풀어 나가야 한다.)

이상적인 공간을 만들려면 인간의 생활 범위를 넓히는 작업을 위해 여러 나라가 합심하여야 한다. 지구상에 존재하는 나라 사이의 분쟁이라는 슬픈 역사가 우주에서 더 이상 되풀이되어서는 안 된다. 달과 우주 정착지에 사는 사람이 점점 늘어나면 나라 사이의 통제는 차차 느슨해질 것이고, 그때는 새로운 정착지 세계 하나하나가 연방 인류 연맹의 한 지방자치단체가 되어야 할 것이다.

지구 – 달이라는 공간이 사람이 살아가는 보금자리로 진화하기까지는 한 세기 이상 걸리겠지만, 그렇게 되고 나면 우리는 다음 단계로 화성으로 발걸음을 옮길 준비가 되어 있을 것이다. 사실 인류는 지금이라도 마음만 먹는다면 힘을 합쳐 유인 우주선을 화성으로 보낼 수 있지만, 그것을 보낸다 한들 그 규모가 미미할 뿐인데다가 해내기도 어렵고, 위험 또한 많이 따를 것이다. 또 처음에 달에 갔을 때처럼 그다지 중요한 성과를 얻지도 못할 것이다.

만일 지구와 달의 연합체가 완전히 자리를 잡을 때까지 기다린다면, 화성까지 가는 일은 지구인이 하지 않을 것이기 때문에 비교적 간단할 것이다. 오늘날 미국 땅이 된 북아메리카 대륙 동쪽 바닷가에 처음 자리를 잡은 사람들은 유럽인이었지만, 나중에 미국 서부 지방을 개척해 정착한 사람들은 유럽인이 아니라 그들의 자손인 미국인이었다. 또 따지고 보면 처음으로 달에 간 사람 역시 유럽인이 아니라 미국인이었다.

그렇게 볼 때 화성으로 갈 사람은 지구인이어서는 안 된다. 달 사람과 우주 정착지 사람이 가야 한다. 이들이 그 일에 훨씬 더 잘 맞을 것이다. 자기네 보금자리가 있게 된 것이 우주 비행을 통해서였으므로 우주 비행이라는 것에 훨씬 더 익숙해져 있을 것이고, 중력이 낮은 상태나 중력이 변화하는 데에 훨씬 더 익숙해져 있을 것이다. 지구인은 세상의 바깥 부분에서 살아가지만, 그와 달리 이들은 세상의 안쪽 부분에서 살아가는 데 훨씬 더 익숙해져 있을 것이다. 공기와 음식과 물을 최대한 재활용하는 일이 얼마나 중요한지를 더 잘 알고 있을 터이다.

간단하게 말해 지구인이 우주선 안으로 들어간다면 그 사람은 모든 면에서 지구와는 다른 낯선 '세계' 안으로 들어가는 셈이다. 달 사람이나 우주 정착지 사람이 우주선에 들어간다면 집보다 작다는 점 말고는 집이나 다름없는 곳에 들어가게 되는 것이다. 그 사람은 자기의 관점을 바꿀 필요가 없다.

달 사람이나 우주 정착지 사람은 화성까지의 긴긴 여행에 생리적으로 더 알맞고, 또 그보다도 훨씬 더 중요한 것은 심리적으로 더 적합하다는 사실이다. 그리고 중력이 낮은 기지에서 (어쩌면 중력이 거의 없는 곳에서) 발사되므로 연료도 적게 들 것이고, 조종실과 생활공간이 그만큼 더 여유가 있을 것이다.

화성은 (지구 자체를 제외하면) 인간이 도달할 수 있는 세계 가운데 탄소, 질소, 수소 등의 가벼운 원소를 가장 많이 얻을 수 있는 곳이 될 것이다. 이렇게 되면 달과 우주 정착지는 — 만일 그때까지도 지구로부터 경제적으로 완전히 독립하지 못했다면 — 비로소 독립할 수 있을 것이다. 그때쯤이면 달과 우주 정착지 사람은 이따금 지구-달 세계에서 그리 멀지 않은 곳을 지나가는 작은 혜성을 붙잡는 기술을 개발해낼 가능성도 충분히 있다. 이런 혜성으로부터 가벼운 원소를 얼마든지 얻을 수 있을 것이다.

화성에 일단 정착하고 나면 인류는 화성과 목성 사이에 십만 개 정도 널려 있는 소행성이라는 세계로 뻗어나갈 것이고, 그 가운데 많은 곳을 (대부분? 또는 전부?) 정착지로 만들거나 광산으로 활용할 수 있을 것이다.

그러면 이들 소행성 정착지는 정착지 자체에다 추진 장치를 달아 태양계 가장자리나 태양계 바깥의 광대한 곳으로 움직여 갈 수 있게 될 수도 있다. 이렇게 오랫동안 여행하는 사람들 가운데 그 누구도 집을 떠났다는 생각을 하는 사람은 없을 것이다. 집을 끌고 가고 있으므로. 그리고 인류는 아주 천천히 은하계 정착의 길로 나아갈 것이다. 솜털이 붙은 민들레 씨앗이 바람에 날려 여기저기로 퍼져 나가는 것처럼……

세상에서 가장 위대한 발명가는 누구일까? 그러나 우리는 안타깝게도 바퀴를 고안한 사람은 알지 못한다.
                                        —아이작 아시모프

"우주 여행하시겠습니까?"
"달에서 다이어트 해보시겠어요?"
여러분은 앞으로 지구촌의 여행사 광고 문구 중에
이런 것들을 자주 보게 될 것이다.

 "우주 여행 하시겠습니까?"

"표 사실 분 계세요?"

이런 소리를 들을 날이 아직은 멀기만 한 것 같다. 인류는 1957년, 처음으로 지구 주위의 궤도에 물체를 쏘아올렸고, 달에 첫발을 내디딘 것은 1969년의 일이다. 그러나 예나 지금이나 일반인이 스스로 원한다고 해도 우주인이 되기란 쉽지 않다.

그리고 또 우리가 우주 공항에서 표를 사서 이륙하는 식으로 마음대로 우주를 여행할 수 있다고 하더라도, 어디로 갈 것인가?

우주 가까이 있는 유일한 물체는 달뿐이다. 그곳으로 가는 데는 사흘밖에 걸리지 않는다. 그러나 솔직히 털어놓지만 분화구 한 군데와 달 경치를 한 번 보고 나면 더 이상 볼 게 없다. 공기도 물도 없는 황량한 곳일 뿐이다.

다른 곳은 어떨까? 여러 행성 중 수성이 달과 비슷하다. 다른 점이 있다면 바로 옆에 있는 태양에서 열과 빛이 나오므로 훨씬 더 고약하다는 것뿐이다. 그리고 금성은 수성보다는 태양에서 멀리 떨어져 있기는 하지만 더 뜨겁기 때문에 더더욱 고약하다. 이산화탄소로 이루어진 대기는 지구보다 아흔 배나 두껍고 기온은 납이 녹을 정도이다. 게다가 구름에는 황산이 잔뜩 끼어 있다. 단테가 그려놓은 지옥은 여기 비하면 봄날 야자나무 그늘이라고 할 수 있다.

다른 쪽으로 눈을 돌려 보자. 화성은 생활할 만한 조건을 갖추지는 못했지만 달보다는 훨씬 낫다. 그러나 오늘날 기술 수준으로 보면 거기까지 가는 데 아홉 달쯤 걸린다. 그곳으로 가는 좀 더 빠른 방법을 연구해낼 수는 있겠지만, 그저 한 번쯤 가볼 가치가 있는지에 대해서는 의구심이 간다. 화성보다 더 멀리 있는 곳은 가는 데만 해도 여러 해가 걸린다.

날아가다 보면 이따금 혜성이나 소행성이 지구-달 세계를 휙 지나치는 것을 보기도 하겠지만, 솔직하게 말해서 볼 게 별로 없다.

자, 그러면 이런 일들을 전부 전문 우주인이나 무인 우주선에다 맡겨버려야 할까?

천만의 말씀!

우주는 지금의 상태 그대로 머물러 있지는 않는다. 우주 왕복선 때문이다.

우주 왕복선은 여러 번 사용할 수 있는 우주선이다. 진공 속을 날아다닐 수 있도록 설계되어 있는 짐마차이고 트럭이다. 사람이나 다른 물건을 실어서 우주 궤도에 올려놓고 다시 더 실으러 내려온다. 우주 왕복선을 많이 만들고 나면 넉넉한 분량의 자재를 우주에 올려놓고 공장 같은 건물을 조립

할 수 있다. 예를 들면 태양에너지를 모을 수 있는 태양력 발전소를 만든 다음, 거기에서 모은 에너지를 초단파로 바꾸어 지구로 쏘아 보내면 지구에서는 그걸 받아 전기로 바꿀 수도 있을 것이다.

이렇게 하려면 우선 초기에 엄청난 규모의 투자가 있어야 된다. 특히 그 같은 발전소를 수십 개는 지어야 할 것이므로. 그렇지만 여기서 모이는 에너지를 우선 이들 발전소가 자급하게 될 것이고, 그런 다음 남는 에너지는 상상할 수 없을 정도의 이익을 남기게 될 것이다. 이러한 발전소를 짓는 데 쓸 금속과 다른 자재를 구하기 위해서는 지구를 뒤질 필요는 없다. 우주 왕복선과 뒤이어 나올 더 정교한 우주선으로 달에 광산을 세울 수도 있을 것이므로.

달에서 얻는 재료는 '우주 발사장치'를 이용하여 우주로 던져 올릴 수 있을 것이다. (공상과학이 아니라 오늘날의 전자기 공학 기술로 만들 수 있다.) 우주에서는 달에서 나오는 재료를 흙이나 콘크리트, 유리 또는 그 밖의 여러 가지 금속으로 바꿀 수가 있다.

우주에 관측소와 연구소도 세워 우주를 연구하고, 또 들쭉날쭉 오르내리는 온도와 강한 빛, 진공, 무중력 상태 등 우주의 특별한 성질을 이용하는 실험을 할 것이다.

또 지상을 오염시키는 등 공해를 발생하는 지저분한 산업 공장을 자동화하여 우주 공간에 올려놓을 수 있을 것이다. 거기라면 위험은 없으면서 산업 생산의 이로운 점을 누릴 수 있을 것이다.

(스카이랩에서 일어난 일을 생각해볼 때 이러한 온갖 시설을 우주에 띄울 때는 수백만 년 동안 우주에 머물러 있을 수 있도록 충분히 높이 올려야 한

다는 점을 강조해두어야 할 것 같다.)

이러한 여러 우주 시설을 건설하고 관리하기 위해서는 우주 식민지를 건설하는 것이 바람직하다는 점이 분명히 드러나게 될 것이다. 이들 식민지는 둘레가 대략 수 킬로미터는 되어야 할 것이고, 1만 명에서 1천만 명 정도를 수용할 수 있는 규모로, 그 자체가 하나의 완전한 세계가 되어야 한다.

이 같은 정착지는 달의 궤도 위에 자리를 잡을 것이며, 지구를 도는 달의 궤도에서 앞쪽으로 40만 킬로미터 되는 지점이나 뒤쪽으로 40만 킬로미터 되는 지점에 만들 가능성이 가장 크다. 이 두 군데가 가장 안정된 자리이기 때문이다.

그래서 서기 2080년을 미리 내다본다면, 가까운 우주의 모습은 오늘날 우리가 보는 것처럼 지구가 있고, 텅 빈 달이 있고, 그리고 그 밖에는 아무것도 없는 오늘날의 광경과는 전혀 다른 모습이 될 것이다. 그때가 되면 우리는 달에서 뭔가 바쁘게 움직이는 광경과 함께, 달과 지구 사이의 궤도에 우주 정착지 수십 개가 달을 중심으로 앞서거나 뒤서거나 떠 있고, 발전소, 관측소, 연구소, 공장 등의 시설 수백 개가 있는 것을 보게 될 것이다.

이러한 일이 가능할까?

가능하다. 인류가 앞을 내다보지 못하거나 신경이 마비되거나 하여 일부러 그러지 않기를 택하지 않는다면 말이다. '지구의 문제를 먼저 해결하자'는 사람들이 있을 것이다. 그러나 지구의 문제는 우리가 우주로 옮겨 나가지 않으면 풀 수가 없다. 자원이 다 떨어져 더 이상 인간의 삶을 지탱해줄 수 없는 지구를 너무 많은 사람이 메우고 있다. 생활권을 넓혀 지구 바깥에서 자원을 끌어오지 않는다면 인류는 무너지고 말 것이고, 인류 문명은 파탄이 나고 말 것이다.

그러나 그렇게 한다고 해도 한 세기 안에 우리가 해낼 수 있을까?

물론이다! 1869년으로 되돌아가 생각해보라. 당시 가장 경이로운 첨단 기술은 대서양의 해저 통신이었다. 전등은 그로부터 10년 뒤에 발명되었고, 자동차는 20년, 비행기는 35년 뒤에 만들어졌다. 그럼에도 그때부터 100년, 그러니까 세기 하나를 세고 난 후 우리는 달에 사람이 있는 것을 보게 되었다. 게다가 요즘에는 변화의 속도가 점점 더 빨라지고 있다.

그러면 서기 2080년의 세계가 내가 예측한 대로 된다면 사람들은 분명히 자기가 원할 때 우주여행에 나설 수 있게 될 것이다. (언제든 우주선에 빈자리를 예약할 수 있고, 우주선 표값을 마련할 수 있다고 한다면.)

우주에는 태양에너지가 있기 때문에 우리는 물을 분해하여 수소와 산소를 만들어내기에 충분한 전기를 얻게 될 것이다. 수소를 연료로 쓰면 산소와 결합하여 다시 물이 생겨나게 된다. 그것으로 우주선을 움직일 것이고, 우리가 쓰는 것은 햇빛뿐일 것이다. 게다가 햇빛은 앞으로 수십억 년 동안 쓸 수 있다.

그러면 어디로 갈 것인가?

우주 식민지를 개발하여 건설이 완료되면 갈 곳이 없어서 가지 못하는 일은 없어진다. 달은 그저 황량하기만 한 곳은 아닐 것이다. 물론 달이 개발된다고 해도 아직은 공기도 물도 없을 것이다. 달에 토양을 만들어 지구처럼 인간이 살 수 있는 공간으로 바꿀 날이 올 수도 있겠지만 2080년까지는 불가능할 것이다.

달은 물도 공기도 없지만, 그럼에도 불구하고 바쁘게 움직이는 광산촌이 되어 있을 것이다. 관광객은 밀폐된 커다란 지상 차량을 타고 달 표면을 달려 광산을 비롯하여 가동 중인 자동 기계와 우주 발사장치 등을 구경할 것이다. 그리고 달의 지하에는 멋진 호텔이 생겨날 것이다. 관광객은 거의 지구와 흡사한 환경에서 안락하게 생활할 것이다. '창' 으로 지구의 풍경을 비추어줄 수도 있다. 그러나 중력은 지구와 다를 것이다. 달 표면의 중력은 지구의 6분의 1밖에 되지 않는다. 중력까지 지구와 비슷하게 만들려면 아주 오랜 세월이 걸릴 것이고, 어쩌면 중력만큼은 어떻게 손을 쓸 수가 없을지도 모른다.

그러나 중력이 낮다는 것은 반드시 나쁘지만은 않다. 특히 잠시 머물러 있다가 갈 관광객일 경우에는 더욱 그렇다. 체육관도 만들어질 수 있는데, 거기서 체조를 하면 새롭고도 신기한 아름다움을 보여줄 수 있을 것이다. 사람들은 지구에서보다 우아하게 선을 그리며 더 느리게 돌기도 할 것이다. 그네 곡예사는 공중에서 몇 바퀴 더 돌 수도 있다. 발레 무용수는 더 멋지게 뛰어오를 수 있을 것이다.

어떻게 보면 비디오에서 보듯이 온 세상이 '느린 동작' 이 될 것이다.

그러나 관광객은 너무 일찍, 너무 많은 것을 할 수도 없고, 또 하려고 들어도 안 된다. 새로운 중력 세상에서는 누구나 물건 다루기와 자신의 몸뚱이 다루기를 배워야 한다. 몸무게는 줄어들지만 질량은 달라지지 않는다. 깃털처럼 사뿐해보인다 하더라도 잘못 떨어지면 발목을 부러뜨릴 수 있는 것이다.

물론 이것에 적응하는 법을 가르치는 강좌가 있을 것이고, 지구에서는 그 같은 것이 없으므로 사람들은 신기한 마음에 너나 할 것 없이 배우러 나갈 것이다. 사교춤에서 시도하는 간단한 동작도 지구에서는 도저히 따라 할 수 없는 고난도의 체조처럼 할 수 있을 것이다. 중력이 낮으면 근육을 덜 쓰고 싶은 유혹이 있을 수도 있겠지만, 재미가 있기 때문에 사람들은 오히려 몸무게를 줄이고 근육을 다지는 일에 열중할 것이다.

21세기 미인 사이에서는 '달에서 몸매를 가꾸세요' 라는 말이 구호가 될 날이 올지도 모른다.

인간이 가 볼만한 곳은 달 외에도 있을 것이다. 미래의 자동 공장에는 (혹은 관측소나 연구소에는) 관광객의 발길이 끊이지 않을 것이 틀림없다. 자동 안내 장치에 따라 사람들은 갖가지 작업이 소리 없이 진행되는 동굴 속으로 들어갈 것이다. 달에서 오는 원료나 우주 정착지에서 오는 대단히 정교한 완제품을 받아들이는 것에서부터, 지구로 보내기 위해 커다란 우주 왕복선에 제품을 싣는 작업까지 가능하다. 또한 사람이 직접 손댈 필요 없이 입체 CCTV로 감시하는 가운데 모든 작업이 이루어지는 광경을 보게 될 것이다.

그러나 지구에서 오는 여행자에게 있어 우주 모험에서 가장 중요한 메뉴는 의심할 것도 없이 우주 정착지일 것이다.

2080년까지는 우주 정착지 수십 개가 달을 따라 앞서거니 뒤서거니 움직이면서 바쁜 우주 사람들의 보금자리 역할을 할 것이 틀림없다. 우주 정착민은 달의 광산을 관리하고 달의 관광 시설을 운영할 것이다. 우주 궤도에다 자동 공장이라든지 관측소, 연구소 등을 지을 사람은 바로 이들이다.

새로운 우주 정착지를 건설할 사람도 바로 이들이다.

우주 정착지는 하나하나가 모두 바다 위에 떠 있는 섬과 같을 것이다. 또한 이들은 나름대로 생활 방식과 문화와 '취향'을 지니고 있을 것이다.

최초의 정착민은 우주 정착지의 금속 벽이 둘러싸고 있는 안쪽을 지구를 본떠 자기네 입맛에 맞게 다양한 방식으로 만들 수 있다. 어떤 곳은 미국 도시 변두리 분위기를 낼 수 있을 것이고, 또 어떤 곳은 네덜란드의 경치나 아프리카, 스페인 등의 분위기가 나게 할 수도 있다. 말이 다르고, 풍습이 다르고, 태도가 다르고, 놀이 방식도 다르게 할 수 있다.

이렇게 떨어져 있는 여러 세계는 다양한 인류 문화를 더욱 새롭게 해주어, 인류는 신선한 즐거움을 얻게 될 것이다. 따라서 여행을 즐기는 사람들의 욕망을 충족시켜줄 것이다. 지구인들은 저마다 가장 좋아하는 정착지가 분명히 있겠지만, 새로운 요리라든가 새로운 음악이라든가 새로운 경치를 (크기가 몇 킬로미터밖에 되지 않는다 해도 경치를 즐길 만한 곳은 있을 테니까) 맛보는 데 대한 흥미는 언제나 사라지지 않을 것이다.

우주 정착지는 회전을 하게 된다. 따라서 안쪽에서는 구심력 때문에 지구에서와 같은 중력을 느낄 수 있을 것이다. 지붕에 붙은 창으로 들어오는 빛을 반사하여 지구에서처럼 밤과 낮이 되풀이되도록 조절할 수 있을 것이다. 경치도 지구의 풍경과 비슷할 것이다. 그러나 지구와 아주 똑같아지지는 않을 것이므로 염려할 필요는 없다.

우주 정착지가 원통 모양이든 공 모양이든 도넛 모양이든, 지리적으로 어떤 곳에 위치해 있든 간에 인공 중력이 지구에서보다 더 낮은 곳이 있을 것이다.

그렇다고 해서 달 표면의 표준인 6분의 1이 될 필요는 없다. 자리를 잘 택하면 지구와 같은 1에서부터 무중력 상태인 0 사이의 어느 것도 될 수 있다.

우주 정착지 가운데 몇몇은 등산 애호가를 위해 산을 (실제 크기로) 만들 수 있도록 일부러 자리를 넉넉하게 남겨 둘 수도 있다. 여기서는 몇 가지 나쁜 조건이 없어진다. 밀폐된 우주 정착지에서는 어디로 가나 공기가 거의 일정한 밀도로 있을 것이므로, 산을 오를 때에도 산소 부족이나 낮은 온도 때문에 위험을 당할 일이 없다. 더 나아가 산의 위치를 잘 잡으면 높이 올라갈수록 중력도 약해지게 할 수 있으므로, 등산이 훨씬 쉬워질 것이다.

그런 한편 표면에서 떨어지게 되면 중력이 점점 더 강해질 것이다. 따라서 조심하지 않으면 죽을 수도 있다. (진짜 등산가라면 위험에서 오는 아찔한 재미를 포기하고 싶어 하지 않을 것 같다).

그런가 하면 비교적 넓고 평탄하면서 중력이 거의 0인 곳도 있을 수 있다. 그곳에서라면 가볍고 질긴 플라스틱 막을 역시 가볍고 질긴 플라스틱 골격에 달아 날개처럼 이용해서 '날아다닐' 수도 있을 것이다. 골격 안에 앉아 날아다니는 것이 아니라, 팔 근육을 움직여 추진력을 얻고 다리 근육을 움직여 방향을 잡아 직접 날아다니는 것이다.

그러나 이것을 실행에 옮기려면 쉽지 않을 것이다. 날개를 움직이고 다루는 방법을 배우는 것은 적어도 자전거를 타는 것만큼 어려울 것이다. 그냥 공중을 평이하게 날아다니는 정도로 만족한다면 아마 자전거보다 더 어렵지는 않을 것 같다. 노련하게 날아다니면서 하늘 높이 치솟았다가 뚝 떨어졌다가 빙글빙글 도는 등의 동작을 마음대로 할 수 있으려면 다른 것과 마찬가지로 상당한 연습이 필요할 것이다.

일단 우주 정착지에 가면 우주여행 자체가 새로운 차원으로 다가올 것이다. 지구에서는 강한 중력장을 빠져나가야 하는 문제가 있다. 그러려면 강력한 기계가 있어야 되고, 또 가속도가 붙는 동안 불편함을 견뎌야 할 것이다.

우주 정착지는 지구의 중력에 단단히 붙들려 있지만, 궤도에 올라가 있으면서 '자유낙하' 중인 상태이기 때문에 지구의 중력을 느끼지 못한다. 그러나 정착지 사이의 인력은 거의 0이나 다름없어서, 한 정착지에서 다른 정착지로 옮겨 다닐 때 지구로부터 어느 정도 일정한 거리를 유지한다면 에너지가 거의 필요없다.

우주 정착지에서 출발할 때에는 노 젓는 배를 부두에서 밀어내는 정도의 힘만 주면 된다. 다른 정착지에 도착할 때에도 그 정도만 힘을 주면 된다. 출발부터 도착까지는 끝없는 우주에 에워싸인 채 말할 수 없이 조용한 시간이 지속된다. 우주 정착민은 우주 요트 항해사가 될 것이고, 지구에서 온 사람들은 우주 요트 여행을 무척 좋아할 것이다.

그러나 위험이 있으므로, 기상예보가 있어야 할 것이다. 바람이 거세다거나 파도가 높다거나 하는 문제가 아니다. 태양이 있는 것이다. 태양은 전기를 띤 원자보다 작은 알갱이를 사방팔방으로 쏟아낸다. 바로 태양풍이다. 태양풍은 위험하지는 않지만 태양에도 지구처럼 폭풍이 부는 때가 있다. 태양 표면에는 이따금 '섬광'이 나타나는데, 폭풍이 불 때 여기서 강한 에너지를 띠는 입자가 파도처럼 쏟아져 나온다. 간혹 이 입자가 띠는 에너지가 너무 강해서 우주선(宇宙船) 수준에 도달하기도 한다. 이런 파도가 지구 쪽으로 오게 되면 보통 수준을 유지하고 있던 태양풍이 돌풍이나 순간적인 폭풍으로 변한다. 사람은 이런 섬광에 노출돼도 느끼지 못하고, 섬광이 있는지조차도 감지하지 못하지만 인체는 치명적 손상을 입을 수 있다.

작은 우주 요트는 섬광을 잘 막아내지 못할 것이다. 그러나 2080년이 되기까지 우리는 태양에 대해 충분히 알게 될 것이므로, 태양의 변화를 오늘날보다 훨씬 더 잘 예측할 수 있을 것이다. 태양풍에 폭풍이 실리게 되면 우주 요트는 그것이 지나갈 때까지 우주로 나설 수 없을 것이다.

그리고 2080년이 지나고 얼마 되지 않아 우주 정착지에서도 인구가 너무 많다는 생각이 들 것이다. 그러면 훨씬 더 널찍한(태양으로부터 더 멀리 떨어져 있으므로 더 안전하기도 한) 소행성 지대를 정착지로 이용하자는 계획을 세우게 될 날이 올 것이다.

그러나 그것은 21세기 내에 일어날 일도 아니고 이 글에서 다루고자 하는 것도 아니다.

예리하게 생각하는 것은 설혹 잘못된 것이라 할지라도 유익한 의문으로 이어져 굉장한 값어치를 지닌 진리를 낳을 수가 있다.
—아이작 아시모프

Chapter 23

외계인은 있는 걸까?

천문학자는 지능이 있는 생물이 지구촌에 보내는 신호를 찾아내기 위해
태양형 항성이 있는 쪽의 하늘을 계속 살펴보고 있었지만
아직은 아무것도 찾아내지 못했다. 그러자 미국 항공우주국에서는
우리 주위의 태양형 항성 하나하나에 귀를 기울여볼 것을 제의하고 있다.

 역사를 통틀어 사람들은 외계 세계가
있다면 거기에는 당연히 지능이 있는 생물이 있을 것으로 예측했다. 그리
고 그 생물은 겉모습이 인간과 꽤 닮았을 것으로 생각했다.

예를 들면 서기 2세기에 시리아 사모사타의 작가 루키아노스는 세계 최
초로 별과 별 사이에서 벌어지는 사랑 이야기를 썼다. 그는 물기둥을 타고
달을 향해 올라가는 배에 대해 이야기하고 있다. 달에는 과연 사람처럼 생
긴 영리한 생물이 살고 있었을까?

저자는 있었다고 쓰고 있다.

그들은 전쟁을 벌이고 있었다. 이들의 적은 태양에 사는 영리한 생물이
었고, 전쟁은 금성을 서로 식민지로 삼으려는 야심 때문에 일어났다.

1600년대에 이르러 망원경이 생겨났고, 이때부터 천문학자는 달에는 공
기도 물도 없으므로 지구인과 같은 생물이 살 수 없다는 사실을 비교적 분

명하게 알려줄 수 있었다. 달이 '죽은 세계' 라는 생각을 하게 된 것은 이때가 처음이었다.

천문학이 더욱 발달하게 되자 결국 영리한 생물은 차치하고 아무리 단순한 것이라고 하더라도 생명체라는 것이 살 수 있는 곳은 태양계 안에서는 오직 지구뿐이라는 사실을 의심의 여지없이 알게 됐다.

그런데 태양계 바깥의 드넓은 우주에서는 그 사정이 어떨까?

어쨌거나 태양은 빛을 내는 별 ('항성' 이라 한다) 가운데 하나일 뿐이고, 태양 말고도 항성은 수없이 많이 있다. 그런 항성 근처에서는 생명체가, 어쩌면 영리한 생명체가 살고 있지는 않을까? 우리에게는 생명체가 있다는 증거도, 없다는 증거도 없다. 그러나 가능성을 연구해볼 수 있을지도 모른다.

한번 해보도록 하자.

우선 우주 안에 항성이 몇 개나 있을지 추정해볼 수 있다. 그런 다음 영리한 생물이 생겨났을 법한 곳이 몇 군데나 되는지를 짐작해볼 수 있을 것이다.

수많은 별이 모여 '은하계' 라는 무리를 이룬다. 태양은 우리 은하계(은하수 은하계)라 불리는 나선형 은하계에 속하는 별 가운데 하나이다. 은하계에는 1조 개나 되는 엄청나게 많은 별이 모여 있는 것도 있고, 50억 개 정도밖에 되지 않는 '난쟁이' 은하계도 있다. 은하수 은하계는 중간쯤 된다. 은하수 은하계와 그 근처에 있는 마젤란운(雲)에는 모두 1천4백억 개 정도의 별이 모여 있다. 마젤란운은 은하수 은하계의 위성 은하계이다.

은하계가 전부 몇 개나 되는지는 알 수 없다. 성능이 가장 뛰어난 망원경으로 수억 개를 찾아낼 수 있지만, 아직 우리가 찾아낼 수 없는 은하계가 무수히 많다는 것은 틀림없다. 일부 천문학자는 우주 안에 은하계가 1천억 개정도 있다고 생각하고 있다. 만일 그렇다면, 즉 우리 은하계가 중간 크기라면, 우주 안에 있는 별은 모두 1백40억조 정도 되는 셈이다.

그러나 이 숫자에는 얼마간의 오류가 있을 수 있다. 우주 안에 은하계가 실제로 전부 몇 개나 있는지 우리는 모르기 때문이다. 한편, 다른 은하계는 지구로부터 1백만 내지 10억 광년 거리에 있지만 우리 은하계 안의 별은 대부분 그보다 훨씬 가까운 1만 5천 광년 거리 안에 있다. 우주 어딘가에 인간이 아닌 다른 영리한 생물이 살고 있다면, 우리는 아주 멀리 있는 은하계의 생물보다는 우리 은하계에 있는 생물에 흥미를 더 느낄 가능성이 크다.

그러므로 우리 은하계 안에 영리한 생물체가 얼마나 많이 존재할지 계산해 보기로 하자. 그리고 나면 우리는 (평균 잡아) 은하계마다 얼마나 많은 생물체가 있을지 추측해낼 수 있을 것이다. 그러면 아까 말한 숫자에서 출발해 보자.

1. 우리 은하계에 있는 별의 수=140,000,000,000

항성은 생명이 생겨나는 데 없어서는 안 되는 존재다. 생명이 전개되는 데 필요한 에너지의 원천이기도 하고, 생명이 다할 때까지 살아갈 수 있게 해주기도 한다. 그러나 모든 항성이 이런 이상적인 환경을 만들어줄 수 있는 것은 아니다.

어떤 은하계에서든 항성은 비교적 크기가 작고 어둡고 불그스레하다. 흔히 말하는 '적색 왜성'이 항성이다. 그 같은 항성에서 생명체가 에너지를 얻기 위해서는 생명체가 살고 있는 행성은 아주 가까운 궤도에서 그 항성을 끌어안듯 돌고 있어야만 한다. 그런 조건이 될 때 그 행성은 에너지를 충분히 얻을 수 있겠지만, 한편으로 조석 효과의 영향권 내에 들어가기 때문에 자전이 느려질 것이고, 마침내는 한쪽 면만 영구히 그 항성을 바라보게 된다. 그렇게 되면 한쪽 면은 생물이 살 수 없을 정도로 더울 것이고, 반대쪽 면은 지나치게 추울 것이다.

태양보다 크고 더 뜨거운 항성이 무수히 많이 있지만, 크면 클수록, 뜨거우면 뜨거울수록 더 빨리 폭발할 것이다. 그래서 전체적으로 생명이 필요한 만큼 꾸준히 온기를 전해줄 수 있는 안정된 상태를 유지하는 기간은 그만큼 짧아진다. 만일 우리 지구에서 생명체가 생겨난 것이 일반적인 경우라고 볼 때(그렇다고 보지 않을 때에는 계산할 수 있는 방법이 전혀 없다) 영리한 생물체로 진화하기까지는 시간이 아주 오래 걸린다. 크고 뜨거운 항성은 시간을 넉넉하게 주지 않는다. 그런 항성 주위를 돌고 있는 별에서는 녹조류 같은 원시 생물체가 바다에 떠다닐 수도 있겠지만, 우리가 말하는 생물체는 그게 아니다.

우리가 찾는 것은 태양과 같은 항성으로서, 태양의 4분의 1보다 작아서는 안 되고 1.5배보다 더 커서도 안 된다. 태양과 같은 성질을 띤 항성은 흔하지 않지만, 다행히 아주 드물지도 않다. 우리는 우리 은하계 안의 항성 가운데 10퍼센트는 거의 태양과 비슷하다고 생각할 수 있다. 그래서 두 번째 숫자가 나온다.

2. 은하수 안에 있는 태양형 항성의 수=14,000,000,000

그러나 항성의 성격만 중요한 것은 아니다. 어디 있느냐 하는 것 또한 중요하다.

최근까지는 항성의 위치가 그다지 중요할 것으로 생각하지 않았지만, 20세기 중반에 전파 천문학이라는 학문이 새로 생겨난 덕분에 우주는 우리가 상상했던 것보다 훨씬 더 격동적인 곳이라는 것을 알게 되었다. 항성이 빽빽이 들어차 있는 은하계의 핵 부분에서는 더욱 그렇다.

은하계의 중심부에서 폭발이 일어나 상상할 수 없을 정도로 많은 에너지를 주변의 우주에 쏟아내고 있다. 은하계 백 개를 합한 것만큼 강한 빛을 내면서 타고 있는 저 신비한 준항성체(準恒星體, 퀘이사)는 은하계의 핵 같기도 하다. 너무나 밝게 타오르고 있어서 수십억 광년 떨어진 곳에서도 보인다. 은하계의 한가운데는 블랙홀이 있어서 지속적으로 물질을 흡수하고 있으며, 그 과정에서 엑스선을 쏟아내고 있는 것이 아닌가 하는 주장은 많은 지지를 얻고 있다.

예를 들어 우리 은하계 한가운데는 아주 뜨거운 곳이 있는데, 항성이 수억 개 모여 이루어진 블랙홀일 가능성이 있다.

만일 그렇다면 은하계 한가운데는 생명과 같이 예민한 존재가 있을 만한 곳이 아닐 것이다. 갖가지 알 수 없는 광선이 너무 많이 나오고 있기 때문이다. 생명이 싹터 자라날 수 있을 만큼 조용한 곳은 은하계의 변두리 부분일 것이다. 예를 들면 우리 은하계는 소용돌이 모양을 띤 날개 부분이 이에 해당된다. 우리의 태양이 바로 이 날개 부분에 자리 잡고 있다.

항성은 대부분이 은하계의 가운데 부분에 모여 있다. 우리 은하계에 있는 항성 중 90퍼센트가 한가운데에 있고, 나머지 10퍼센트만 소용돌이의 날개 부분에 있다는 사실이 증명된 바 있다.

만일 태양과 같은 항성이 이런 식으로 퍼져 있다면 (그러지 말라는 법이 없다) 그 가운데 10퍼센트만이 생명이 존재할 수 있는 위치에 있을 것이다. 그러면 다음과 수치를 얻을 수 있다.

3. 은하계 변두리에 있는 태양과 같은 항성의 수=1,400,000,000

크기와 위치가 아무리 좋은 환경을 갖추었다고 해도 항성 자체는 생명을 낳을 수 없다. 행성이 그 주변을 돌고 있어야만 생명이 존재할 수 있다. 특별한 어떤 항성의 주변을 도는 행성계(行星系)가 존재하는지를 우리는 얼마나 확실하게 알 수 있을까?

실은 20세기의 첫 40년 동안에는 그런 행성계가 드물다는 것이 천문학계의 지배적인 의견이었다. 당시에는 기체와 먼지가 자체의 중력으로 뭉쳐지면 저절로 항성이 만들어질 것이라는 설이 있었다. 행성이 생겨나려면 그 항성이 언젠가, 예를 들면 다른 항성과 거의 부딪힐 듯 스쳐 지난다거나 하는 일종의 천재지변으로 거기서 물체가 떨어져 나가야만 그것이 간능할 것이다.

그러나 그 같은 천재지변이 일어날 가능성은 너무 작아서, 어느 은하계가 생겨나고부터 완전히 없어질 때까지 그런 사건이 한 번이라도 일어날 수 있을지 의심스러울 정도이다. 그럴 경우 우리 은하계에서 여러 행성을 거느리고 있는 항성은 태양뿐일 거라고 생각하는 것이 바람직하다. (어쩌면 태양과 거의 부딪힐 뻔했던 그 항성에게도 행성이 생겨났을 수가 있다.)

그러나 1944년부터는 천문학자들이 전혀 다른 생각으로 우주를 보게 되었다. 먼지 구름과 기체가 하나의 항성으로 모여드는 것과 거기서 작용하는 자기력을 살펴본 결과, 조용히 뭉쳐지지 않고 소용돌이가 일어날 것이라고 예상되었다. 한가운데에 항성이 생겨나고 있다고 하더라도 소용돌이 때문에 주변에서는 행성이 저절로 생겨날 것이다.

만일 이런 새로운 관점이 정확하다면 사실상 항성은 전부가 행성을 거느리고 있다고 할 수 있을 것이다. 이들 두 의견 가운데 하나를 택할 수 있을까?

그럴 수 있을지도 모른다. 행성이 항성 둘레를 따라 움직이면 그 항성은 약간 흔들린다. 항성이 작으면 작을수록, 행성이 크면 클수록 많이 흔들린다. 그리고 만일 그 항성이 가까이 있다면 흔들림이 눈에 띨 정도로 클 수가 있다. 20세기 중반 동안 우리는 비교적 가까이에 있는 소규모 항성 가운데 대여섯 개 정도가 그같이 흔들리고 있는 것을 볼 수 있었다.

우리와 가까이 있는 항성 가운데 그렇게 흔들리는 것이 있다는 사실을 알아낸 것만으로도, 행성계는 아주 흔한 동시에 새로운 설이 정확하다는 것을 밝힐 수 있을 것이다.

때로는 먼지 구름과 기체가 뭉칠 때 하나가 아니라 두 개의 항성이 생겨날 수도 있다. 실제로 우리 은하계에 있는 항성 절반이 이처럼 '쌍성(雙星)'을 이루고 있을 수 있다. (쌍성은 또 아주 멀리 떨어져 있는 한 개의 항성, 또는 쌍성과 연관돼 있을 수 있다.)

만일 쌍성을 이루는 항성이 서로 아주 멀리 떨어져 있다면 상대의 영향을 받지 않으면서 제각기 행성계를 가지고 있을 수가 있다. 한편 만약 이들 두 개가 가까이 붙어 있다면 (이런 쌍성도 많다) 생명이 생겨날 수 있을 정도로 안정된 행성 궤도는 있을 수가 없다. 이런 항성에도 행성이 있을 수는 있지만, 우리가 지금 관심을 갖고 있는 유형은 아니다.

그렇다면 쌍성의 절반, 즉 은하계 가장자리에 있는 태양형 항성 중 4분의 1이 우리가 원하는 방식의 행성계를 이루고 있지 않다고 보는 것이 옳을 것이다. 그렇게 해도 가능성이 있는 행성계가 4분의 3은 남는다. 그러면 네 번째 수치가 나온다.

4. 은하계 안에 있는 적당한 행성계의 수＝1,000,000,000

행성계를 거느리는 항성이 있다면, 그 속의 행성 중 적어도 한 개가 생명을 만들어내기에 적당한 조건을 지니고 있을 가능성은 얼마나 될까?

행성이 모두 생명체를 낳기에 적당한 것은 아니다. 우리 태양계에서 이런 조건을 갖춘 행성은 지구뿐이다. 지구와 크기나 구성 성분이 같은 금성은 태양과 가까이 있기 때문에 너무 뜨겁다. 어떤 면에서 지구와 아주 닮은 화성은 태양으로부터 조금 멀리 떨어져 있고, 또 조금 더 작기 때문에 적당하지가 않다. 달은 태양과의 거리가 지구와 똑같지만 너무 작아서 생명체가 없다.

한 마디로 말해 우리가 찾는 것은 크기와 구성 성분과 온도가 지구와 같은 행성이다. 그 행성은 궤도가 너무 긴 타원형이거나 자전 속도가 너무 느리거나 자전축이 너무 기울어졌거나 해도 안 된다. 이런 성질 가운데 어느 하나라도 가지고 있으면 평균 기온은 적당하다 하더라도 생명이 살 수 없을 정도로 날씨 변화가 심한 환경이 될 것이다. 어떤 행성계가 있을 때, 그것이 이처럼 까다로운 조건을 갖추었을 가능성이 얼마나 되는지 말할 수 있는 방법은 없다. 어쨌든 우리는 우리 행성계에 대해서만 자세히 알고 있을 뿐인데, 우리 행성계가 반드시 표준적이지는 않을 수도 있다. 적당한 조건을 완전히 갖추기가 아주 어렵기 때문에, 우연히도 상황이 너무나 잘 맞아 떨어져서 우리가 알고 있는 지구라는 것이 생겨났고, 그렇기 때문에 우주 안에서 진짜로 지구와 같은 행성은 오직 지구 하나뿐이라는 결론이 충분히 가능하다.

그러나 이는 너무 비관적인 생각이다. 우리는 직감적으로 어느 정도 가능성이 있는 방향을 찾아볼 수도 있다. 어쩌면 행성계 열 개 가운데 한 군데에 생명이 살기에 알맞은 지구와 같은 행성이 있다고 볼 수도 있다. 그렇게 하면 다섯 번째 수치를 얻을 수 있다.

5. 은하계 안에 있는 지구와 비슷한 행성의 수=100,000,000

지구와 같이 생명이 살기에 알맞은 별이 하나 있다면, 생명이 실제로 생겨날 가능성은 얼마나 될까?

생명 그 자체는 너무나 기적같이 생겨난 것이라서, 어떤 초자연적인 힘 때문에 생겨났다고 생각하는 것이 차라리 이해하기 쉽다. 아니면 생명이 어쩌다가 우연히 생겨나는 것이라면, 그런 일은 정말로 있을 법하지가 않기 때문에 은하계 안에 있는 일단은 생명이 있을 수도 있는 1억 개의 행성 가운데 지구가 오로지 단 하나 생명을 낳은 행성일 수 있는 것이다.

그러나 1950년대에 들어와서 생명체가 생겨날 가능성에 대한 과학적 관점은 말할 수 없이 많이 변했다. 연구소 안에서 조그마한 규모로 실험을 했는데, 지구가 처음 생겨났을 때에, 생명이 생겨나기 전에 있었음이 틀림없는 간단한 원소를 섞었다. 이렇게 섞은 것을 초기 태양이나 지구의 화산활동, 번개, 방사선 등 지구가 처음 생겨났을 때에 있었을 것으로 생각되는 에너지로 처리했다.

그 결과 이들 간단한 물질이 꽤나 빠른 속도로 비교적 복잡한 물질을 이루었다. 이렇게 생겨난 비교적 복잡한 물질로 다시 같은 실험을 되풀이한 결과 더더욱 복잡한 물질이 나왔다.

이런 식으로 실험실에서 만들어낸 복잡한 물질은 생명체라고 부를 수 있는 가장 단순한 형태의 것과는 많이 동떨어져 있었다. 하지만 생명으로 향하는 올바른 방향으로 다가가는 것은 분명했다. 연구소에서 행한 조그마한 실험으로 몇 주 사이에 이러한 결과가 나올 수 있다면, 수백만 년 동안 여러 가지 물질이 잔뜩 모여 있는 곳이라면 어떤 일이 있었을까를 한 번 생각해보라.

1970년대에는 비교적 복잡한 물질이 별똥과 별 사이에 있는 광대한 먼지 구름에서도 발견되었는데, 간단한 선구물질이 생명체와는 무관한 과정을 거쳐 형성됐음이 분명했다. 이런 것 역시 곧장 생명으로 다가가고 있는 것이다.

주위에서 흔히 볼 수 있는 화학 물질을 섞어 지구와 같은 환경 속에 두었을 때, 생명이 만들어지는 것은 아주 당연한 결과라는 징후가 강하게 나타나고 있다. 실제로 지구가 오늘날과 같은 형태를 갖춘 지 겨우 몇 억 년 뒤에 생명이 시작되었다는 흔적이 바위 속에서 나타나고 있다. 만일 지구가 생명체를 성장시킬 수 있는 시간을 전부 계산에 넣는다면 (예를 들어 1백억년이라고 한다면) 생명은 그 기간이 20분의 1밖에 흘러가지 않았을 때 생겨난 것이다.

그렇다면 은하계 안에 있는 지구와 비슷한 행성 가운데 95퍼센트는 생명을 키울 수 있을 정도의 나이가 되었다고 볼 수 있을 것이다. 여기서 여섯번째 수치를 얻게 된다.

6. 은하계 안에서 생명을 키우는 행성의 수=95,000,000

이 숫자는 엄청난 것으로 생각되겠지만 실제로 우리는 그다지 넉넉하게 보는 것이 아니다. 이제까지의 계산을 통해 보면 은하계 안의 항성 중 어떤 형태든 생명체에다 빛을 비추고 있는 것은 1천5백 개 중 하나의 비율에 지나지 않는다.

그런데 생명이 있는 행성이 있다고 가정할 때, 그 가운데 몇 군데나 지능을 갖춘 생물이 진화해 있을까? 더 구체적으로 말해, 그 가운데 별과 별 사이를 여행할 수 있을 정도의 기술 문명이 생겨난 곳은 몇 군데나 될까?

여기서도 우리는 우리 세계 말고는 견주어볼 수 있는 게 없음을 알 수 있을 것이다. 그리고 우리는 우리 세계가 우주 속에서 어느 정도 표준적일지 가늠할 방법이 없다. 지능의 발달은 너무나도 우연한 일이어서, 은하계가 생명으로 넘친다 하더라도 오로지 우리가 살아가고 있는 지구에서만 지능이 생겨났을 가능성도 있다. 그러나 이 같은 비관적인 입장은 사실 근거가 없는 것이고, 지구가 생명체가 살아가기에 완벽한 환경을 가지고 있는 표준이라고 보는 것이 더 타당하다.

태양이 지금과 같은 상태로 존재한 지는 50억 년쯤 되었고, 또 앞으로 연료를 많이 소모하고 적색거성의 단계로 접어들어 지구가 더 이상 생명체가 살 만한 곳이 아니게 되기까지는 50억 년쯤 더 걸릴 것이다. 바로 이러한 이유 때문에 나는 조금 전에 지구가 생명을 키울 수 있는 전체 기간이 1백억 년일 거라고 했다.

그렇게 보면 지구가 생명을 보듬을 수 있는 기간의 절반이 지난 시점에 기술 문명이 생겨난 셈이다. 현재 우리는 별과 별 사이의 여행을 할 수는 없지만, 몇 세기 안에는 가능할지도 모른다. 혹시 그러기까지 몇 천 년이나 백만 년이 걸린다고 해도, 지구가 생명을 보듬을 수 있는 기간 전체에 비하면 아주 짧다. 따라서 우리는 지구의 역사가 절반 정도에 다다랐을 즈음에 별과 별 사이를 여행할 수 있는 기술 문명이 생겨난 것이라고 말 할 수 있다.

만일 이것이 일반적인 경우라면 — 일반적인 경우로 보지 않고는 달리 다른 방법이 없다 — 평균적으로 따져 은하계 안에 있는 태양형 항성 가운데 절반 정도가 수명의 절반을 넘겼을 것이고, 수명의 절반을 넘긴 이들 별에서는 우리보다 더 발달한 문명이 일어났을 것이 틀림없다. 여기서 일곱 번째 값을 얻는다.

이들은 모두 별과 별 사이를 여행할 수 있는 문명 수준에 다다랐을 수 있는데, 이들을 생각해보면 조금 복잡한 생각이 떠오른다. 이들은 제각기 식민지 개척에 나섰을까? 서로 만나게 되면 무슨 일이 벌어질까? 서로를 지배하려고 무섭게 싸울까? 이긴 쪽이 진 쪽을 쓸어내 버릴까? 문명이 먼저 일어난 쪽이 다른 문명이 일어나지 못하도록 할까?

자, 꼼꼼히 한 번 살펴보자.

어느 한 곳에서 기술 문명이 일어났다고 생각해보자. 얼마나 오랫동안 그것을 유지할 수 있을까?

여기서도 우리는 우리 자신의 경우 외에는 참고로 삼을 만한 자료가 없다. 우리는 기술 문명의 거의 초기 단계에 있다. 우리는 아직 달 외에는 다른 세계에 가본 일이 없다. 별과 별 사이의 여행은 아직 미지수다. 그럼에도 우리는 앞으로 반 세기 안에 우리의 문명이 끝장날 수 있는 위험성을 충분히 점칠 수 있다.

끝장이 난다면 핵전쟁이라든가 공해, 인구 폭발 때문일 것이다. 어떤 경우든 간에 우리는 별과 별 사이의 여행은 할 수가 없다.

이건 일반적인 법칙일까? 지능은 진화 과정에서 자살밖에 택할 수 없는 막다른 골목길로 통하는 것일까? 모든 기술 문명은 생겨나자마자 끝장이 나는 것일까?

이런 예측 역시 근거 없는 비관주의임이 분명하다. 거의 5천만 개나 되는 행성에서 기술 문명이 시작되었다면, 그중 백만 개 가운데 하나 꼴로 멸망하지 않고 별과 별 사이를 여행하는 수준으로 올라서는 행성이 있을 것으로 볼 수는 없을까? 만일 그 수준으로 올라선다면 자기들의 행성이 살 수 있는 한 얼마든지 계속 남아 있지 않을까? 실제로 지금 살아 있지 않을까? 여기서 여덟 번째 값을 얻게 된다.

8. 우리 은하계 안의 오래 살아남은 선진 외계 문명의 수=50

이들 50군데의 문명은 특별한 것임에 틀림없다. 살아남았다는 것은 멸망을 가져올 수도 있는 스스로의 욕구를 극복했다는 뜻이다. 이들 문명은 폭력에 의존하지 않고 생명을 존중하는 인간적인 문명일 것이다.

이들은 자기네들 사이에서 평화적으로 활동 영역을 넓혀가면서, 또 자체 문명을 발달시키고 있는 행성은 피하면서, 적당한 행성에 평화적으로 진출했을 것 같다. 또 어쩌면 은하 문화동맹 같은 것을 구성했을지도 모른다.

그리고 오직 50군데밖에 없다고 하더라도, 아니면 두 개밖에 없다고 하더라도, 충분히 오랫동안 존재해왔다면 은하계 안의 적당한 행성을 찾아 진출했을 것이다. 다시 말하면 현재 있는 문명의 수는 적을 수도 있겠지만, 문명이 발전하고 있는 행성은 많을 수도 있다.

이 글에서 계산한 내용이 정확한지 확인할 방법이 있을까?

우리는 외계 문명을 찾아가서 눈으로 확인할 수는 없다. 별과 별 사이를 여행할 방법이 없기 때문이다. 그리고 또 그런 방법을 갖추게 되려면 앞으로도 많은 세월이 걸릴 것이다. 우리는 별을 향해 신호를 보낼 수도 없다.

강력한 신호를 내보내는 데 드는 에너지를 만들 수 있을 정도의 기술을 개발해 낼 수 있는 단계에 다다르지 못했기 때문이다.

물론 우리는 그냥 기다릴 수도 있다. 정말 외계 문명이 있다면 언젠가는 외계인이 우주선을 타고 올 것이 틀림없다.

아직 그런 적이 한 번도 없었다는 사실은 첫째, 결국 외계 문명이 없거나, 둘째, 있기는 하지만 은하계가 워낙 커서 아직 우리를 발견해내지 못했거나, 셋째, 우리를 발견해냈지만 우리가 자신의 어려움을 스스로 극복하고 별에서 별로 여행할 수 있는 기술을 개발해내어 은하 동맹에서 합당한 자리를 차지하는지를 두고 보려고 하는 것들 가운데 그 이유가 있을 것이다. (비행접시와 같은 외계 우주선이 오고 있다고 생각하거나 혹은 역사가 있기 전 시대에 이미 그들이 다녀갔다고 생각하는 사람들이 있는데, 그들이 내세우는 증거는 맹목적인 사람 말고는 누구도 믿을 수 없는 것이다.)

우리가 그들에게 언제 발견될지, 아니면 그럴 만한 자격이 있다는 평가를 언제 받게 될지에 대해 전혀 아무런 짐작도 할 수 없지만, 우리가 기다리는 것을 견딜 수 없다면 할 수 있는 일은 한 가지뿐이다. 그들의 신호를 찾아내는 것이다. 그들이 우리에게 직접 신호를 보내고 있을 가능성은 거의 없지만, 그저 우연히 신호를 보내고 있거나 아니면 무심코 일상생활에서 하듯 신호를 보내고 있을 수는 있다. 만일 우리가 변칙적이지만 완전히 제멋대로이지는 않은 초단파 신호를 잡는다면 거기에는 어떤 '정보'가 담겨 있을 것이다. 그렇다면 그것은 그 신호의 배후에 어떤 지능이 있는 존재가 있다는 강력한 표시가 되는 것이다.

천문학자들은 1960년대 이후 내내 지능이 있는 생물이 보내는 신호를 찾아내기 위해 태양형 항성이 있는 쪽의 하늘을 계속 살펴보고 있었지만 끝내 아무것도 찾아내지 못했다. 미국 항공우주국에서는 5년 동안 2천만 달러를 들여 우리 주위의 몇 백 광년 안에 있는 태양형 항성 하나하나에 귀를 기울여볼 것을 제의하고 있다.

　누군가가 뭔가 들을 수 있게 될지도 모른다.

겉보기에 별은 고요해보이지만 사실은 믿을 수 없을 정도로 격렬한 용광로여서 이따금 믿기지 않을 정도로 격렬한 폭발을 뿜어낸다.
　　　　　　　　　　　　　　　　　　　　　　　　－아이작 아시모프

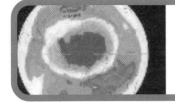

만약 오존층이 사라진다면?

오존층이 지나치게 얇아지면 매우 위험하다.
지구상의 수많은 생물들이 4억 년 전 오존층이 생겨나기 전과 마찬가지로
강한 햇살을 받아 생명을 잃고 말 것이기 때문이다.
과학 분야를 이끌어가는 사람들이 관심을 기울여야 할
문제는 바로 오존층이다.

산소 분자 한 개는 산소 원자 두 개로 이루어진다. 오존은 '산소 분자 한 개 반'이라고 할 수 있는데, 오존 분자 한 개는 산소 원자 셋으로 이루어지기 때문이다.

산소 분자에다 산소 원자를 강제로 하나 더 끼워 넣으려면 에너지가 필요하지만, 일단 오존 분자가 만들어지고 나면 하나 더 붙어 있는 산소가 떨어져 나가고 다시 보통 산소가 되는 것은 쉽다. 오존은 발전기 근처에서와 같이 에너지가 남아돌아가는 환경에서 생겨난다. 그러나 오존은 농도가 더 이상 진해지지는 않는다. 생겨나자마자 다시 분해되는 성질이 있기 때문이다. 그나마 다행한 일이다. 오존에는 독성이 있기 때문이다.

오존이 생겨나는 곳은 주로 대기층 높은 곳이다. 태양에서 나오는 에너지 때문에 산소 분자는 꾸준히 오존으로 변한다. 이렇게 생겨난 오존은 다시 산소 분자로 분해된다. 그렇지만 생겨나고 분해되고 하는 가운데 일정

한 평형을 이루게 된다. 그래서 지구의 약 25킬로미터 상공에 오존층이 생겨나 없어지지 않고 계속 존재해 있는 것이다.

그 정도로 높은 곳에서는 공기가 엷기 때문에 층이라고 부를 것까지도 없을 정도지만, 오존층은 중요하다. 정말이지 중요하다.

오존은 자외선을 통과시키지 않는다. 태양에서 나오는 빛 가운데 자외선 부분을 오존층이 걸러내어 아주 조금만 통과시킨다. 파장이 긴 보통 빛은 문제없이 통과한다.

그래서 우리가 볕을 쬘 때 해로운 에너지선인 자외선은 대부분 걸러내고 없는 것이다. 조금 남아 있는 자외선만으로도 살갗이 그을려지지만 (살갗이 흰 사람들은 화상을 입기도 한다) 우리는 무사히 햇볕 속을 오갈 수 있다.

지구가 처음 생겨났을 때는 대기 속에 산소가 없었고, 따라서 오존을 이룰 만한 것도 없었다. 바다에 있는 작은 녹색 식물이 진화를 거듭하면서 차츰차츰 산소를 만들어냈고, 그것이 모여 오존층이 생겨날 만큼 충분하게 되었다.

지구가 40억 살이 넘었을 때인 4억 년 전 무렵에 와서야 대기층 높은 곳에서 지구를 가릴 만큼 두터운 오존층을 만들 수 있을 정도로 많은 산소가 생겨난 것 같다. 바다에서는 자외선이 물에 흡수됐기 때문에 생물이 살 수 있었지만, 땅에서는 강한 자외선이 걸러지지 않고 곧장 떨어졌기 때문에 살아 있는 것은 뭐든 복잡한 화학작용이 마비되었을 것이다. 따라서 땅에서는 내내 풀 한 포기 볼 수 없었다. 그래서 오존층이 생겨나기 전에는 생명이 땅으로 올라올 수가 없었다.

그런데 지금 당장 뭔가가 나타나 대기 높은 곳에 있는 오존 분자가 좀 더 쉽게 분해되게 한다면 어떻게 될까? 지금의 균형은 깨어지고 오존층은 차차 얇아질 것이다. 이렇게 하여 마침내는 완전히 없어지게 될 것이다.

1970년대 초, 캘리포니아 대학교의 과학자 두 사람이 '프레온CFC 가스'라면 그럴 수 있지 않을까 하는 내용을 발표했다. 이 '프레온'은 불에 타지도 않고 독성도 없어 아주 안전하게 이용할 수 있다. 액체로 만들었다가 다시 증발시키기도 쉽기 때문에 한 곳에서 다른 곳으로 열을 옮기는 데 쓰일 수 있다. 결과적으로 제2차 세계대전 뒤에는 이 화학물질을 냉장고나 에어컨에 주로 이용하게 되었다. 그것은 스프레이 통에도 쓰였는데, 압력을 주면 통 안에 있는 것을 좁은 구멍으로 쏘아내는 역할을 한다.

그러나 어디에 쓰이든 프레온은 결국 새어나와 대기 속으로 들어간다. 수백만 톤이 벌써 새어나왔고, 또 매일같이 새어나오고 있다. 그렇게 새어나온 프레온은 대기 중에 머무른다. 비가 와서 씻겨나가거나 하는 일도 없고, 다른 물질로 변하는 일도 없이, 오존층 쪽으로 끝없이 떠올라가기만 하는 것이다.

일단 오존층 위로 올라가면 태양의 강한 자외선 때문에 프레온 분자는 분해되고 염소라는 기체가 나온다. 염소는 또다시 오존을 분해하여 산소를 만드는데, 그러는 중에 오존층은 얇아진다.

이러한 사실이 처음 알려지자 미국은 오존층을 보존하기 위해 스프레이 통에 프레온을 쓰는 것을 금지했고, 이후 다른 기체가 대신 쓰이고 있다. 그러나 다른 나라에서는 스프레이 통에 아직 프레온을 그대로 쓰고 있다. 게다가 냉장고나 에어컨에서는 프레온 대신 쓸 만한 것이 없는 실정이다.

프레온이 오존층에 그다지 해로운 영향을 끼치지 않는다고 하는 사람도 있었지만, 이제는 그들의 주장이 틀렸다는 사실이 드러났다.

1985년 가을, 남극 대륙 상공의 오존층이 얇아졌거나 구멍이 있다는 것이 발견되었다. 인공위성에서 보내온 자료가 아니었더라면 몰랐을 것이다. 오랜 예전 것부터 시작해 그때까지의 인공위성 자료를 상세히 연구해본 결과, 이 구멍이 생겨난 지 여러 해가 되었고, 해가 갈수록 점점 더 커지고 있다는 사실을 알게 되었다. 대기층 윗부분에 있는 오존의 양이 그 전 14년 동안 상당히 줄어들었고, 같은 속도로 계속 줄어든다면 오존층이 위험할 정도로 얇아지기까지는 그다지 많은 시간이 걸리지 않을 것이라는 결론에 이르렀다.

오존층이 지나치게 얇아지면 매우 위험하다.

오존층이 있는데도 불구하고, 땅으로 떨어지는 자외선은 지금 상태에서도 피부암을 일으킨다. 앞으로 자외선이 차차 더 많이 뚫고 들어와 지상에 떨어지면 피부암에 걸리는 인구도 늘어날 것이다. 이때 살갗이 흰 사람들은 더욱 위험해질 것이다. 20세기 중반에 이르기까지 미국에서만 4천만 명이 피부암에 걸릴 것이고, 그 가운데 80만은 목숨을 잃을 가능성이 크다. 그 외에 백내장이라든가 다른 질병에도 노출될 수 있다.

위험한 것이 살갗뿐이라면 우리는 웬만하면 그저 집 안에만 틀어박혀 있다가 밖으로 나갈 때는 양산을 쓰면 될 것이다. 그러나 문제는 그것만이 아니다.

땅 위에 있는 다른 생물은 어떻게 할 것인가?

고등 동식물은 스스로를 보호하는 털이라든가 깃털, 비늘, 껍질, 살갗 등이 있다. 그러나 흙 속이나 바다 가장 윗부분에 있는 미생물은 그렇게 되어 있지 않다. 이들은 4억 년 전 오존층이 생겨나기 전이나 마찬가지로 강한 햇살 때문에 모두 목숨을 잃을 것이다. 그리고 이러한 미생물이 죽으면 이들에 의존해서 살아가는 생물도 영향을 받을 것이 뻔하다. 다시 말하자면 생명의 가장 기본적인 짜임새가 뒤흔들리는 것이다.

그렇다면 어떻게 해야 할까? 인구폭발과 공해, 마약, 테러, 핵전쟁 따위의 위험 외에 우리는 이제 오존층 생각도 해야 된다. 각 나라의 정부와 과학 분야를 이끌어가는 사람들이 진정 관심을 기울여야 할 부분은 바로 오존층이다.

사람들은 자연에서 나는 것은 무엇이든 좋은 것이라고 느끼고 있는 것 같다. 그러나 마약도 자연에서 났다.

—아이작 아시모프

자연의 위력

> 인류는 천재지변 중 최악의 것은 겪지 않았다.
> 혜성 무리가 태양계 안을 빗발처럼 떠돌아다니다가,
> 그중 몇 개가 정말 우연히 지구에 떨어진다면
> 그야말로 최악의 사태가 될 것이다.

1985년 9월 19일과 20일, 세계 최대의 도시인 멕시코시티를 지진이 두 차례나 우르르 흔들었다. 그 지진으로 2만 명 정도가 죽고 4만 명 정도가 다쳤으며, 집을 잃은 사람이 3만 1천 명 정도 된다. 바로 그 해 3월 3일 칠레에서도 강력한 지진이 일어나 15만 명이 집을 잃는 신세가 되었지만, 운이 좋게도 사망자는 177명에 그쳤다. 중국과 러시아에서도 지진이 일어났다.

1985년 11월 13일 밤에는 오랫동안 잠자고 있던 컬럼비아의 한 화산이 으르렁거리며 되살아나 산 밑의 도시를 뜨뜻한 진흙으로 뒤덮어버렸다. 그래서 편안히 잠을 자던 2만 5천 명의 시민이 순식간에 생명을 잃었다. 살아남은 사람은 6만이 조금 넘었지만 대부분 다치거나 집을 잃는 신세가 되었다.

그리고 1985년 5월 31일에는 토네이도가 미국 북동부 지방을 수십 차례나 휩쓸고 지나갔다. 최악의 기록이었다. 이 토네이도로 88명이 죽고 수백

명이 다쳤으며, 소규모 도시 여러 곳이 완전히 없어져버렸다.

여기에 산사태, 눈사태, 무시무시한 태풍, 게다가 기록적인 숫자의 비행기 사고까지 있었으니, 자연이 발작을 일으킨 것처럼 보였을 것이다. 어쩌면 우리가 너무나 지구를 거칠게 다루어서 지구의 균형이 깨어진 게 아닐까? 하느님이 우리 때문에 진노한 게 아닐까?

이 같은 천재지변은 갈수록 더 심해질까? 아니면 자연재해가 일어나는 주기가 있어서, 그저 그 주기가 가장 나쁠 때와 맞아 떨어진 것일까?

이들을 잘 살펴보면 자연재해는 어떤 규칙을 따라 일어나는 것이 아니라는 사실을 쉽게 알 수 있다. 해마다 골고루 일어나는 것이 아니라는 뜻이다. 나쁜 해도 있고 좋은 해도 있다. 일정한 규칙이 있는 게 아니라면, 어쩌다가 비교적 평온한 시기가 있을 것이고, 또 그 다음에는 갑자기 정말 심각한 시기가 닥쳐와 여러 해 계속될 것이다. 이런 식이라면 재해의 시기를 미리 알아낸다거나 막을 수 있는 방법은 (아직은) 없다.

그런데 일정한 규칙이 없다는 생각은 잘못된 판단일 수도 있다. 내 나이 정도 된 사람들은 과거에는 재해가 거의 없었고, 요즘처럼 자주 일어나지도 않았다는 것을 기억하고 있다. 왜 그럴까?

이 질문에 대한 답은 인간의 기술이 발달했기 때문에 단지 그렇게 보일 뿐인 것이다.

오늘날에는 통신위성이 지구 궤도를 지속적으로 돌고 있고, 집집마다 텔레비전이 있어서 재해가 일어나면 당장 모든 것을 샅샅이 알게 된다. 멕시코시티가 지진으로 무너져 돌무더기가 되어버렸을 때는 피로에 지친 구조대원이 돌무더기 속에서 아기를 한 명이라도 더 구해내려고 안간힘을 쓰는 것을 보았다. 무너져내린 건물을 화면으로 직접 볼 수 있었고, 겁에 질리고 슬픔에 찬 눈동자를 들여다볼 수 있었다. 그래서 피해가 어느 정도인지 속속들이 알 수 있었던 것이다.

그런데 그때의 지진은 인류 역사상 가장 피해가 컸던 지진 근처에도 가지도 못한다. 1556년 1월 23일에는 중국 북부지방에서 지진이 일어나 절벽이 무너졌는데, 5분이라는 짧은 시간에 83만 명이 깔려 죽었다. 당시 서양 사람들은 그런 지진이 있었는지조차 몰랐다. 지금도 오로지 중국의 역사적 기록을 통해서만 알고 있을 뿐이다.

또 1883년 8월 27일에는 자바와 수마트라 섬 사이에 있는 크라카타우라는 작은 화산섬이 폭발하여 해일이 일어났는데 해변 가까이에 살던 사람 3만 6천 명이 물에 빠져 죽었다. 유럽과 미국 사람들은 나중에 그런 해일이 있었다는 이야기를 전해 듣기는 했지만, 자세한 내용을 모를 뿐 아니라 (물론) 텔레비전으로 보지도 못했다. 서양에서는 마치 크라카타우가 폭발했던 사실이 없었던 것처럼 세상이 돌아갔다.

그러나 1980년 5월 18일, 미국 북서부 지방의 세인트헬렌스 산이 그리 크지 않은 폭발을 일으켜 몇 십 명이 죽었을 때, 사람들은 연기와 화산재가 무럭무럭 피어오르는 광경이라든가, 용암이 흘러가는 광경, 오리건 주의 포틀랜드에 떨어지는 화산재 등을 저녁마다 텔레비전으로 볼 수 있었다. 미국인에게는 그 옛날에 있었는지 없었는지 모를 크라카타우 해일보다는 세인트헬렌스 산의 폭발이 훨씬 더 무서워보였을 것이 틀림없다.

또 우리는 일반적으로 재해의 정도를 몇 사람이나 죽었는지, 파괴된 재산이 값으로 쳐서 얼마나 되는지로 따지는데, 이 때문에도 오늘날의 자연재해가 옛날보다 훨씬 더 심해보이는 것 같다. 어쨌거나 오늘날에는 지구촌의 인구가 옛날에 비해 많이 늘어났고, 또 예전보다 훨씬 조밀하게 모여 살기 때문에, 어떤 재해든지 그 때문에 죽는 사람 수는 훨씬 더 많을 수밖에 없다.

또 공장이라든가 댐, 발전소, 고층아파트 등 인간이 세운 온갖 것이 땅 위를 전에 없이 많이 메우고 있다. 이런 건축물은 하나하나가 옛날에 지은 것보다 훨씬 더 비싸다. 따라서 오늘날에는 재해가 일어날 경우 옛날보다 훨씬 더 많은 액수의 재산 손실이 있을 수밖에 없다.

예를 들어 미국에서 역사상 가장 끔찍했던 지진은 캘리포니아에서 일어나지는 않았다. 가장 끔찍한 지진은 조용하고 안정된 중서부 지방에서 일어났다. 1811년 12월 6일 몇 번의 진동이 있은 다음 해인 1812년 2월 7일 기록적인 무시무시한 지진이 일어났다. 이 지진의 진원지는 미시시피 강 근처로, 오늘날 미주리 주 뉴마드리드가 있는 곳이다.

멀리 보스턴에서도 진동을 느낄 수 있을 정도였던 이 지진으로 600평방킬로미터 이상의 삼림이 쓰러졌다. 몇 곳에서 미시시피 강 줄기가 바뀌어 호수가 새로 생겨났고, 몇 군데의 늪은 물이 빠져버렸다. 그런데도 오늘날 전해지기로는 이 지진 때문에 목숨을 잃은 사람은 아무도 없었다. 어쨌든 당시 이 지역에는 사람이 거의 살지 않았기 때문이다. 그런데 만일 오늘날 똑같은 강도의 지진이 같은 곳에서 일어난다면 틀림없이 많은 인명 피해를 냈을 것이고, 재산 피해 역시 엄청날 것이다. 오늘날이라면 같은 곳에서 규모가 작은 지진이 일어난다 해도 1811년과 1812년에 있었던 지진보다 더 큰 피해를 줄 것이고, 사람들은 틀림없이 지진이 왠지 모르게 갈수록 심해지고 있다는 인상을 받을 것이다.

그러나 인류는 천재지변 중 최악의 것은 겪지 않았다. 게다가 이 최악의 재난은 일정한 시간을 두고 충분히 되풀이될 수도 있는 성격의 것이다. 혜성 무리가 태양계 안을 빗발처럼 떠돌아다니다가, 그중 몇 개가 정말 우연히 지구에 떨어진다면 그야말로 최악의 사태가 될 것이다. 과학자들은 지금 이 순간에도 이런 가능성에 대해 열띤 논쟁을 벌이고 있다.

반지름이 몇 킬로미터밖에 안 되는 혜성이 하나만 떨어진다 해도 그 자리에는 너비가 1백 킬로미터를 넘는 구덩이가 생겨날 것이다. 그리고 너무나도 많은 흙먼지가 대기층 위로 날아올라, 몇 주에서 몇 달 동안 사실상 햇빛이 완전히 차단될 것이다. 그렇게 되면 많은 식물이 죽을 것이고, 그걸 먹고 사는 수많은 동물 역시 죽음을 당할 것이다. 6천5백만 년 전에 이 같은 일이 일어나 수많은 동식물과 공룡이 전멸한 것이 아닐까 추측하고 있다. 그렇다고 해서 그것이 최악의 사건은 아니었다. 2억 3천만 년 정도 전에도 마찬가지로 그런 사건이 있었는데, 그때 지구에 살고 있던 동식물 종 전체의 90퍼센트 이상이 전멸해버린 것 같다. 그럴 때마다 여전히 생명이 지속되기는 했지만 변화는 철저했다. 살아남은 종만이 숫자가 불어나 다시 지구를 채웠기 때문이다.

과학자 가운데는 이 같은 '전멸'이 2천6백만 년에 한 번 꼴로 일어난다고 믿는 사람도 있다. 지난번이 1천3백만 년 전이었으므로 앞으로 1천3백만 년 안에는 일어나지 않을 것이다. 그 정도면 시간이 충분히 있는 셈이고, 또 만약에 인류가 그때까지 생존해 있다면 막을 수 있는 기술도 가지고 있을 것이다.

그러는 한편, 우리는 기상위성을 이용하여 태풍이 다가온다는 것을 알아낼 수 있고, 지진과 화산 폭발을 미리 알아내는 방법을 연구하고 있는 중이다. 그리고 전반적으로 우리는 재해가 다가오는 것을 모르고 있다가 당하는 일이 없도록 애쓰고 있다. 재해가 다가온다는 것을 안다는 것 자체가 재앙을 줄이는 데 도움이 되기 때문이다.

인간을 비롯한 온갖 동물이 식물 세계에 기생하여 산다고 생각하면 겸손한 마음이 절로 생긴다.

-아이작 아시모프

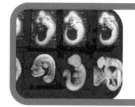

'진화론'을 함께 내놓은 두 과학자

1858년 6월 3일, 다윈은 월리스의 원고를 받아 읽고
머리를 한 대 호되게 얻어맞은 기분이었다.
자기 자신의 이론이 눈앞에 그대로 펼쳐져 있었기 때문이었다.

 영국의 박물학자 찰스 다윈이 진화론을
전개했다는 사실은 누구나 알고 있을 것이다. 그러나 그가 얼마나 오랫동
안 연구했는지 알고 있는 사람은 별로 없을 것이다.

일찍이 1800년대 초에도 생물이 가장 간단한 것으로부터 가장 복잡한 것
으로 진화한다는 생각은 여기저기 퍼져 있었지만, 신뢰할 만한 수준으로
진화 이론을 확립한 사람은 아무도 없었다. 생명체는 무엇 때문에 특질이
바뀌는 걸까?

어떤 사람은 생물이 어떤 행위를 하려고 애쓰는 사이에 진화했다고 생각
했다. 나뭇잎을 먹으려고 목을 길게 늘어뜨린 양 몇 마리가 새끼에게 긴 목
을 물려주었다. 그런 식으로 여러 세대가 지나면서 몇몇 양이 기린으로 변
했다는 것이다. 문제는 이렇게 나중에 생겨난 특징('획득형질'이라고 한
다)이 유전되지 않는다는 사실은 간단히 증명할 수 있다는 점이다.

1831년부터 1836년까지 다윈은 비글호라는 배를 타고 여행하면서 진화에 대해 생각하기 시작했다. 여러 가지 생명체를 연구하면서 그는 진화가 실제로 있었다는 것을 확고하게 믿게 되었다. 그러나 진화는 어떻게 일어났을까 하는 점이 수수께끼였다.

그러다가 1838년, 그는 우연히 토머스 맬서스가 40년 전에 쓴 책을 보게 되었다. 맬서스는 식량이 늘어나는 속도보다 인구가 항상 더 빨리 늘어났기 때문에 인구는 굶주림이나 질병, 전쟁으로 줄어들 수밖에 없었을 것이라고 주장했다.

순간 다윈의 머릿속에는 똑같은 일이 인간뿐 아니라 모든 종류의 생물에게도 일어났을 거라는 생각이 떠올랐다. 모든 생물이 자신의 먹을거리보다 빠른 속도로 늘어나면서 결국 환경에 가장 잘 적응하는 생물만이 살아남았을 것이라는 사실을 생각해낸 것이다. 그리고 각 세대에서 가장 잘 적응하는 개체를 고르는 방식으로 수백만 년에 걸쳐 적응력이 조금씩 더 향상되는 쪽으로 천천히 변화가 일어나게 한 것은 바로 이 '자연선택' 원리일 거라는 생각이 든 것이다.

다윈은 필요한 증거를 모으기 시작했다. 그는 절대 서두르지 않았다. 그는 '자연선택 때문에 진화한다'는 자신의 이론으로 커다란 논란이 일어날 것이고, 또한 하느님을 모독하고 성경 속의 창조 이야기를 믿지 않는 무신론자라는 공격을 받을 것을 알고 있었다. 다윈은 싸움을 좋아하는 사람이 아니었으므로, 그 누구도 반론을 일으킬 수 없을 만큼 확실한 증거를 확보할 때까지 기다렸다.

그는 여러 해 동안 연구했다. 맬서스에게서 결정적인 정보를 얻어낸 지

20년이 지난 1858년에도 그는 여전히 증거를 확보하는 데 전념하고 있었다. 그동안 모은 자료 일부를 친구들에게 보여주었더니 그들은 어서 책을 내라고 재촉했다. 그러나 그는 더욱 많은 증거를 모으려는 집념을 굽히지 않았다.

그러는 동안 또 한 사람의 영국 박물학자 알프레드 월리스도 지구 구석구석을 탐험하면서 생명체가 서로 어떻게 다른지를 깨달아가고 있었다. 그역시 진화에 대해 추측하기 시작했다. 그리고 그 역시 그 원인이 무엇이었을까 생각하고 있었다.

보르네오에 머물 당시 월리스는 말라리아 때문에 한동안 움직일 수가 없었다. 이때 지루함을 쫓으려고 이런저런 책을 읽다가 우연히 맬서스의 책을 읽게 되었다. 다윈이 그랬던 것과 마찬가지로 월리스도 자연선택에 대한 생각이 번개 같이 떠올랐다.

월리스가 자연선택에 대해 깨달은 것은 다윈보다 한참 뒤였다. 그는 맬서스의 책을 1858년에 읽었는데, 이는 다윈보다 20년이나 뒤였다. 그러나 그는 다윈보다 훨씬 더 성격이 급했다. 핵심을 알았다는 생각이 들자 그는 더 이상 기다릴 수 없었다. 펜을 집어든 그는 종이에 열심히 쓰기 시작했는데, 여행하면서 우연히 모은 갖가지 증거를 끌어다 붙이며 자신의 주장을 세밀하게 설명해나갔다. 그는 단 이틀 만에 원고를 마무리지었다.

원고가 완성되자 월리스는 다른 자연학자의 지지를 얻고 싶었고, 그리고 결론을 내린 것이 다윈에게 원고를 보내자는 것이었다.

1858년 6월 3일, 다윈은 월리스의 원고를 받아 읽고 머리를 한 대 호되게 얻어맞는 기분이었다. 자기 자신의 이론이 눈앞에 그대로 펼쳐져 있었기 때문이었다.

다윈은 월리스의 원고를 무시하고 서둘러 자신의 자료를 출판할 수도 있었다. 어쨌거나 다윈은 월리스보다도 훨씬 더 많은 증거와 논리 정연한 이론이 있었으며, 게다가 얼마나 오랫동안 그 연구를 해왔는지를 주위 사람들이 증언해줄 수 있었던 까닭이다. 따라서 다윈은 마음만 먹었으면 얼마든지 자신의 자료를 출판할 수가 있었다.

그러나 다윈은 그런 부류의 사람이 아니었다. 그는 월리스의 자료를 받았다는 사실을 알리고 공동으로 출판하는 것이 어떻겠는지 제의했다. 그리고 한 학회지에 두 사람 이름으로 기사가 발표되었다. 이듬해인 1859년에 다윈은 자신이 연구한 것을 전부 책으로 펴냈다. 이 책이 바로 ≪종의 기원 The Origin of Species≫이라는 이름으로 알려진 책이다. 초판 1,250부가 출간된 첫날 다 팔렸다. 그리고 다윈이 걱정한 대로 일대 폭풍이 몰아쳤다. (이 폭풍은 아직도 가라앉지 않았다.) 자연선택 때문에 진화가 일어난다는 이론을 다윈의 공로로 인정하는 것은 바로 이 책 때문이다.

말썽이 벌어지는 것을 원하지 않았으므로 다윈은 ≪종의 기원≫에서 인류에 대한 내용은 다루지 않았다. 그러나 일단 말썽이 벌어지자 다윈으로서는 두려워할 것이 없었다. 그래서 1871년에 인간의 진화에 대해 그가 모을 수 있는 증거를 모조리 모아 ≪인간의 유래 The Descent of Man≫는 책을 출판하였다.

그러자 월리스는 갑자기 머뭇거리면서 다윈을 따르려고 하지 않았다. 온갖 생명체에 진화가 있다고 인정하면서도 어떻게 인간만 빼놓을 수 있었는지 이해하기가 힘들지만, 월리스는 그런 이상한 태도를 취했고, 그리고 생물학 분야를 이끄는 지도적 위치에서 떨어져나갔다.

사실 월리스는 나이가 들면서 여러 가지 별난 사고방식을 받아들였는데, 그럴 때는 언제나 열렬했다. 예를 들면 그는 '성(性) 선택'이 진화와 관계가 있다고 하는 다윈의 생각을 반대했고, 사회주의를 받아들였다.

그 당시 영국의 지식인 사이에서는 성 선택 이론이 뿌리를 내리지 않았고 사회주의 사상은 널리 퍼져 있었다. 게다가 월리스는 유심론도 받아들였는데, 이것은 과학자로서는 받아들이기 힘든 것이었다. 더욱 놀라운 일은 예방주사 반대운동을 열심히 벌였다는 사실인데, 당시는 예방주사 덕분에 천연두가 눈에 띄게 사라진 시기였다. 월리스는 화성의 '운하'에 대한 토론에도 한몫했다. 1880년대와 1890년대에는 화성 표면의 줄무늬를 운하로 생각하고 화성에 고등 생물이 있지 않을까 추측하는 천문학자가 많았다. 미국천문학자 퍼시벌 로웰은 화성에 생물이 있다고 굳게 믿고 그 같은 주장을 담은 책을 몇 권 썼다.

1907년, 여든네 살이 된 월리스에게 누군가가 로웰의 책에 대한 비평을 써달라고 부탁했다. 1858년에 그랬던 것만큼이나 참을 수 없는 감정 폭발을 일으킨 월리스는 화성의 운하에 반대되는 주장을 폈는데, 그것은 110쪽이나 되는 책이 되고 말았다. 이번에는 어쩌다 월리스가 옳았고, 틀린 쪽은 로웰이었다.

우물에 빠진 학자

어느 날 밤, 탈레스는 별을 열심히 관찰하면서 정처 없이 길을 걷다가
그만 우물에 빠지고 말았다. 탈레스의 비명을 듣고 달려와
구해준 할머니가 말했다.
"별을 연구한다면서 발아래 뭐가 있는지도 모르다니!"

입에서 입으로 전해 내려오는 옛날이야기
가운데 하나는 학자들이 넋이 빠졌다는 것이다. 그들은 매우 복잡한 문제
에 몰두해야 되기 때문에 주위에서 벌어지는 평범하고 일상적인 일을 알아
차리지 못할 거라는 생각에서 이런 얘기가 나온 것이다.

아마도 넋이 나간 학자에 관한 가장 오래 된 이야기는 25세기 전에 살았
던 그리스의 철학자 탈레스(서기전 624~546)에 관한 이야기일 것이다. 그
로부터 2세기가 지난 뒤 또 다른 철학자 플라톤이 탈레스에 관한 일화를 글
로 남겨 소개하고 있다.

어느 날 밤, 탈레스가 별을 열심히 관찰하면서 정처 없이 길을 걷다가 그
만 우물에 빠지고 말았다. 탈레스의 비명을 듣고 달려와 그를 구해준 할머
니가 말했다.

"별을 연구한다면서 발아래 뭐가 있는지도 모르다니!"

넋 나간 학자에 관한 우스개가 대개 그렇듯 이것도 지어낸 얘기 같은데, 아마도 플라톤이 교훈을 강조하기 위해 만들어냈을 것이다.

또 다른 그리스 철학자 아르키메데스(서기전 287~212)는 대중목욕탕에서 목욕하던 중 물체를 물에 넣었을 때 그 물체의 부피만큼 물을 밀어낸다는 원리를 발견했다. 견딜 수 없을 만큼 흥분한 그는 벌거벗고 있다는 사실도 잊은 채 거리로 뛰쳐나가 외쳤다.

"유레카! 유레카! (알아냈다! 알아냈어!)"

이 이야기가 사실일는지는 모르지만, 아르키메데스가 그다지 심하게 넋이 나갔던 것 같지는 않다. 고대 그리스인은 거리에서 알몸을 보이는 일에 대해 요즘 우리가 생각하는 것만큼 신경을 쓰지는 않았던 것이다.

좀 더 근대로 접근해보자. 많은 사람들이 독일의 수학자 카를 F. 가우스(1777~1855)를 가장 위대한 수학자라고 생각한다. 그는 아직 십대 소년이었을 때 중요한 발견을 했고, 삶을 마칠 때까지 끊임없이 중요한 논문들을 발표하느라 애썼다. 그러니 그는 평생에 걸쳐 늘 어떤 문제에 깊이 마음을 빼앗기고 있었다고 할 수 있다.

1807년, 가우스의 아내가 몹시 아파 의사가 왕진을 와서 진찰을 하고 있었다. 슬픔에 빠진 가우스는 아래층에서 대기하고 있었다. 서성거리던 그는 자신이 문제를 푸느라 종이 위에 갈겨놓은 내용에 우연히 눈길이 닿았다. 조금씩 조금씩 그의 생각은 다시 그 문제에 이끌려갔고, 마침내 완전히 빠져버렸다. 그가 한참 연구에 몰두해 있을 때, 의사가 내려와서 가우스에게 아내가 숨을 거두려 한다는 슬픈 소식을 전했다.

문제를 푸는 데 완전히 정신을 빼앗긴 가우스는 멍하니 손을 내저으며 중

얼거렸다.

"아, 알았어요. 내가 하던 일을 마무리 지을 때까지 잠시만 기다리라고 전해주시겠어요?"

미국인 수학자 노버트 위너(1894~1964)에 대한 일화는 아주 많다. 그 가운데 하나가, 그가 길에서 매사추세츠 공과대학 동창생을 만났을 때의 이야기이다. 친구와 마주친 그는 멈춰 서서 이야기도 나누고 여러 가지 의논도 했다. 반시간쯤 지나자 더 할 얘기가 없자 헤어지려고 했다.

위너는 악수를 나눈 다음 망설이다가 말했다.

"그런데 우리가 만났을 때, 내가 저쪽 길에서 오던가, 아니면 저쪽 길로 가던가?"

동료가 대답했다.

"왜? 저쪽 길에서 오던데?"

위너가 말했다.

"알았어. 그렇다면 내가 점심을 먹은 게로군."

나는 위너 박사와 아는 사이였으므로 이 이야기를 금방 곧이들을 수 있다. 다른 교수에 대해서도 똑같은 이야기가 돌아다닌다는 게 문제지만.

이상한 일이지만, 바위를 잘 골라 윤을 내면 꽃만큼이나 아름다울 수 있고, 아름다움이 훨씬 더 오래 간다.

-아이작 아시모프

C h a p t e r

갈릴레오의
암호 편지

과학자는 이따금 커다란 발견으로 이름을 얻고 싶은 욕망과
바보 취급을 받지 않으려는 욕망 사이에서 오도가도 못하게 될 수가 있다.
갈릴레오 역시 그런 상황과 맞닥뜨린 적이 있다.

 과학자는 때때로 커다란 발견으로
이름을 얻고 싶은 욕망과 바보 취급을 받지 않으려는 욕망 사이에서 오도가
도 못하게 될 수가 있다. 1931년 앨라배마 대학교의 프레드 앨리슨Fred
Allison은 85번과 87번 원소를 분리해냈다고 발표하면서, 각각 '앨라배민',
'버지늄' 이라는 이름을 붙였다.

그러나 그것은 틀린 것이었다. 실제로 발견된 것은 그보다 십 년이나 지
나서였고, 이름도 '아스타틴'과 '프랑슘' 으로 붙었다. 이제 앨리슨은 이렇
게 틀리면 안 된다고 이야기할 때에만 주로 들먹이는 이름이 되었다.

이런 일은 옛날에도 있었다. 1610년으로 거슬러 올라가 보자. 당시 갈릴
레오는 조심스러울 수밖에 없었다. 그는 몇 가지 중요한 발견을 해냈지만,
사람들은 그가 쓴 망원경을 믿을 수가 없으며, 그가 천체에서 발견해낸 새
로운 물체는 실은 렌즈 때문에 생겨난 허상에 지나지 않는다고 주장하며 조

롱한 것이다. 그래서 갈릴레오는 서로 다른 조건으로 여러 번 관찰하여 허상이 아니라는 확신이 들 때까지 발표를 미루었다.

그러나 한편으로는 그가 그러고 있는 사이에 다른 과학자들이 바짝 쫓아와 자기가 먼저 발견했다고 주장할 것도 같았다. 실제로 두 해가 가기 전에 천문학자 시몬 마리우스가 갈릴레오보다 먼저 목성의 커다란 위성 네 개를 발견했다고 주장했고, 또 다른 천문학자 크리스토프 슈나이더가 갈릴레오보다 먼저 흑점을 관측했다고 주장했다.

1610년 말 무렵 갈릴레오는 금성의 모양이 달처럼 그믐달, 반달, 보름달 모양으로 변했다가 다시 반달, 그믐달로 변한다는 사실을 발견했다. 이는 중요한 발견이었다. 프톨레마이오스의 옛 이론으로는 금성이 이런 식으로 위상 변화를 보일 수가 없었던 반면에, 코페르니쿠스의 새로운 이론으로는 이렇게 위상 변화를 보여야 되었던 것이다.

이 같은 발견은 그런 점에서 몹시 의미가 있는 것이었다. 그리스 천문학에 마지막 자물쇠를 채우는 한편 태양을 행성 운동의 중심에다 놓을 수 있었다. 그런 상황에서 갈릴레오의 망원경으로 그 같은 변화를 겨우 알아볼 수 있었으므로, 만일 어쩌다가 잘못되기라도 한다면 그의 다른 업적에도 치명적인 흠집이 생길 수가 있었다.

그래서 갈릴레오는 위험을 피하기로 했다. 1610년 12월 11일, 그는 프라하에 대사로 가 있는 친구 줄리아노 데 메디치에게 편지를 띄웠다. 편지에는 다음과 같은 내용이 라틴어로 씌어 있었다.

≪Haec immatura a me jam frustra leguntur o. y. ≫

이 말은 '때 이르게 뭔가가 내 눈에 띄었다'는 뜻이다. 이는 갈릴레오가 뭔가를 발견했는데 그게 뭔지는 아직 말할 수 없다는 뜻이 숨어 있는 것이다.

마지막에 덧붙인 'o.y.'라는 글자는 이 내용 전체가 하나의 글자 수수께끼라는 것을 알려주고 있다. 이 'o'와 'y'를 넣어 글자를 다시 늘어놓으면 다른 내용이 된다.

금성의 위상 변화에 대해 잘못 안 것이라면, 데 메디치에게 보낸 편지는 그대로 잠을 잘 것이고, 아무 의미도 없을 것이었다. 그러나 그게 사실이라는 확신이 점점 더 커지게 되면 갈릴레오는 글자를 다시 늘어놓아 ≪Cynthia figuras aemulatur Mater Amorum≫으로 풀어줄 수 있을 것이다. 이것은 '사랑의 어머니가 신시아의 흉내를 낸다'는 뜻으로, '사랑의 어머니'는 금성이고 '신시아'는 달을 시적으로 표현할 때 쓰는 명칭이다.

더 나아가 만일 갈릴레오가 확신할 수 있을 때까지 기다리는 사이 다른 사람이 금성이 위상 변화를 한다고 발표하면 갈릴레오는 당장 그 글자 수수께끼를 풀어, 편지를 쓴 날짜와 존경받는 대사의 말을 이용하여 자기가 먼저라는 것을 분명히 밝힐 수 있었다.

이야기는 평화롭게 막을 내렸다. 갈릴레오가 본 것은 정확했고, 자기가 먼저라고 나선 사람은 아무도 없었다.

과학에는 예술이 있으며, 예술에는 과학이 있다. 이들 둘은 서로 적이 아니며, 한 덩어리의 서로 다른 모습이다.

—아이작 아시모프

최초의 '과학자'는 누구일까?

1840년대에 영국의 자연철학자 윌리엄 휴얼이라는 사람이 '자연과학 분야의 지식을 연구하고 이해하는 사람'이라는 뜻으로 '과학자'라는 말을 쓰기 시작했다. 그렇다면 최초의 과학자는 누구일까?

 최초의 과학자는 누구일까?

아이작 뉴턴이 아니었다. 오늘날에는 그가 과학자였으며, 그것도 가장 위대한 과학자라고들 알고 있지만, 뉴턴은 스스로 과학자라고 생각해본 적이 한 번도 없다. 그는 자기가 과학자라고 인식하지 않았는데, 그 당시에는 그런 말 자체가 없었기 때문이다.

뉴턴은 스스로를 '철학자'라고 생각했다. 이 말은 '지혜를 사랑하는 사람'이라는 뜻의 그리스어에서 나왔으며, 고대 그리스의 명상가들에게서 비롯되었다.

지혜의 종류는 여러 가지가 있다. 어떤 철학자는 우리 주변 세계와 그 법칙을 연구하여 얻게 되는 지혜를 주로 다룬다. 우리 주변 세계는 라틴어로 '생겨나다'는 의미의 '자연'이라고 할 수 있다. 다시 말해서 자연은 창조되거나 생겨난 것들이다. 자연을 주로 다루는 철학자를 '자연철학자'라고 한다.

뉴턴은 자신이 자연철학자라고 생각했고, 자기가 연구하는 것들을 자연
철학이라고 보았다. 그래서 운동의 세 법칙과 만유인력 이론을 자세하게
설명하여 ― 과학책 가운데 가장 위대한 ― 책을 썼을 때, 그는 그걸 라틴어
로 ≪Philosophiae Naturalis Principia Mathematica≫라고 이름을 지었다.
'자연철학의 수학적 원리' 라는 뜻이다.

'자연적인' 에 해당하는 그리스어는 physikos로서 영어로 '물리적' 이라
는 뜻인 physical이 되었다. 자연철학은 '물리철학' 이라고도 부를 수 있고,
줄여서 '물리학' 이라고도 한다.

자연철학이 점점 자라나 광범위해지면서 갖가지 전문적인 연구가 이루
어졌다. 사람들은 화학, 지리학, 생리학 등에 대해 이야기하기 시작했다.
그런 여러 분야를 제외한 나머지가 물리학이었으니, 이제는 전체를 모두 가
리키는 '자연철학' 이라는 말과 똑같은 의미로 쓸 수가 없게 되어버렸다. 그
렇지만 '자연철학' 이라는 말이 너무 길었기 때문에 뭔가 좀 더 단순한 말이
필요했다.

그런데 단순하고 편리한 말을 찾다 보니 라틴어로 '안다' 는 뜻인 '과학'
이라는 말이 있었다. 과학이란 원래의 의미는 무엇이든 좌우간 안다는 뜻
이었다. 그래서 농구를 하는 법을 안다고 하면 농구 과학을 안다고 해도 아
무런 문제가 없었다.

그러나 자연철학자들이 관심을 가지고 있는 지식을 나타낼 수 있는 뭔가
단순하고 쉬운 말이 필요했기 때문에, '과학' 이라는 말은 오랜 기간에 걸
쳐 '자연철학' 을 뜻하는 말로 굳어지게 되었다.

그 뒤, 1840년대에 영국의 자연철학자 윌리엄 휴얼이라는 사람이 '자연 과학 분야의 지식을 연구하고 이해하는 사람'이라는 뜻으로 '과학자'라는 말을 쓰기 시작했다. 다시 말하면 '과학자'는 '자연철학자'를 가리키는 말이 된 것이다.

결국 1840년에 와서야 과학자는 스스로를 '과학자'라고 지칭할 수 있었다. 이렇게 볼 때 최초의 과학자는 누구일까?

당시 휴얼은 마이클 패러데이의 친한 친구였고, 패러데이가 설명하는 여러 가지 개념에다 '이온,' '양극,' '음극' 등 많은 이름을 새로 만들어주었다. 더욱이 패러데이는 그 시대 최고의 자연철학자였고, 시대를 통틀어 최고의 자연철학자 가운데 한 사람임이 틀림없었다. 특히 실험 부문에서는 최고 수준이었다.

만일 휴얼이 당시 누군가를 '과학자'로 생각했다면, 패러데이가 그 첫 번째 대상이었을 것이라고 나는 장담할 수 있다. 휴얼이 패러데이에게 '과학자'라는 호칭을 붙일 생각을 하지 않았다면 내가 그렇게 생각할 것이다.

마이클 패러데이야말로 최초의 과학자이다. 그리고 최초의 물리학자이기도 하다. 휴얼은 물리학자라는 말도 만들어냈다.

'철학자'는 그리스어로 '지혜를 사랑하는 사람'이라는 뜻이다. 철학자가 되기 위해 얼마나 많은 학생이 이와 마찬가지의 열성으로 '애매한 것을 미워하는 사람'이 되기를 갈망했을까? ―아이작 아시모프

지독하게 운이 나빴던 과학자

사람은 일생을 사는 동안 좋건 나쁘건 간에 운의 영향을 받는다.
프랑스의 귈롱 르장티의 삶을 되짚어보면 운이 얼마나 그를
태풍처럼 흔들어놓았는지 알 수 있다.

우리는 누구나 나름대로 운이 나빴던 시기를 지난 적이 있지만, 우리 가운데에는 남보다 약간 더 운이 나쁜 사람이 분명히 있는 것 같다. 귈롱 르장티의 경우를 한번 살펴보자. 프랑스 천문학자였던 그는 1761년 금성이 태양을 통과하는 것을 관측하고자 했다.

그 시절에는 지구상의 서로 멀리 떨어진 여러 곳에서 금성이 태양의 테두리를 통과하는 정확한 시간을 재면 태양까지의 거리를 계산할 수 있을 것으로 생각했다. 금성에는 대기가 있어서 태양의 가장자리와 정확하게 만나는 시간을 알 수 없었기 때문에 이 방법에는 문제가 있다는 사실을 나중에야 알 수 있었다. 그러나 1761년에는 문제가 있다는 것을 몰랐으므로 르장티는 시도해보려는 조바심으로 안달을 냈다.

그래서 그는 유럽에서 측정하게 될 장소와는 아주 멀리 떨어진 곳으로 가기 위해 인도의 프랑스의 식민지였던 퐁디셰리로 갈 계획이었다.

그러나 당시 프랑스는 영국과 전쟁을 하고 있었고, 르장티가 퐁디셰리에 도착했을 때 마침 영국이 그곳을 점령하고 있었다. 영국인들은 프랑스 배가 항구에 들어오는 것을 허락하려 하지 않았다.

르장티는 배 위에서 금성의 움직임을 관찰하려 했으나 배가 흔들리는 바람에 제대로 관측할 수 없었다. 오랫동안 불편을 참고 긴긴 여행을 했지만, 결국 기대했던 결과물은 얻지 못하고 말았다.

사실 금성이 태양을 통과하는 현상은 항상 두 번씩 짝으로 일어났는데, 첫 번째 통과한 다음 8년 뒤 두 번째로 통과했다. 이처럼 태양을 통과하는 현상이 8년 간격으로 두 차례 있고 나면 한 세기 이상을 기다려야 다시 그런 장관을 볼 수 있었다. 그런데 1761년 금성의 태양 통과는 그 두 번 가운데 처음이었고, 따라서 1769년에 다시 한 번의 기회가 있을 것이었다.

르장티는 프랑스로 돌아갈까 했지만, 그러자면 폭풍이 몰아치는 바다에서 몇 달을 보내야 했다. 게다가 나중에 다시 인도로 돌아오자면 또다시 배 위에서 힘든 몇 달을 보내야만 했다. 그는 배에서의 생활이라면 진절머리가 났으므로, 여덟 해 동안 인도에 머무르면서 기다리기로 마음먹었다.

그는 시간을 낭비하지 않았다. 여덟 해 동안 인도에서 기다리면서 인도에 대해 알아낼 수 있는 것은 모두 알아냈다. 예컨대 날씨라든가 바닷물의 흐름, 고대 인도 천문학 등을 관찰했다. 또 남부아시아 주변 지역을 여행하기도 했다. 그는 필리핀의 마닐라에 가서 금성이 태양을 지나는 것을 관찰하는 것이 좋지 않을까 생각하기도 했다. 여러 가지로 계산을 해본 결과 마닐라에서는 그 광경을 기가 막히게 잘 볼 수 있을 것이란 결과가 나왔기 때문이다.

그러나 유럽에서는 모두 르장티가 인도의 퐁디셰리에서 관찰할 것으로 간주하고 계산을 했기 때문에, 그는 퐁디셰리로 돌아가서 1769년 6월 3일을 맞이할 준비를 하였다. (영국은 오래 전에 이미 퐁디셰리를 프랑스에 돌려주었다.)

르장티는 모든 관찰 도구를 준비해놓았다. 우연한 일이었지만 그날 마닐라에서는 날씨가 구름 한 점 없이 맑았다. 퐁디셰리 역시 맑았다, 금성이 태양을 지나기 전에는. 그러나 금성이 태양을 지나는 바로 그 순간 검은 구름이 몰려와 태양을 가로막았고, 결국 여덟 해 동안 기다린 것이 아무짝에도 쓸모없게 되고 말았다. 르장티는 중요한 기회를 다시 한 번 놓친 것이다.

1771년, 그는 비참하고 우울한 마음으로 프랑스로 돌아왔다. 그가 떠난 지 11년 반이 지났다.

그러나 불행은 아직 끝난 게 아니었다. 그가 프랑스를 떠나 있는 동안 가족들은 여러 차례 프랑스로 소식을 보냈지만, 어찌 된 셈인지 한 번도 전달이 되지 않았다. 그가 돌아와 보니 그의 친척들은 그가 죽었다고 생각하고, 그의 재산을 이미 나누어 가진 뒤였다. 그는 갖은 방법을 다 동원하여 법적으로 자신이 살아 있다는 것을 간신히 증명할 수 있었다. 하지만 자신의 재산은 되찾을 길이 없었다. 게다가 자신이 살아 있음을 증명하느라 들어간 법적 비용도 내야 했다.

그러나 모든 게 끝장나버린 것은 아니었다. 르장티는 인생을 새출발했다. 결혼도 하고 딸도 낳았다. 인도에 관해 두 권짜리 책도 썼다. 그런 후 그 뒤 21년 동안 꽤 성공한 사람으로 살았다.

한편 그가 금성이 태양을 지나는 것을 관찰했다손 치더라도, 금성의 대기 때문에 바라던 결과물은 결코 얻을 수 없었을 것이다.

천왕성을 '본' 사람과 '발견'한 사람

천왕성이 그저 한 점의 빛이 아니라 조그만 원반 모양이라는
사실을 알아낸 사람은 허셜이 처음이었다. 그의 눈길을 끈 것은
원반 모양의 별이지 움직임이 아니었다. 그의 눈에 원반 모양으로 보이지 않았다면
그 역시 천왕성을 발견하는 행운을 놓쳤을 것이다.

 1781년 3월 13일 밤, 윌리엄 허셜이라는
아마추어 천문학자가 천체를 꼼꼼하게 살펴보고 있었다. 그러던 중 표면이
둥근 하나의 물체를 발견했다. 그는 처음엔 새로운 혜성을 발견한 것으로
생각했다. 계속 이 새로운 물체를 지켜보고 있던 그는 그것이 보통 혜성보
다는 더 느리게 움직인다는 것을 알게 되었다. 더군다나 혜성의 윤곽은 희
미한데, 그 물체는 윤곽이 또렷했다. 결국 그는 전대미문의 발견을 해냈다
는 결론을 내렸다. 즉 행성을 발견한 것이다. 이는 현대에 발견한 최초의
행성으로, 오늘날 천왕성이라 부르는 별이다.

천왕성은 밝기가 6등급에 해당되는 물체이다. 맑은 그믐밤에 맨눈으로
볼 수 있는 천체를 6등급이라고 한다. 이 행성은 태양으로부터 너무 멀리
떨어져 있어서 희미하고, 다른 행성보다 훨씬 더 느리게 움직인다. 따라서
사람들이 진작 이 행성을 알아보지 못했다는 사실은 당연하다. 적어도 맨

눈으로 관찰한 사람이라면 당연한 사실이다.

그러나 망원경으로 보았다면 쉽게 눈에 띄었어야 했다. 망원경은 허셜 이전에도 거의 두 세기 동안이나 사용됐는데, 어찌하여 아무도 이 행성을 찾아내지 못했을까? 천체학자들의 무심함을 탓할 수밖에 없다.

사실은 이 행성이 사람들의 눈에 띈 적이 있었다. 천왕성을 발견하기 거의 한 세기 전인 1690년, 천문학에 열심이었던 영국 왕족 존 플램스티드는 별의 위치를 도면에 표시해 나가다가 황소자리 안에서 6등급의 별 하나를 발견하고 꼼꼼하게 그 자리를 표시해놓았다. 스스로 개발한 별의 명명법에 따라 그는 그 별에 '황소자리 34번'이라는 이름을 붙였다.

그 누구도 그 자리에서는 별을 발견하지 못했다. 별이 아니었기 때문이다. 그것은 천왕성이었고, 꾸준히 자리를 옮겼다.

한데 어떻게 이런 사실을 알게 되었을까? 플램스티드는 천왕성을 발견한 다음 그 궤도를 계산해냈고, 천왕성이 지나갔을 만한 때에 별이 없던 자리에서 새로운 별이 발견되었다는 기록이 있는가를 보려고 옛날에 만들어진 별자리 지도를 살펴보았기 때문이다.

플램스티드는 황소자리 외에도 천왕성의 궤도 위의 네 곳에서 네 번 더 천왕성을 발견했다는 기록을 남겨놓았다.

플램스티드는 1719년에 죽었기 때문에 자신이 놓친 것이 무엇인지 알지 못했다. 그러나 천왕성이 발견되기 전에 그 별을 관측한 사람은 플램스티드 한 사람이 아니었다. 실제로 천왕성이 발견되었을 때, 자신도 비슷한 실수를 한 게 아닌가 생각한 천문학자들이 있었다.

피에르 샤를 르모니에도 그중 한 사람이었다. 허셜이 천왕성을 발견했을 때 그는 예순다섯이었다. 이때 그는 자신의 연구 기록을 뒤져본 끝에, 세 번이나 서로 다른 자리에서 천왕성을 본 적이 있다는 사실을 알게 되었다.

또 다른 천문학자인 알렉시스 부바르가 르모니에의 기록을 뒤져보았다. 그 결과 르모니에가 직접 확인한 세 번 말고도 열 번이나 더 천왕성을 보았고, 그 가운데 네 번은 나흘에 걸쳐 계속 관측했다는 사실을 알아냈다! 르모니에가 자신의 별자리 지도를 꼼꼼히 비교하기만 했더라도 행성을 발견하는 행운을 놓치지 않았을 것이다.

기회를 놓친 이들 천문학자를 우리는 비아냥거려야 될까? 물론 그래서는 안 된다. 망원경이라고 다 같은 성능을 가진 것은 아니다. 망원경은 그 성능이 제각각이기 때문이다.

허셜 역시 열렬한 아마추어인지라 망원경을 직접 만들어 사용했는데, 그 당시의 망원경 가운데서는 가장 성능이 좋았다. 천왕성을 그저 한 점의 빛이 아니라 조그만 원반 모양을 하고 있음을 알아볼 수 있었던 사람은 그가 처음이었다. 그의 눈길을 끈 것은 그 원반 모양이지 움직임이 아니었다. 그것이 원반 모양으로 보이지 않았다면 그도 역시 중요한 것을 놓쳤을 것이다.

과학에서 커다란 업적을 남기는 길을 정확하게 알 수 있는 것은 아주 어렵다. 그러나 좋은 과학자는 길을 잃지 않는다.

—아이작 아시모프

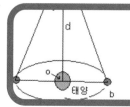

억울한 과학자

> 화학 교재에 질량 보존의 법칙을 세운 사람은 라부아지에라고 되어 있다.
> 로모노소프가 라부아지에보다 30년이나 빨리 그것을 발견을 했는데도
> 아무 대접도 받지 못하고 있다. 어쩌다 그렇게 됐을까?

 과학자도 인간이다. 과학자는 자연의
신비스런 매듭을 풀어낸다는 것 자체만으로 큰 대가를 받는 셈이지만, 그
들도 인간인지라 수많은 사람들의 박수갈채를 받을 때 보람을 느낀다.

과학의 세계에서는 새로운 이론을 책으로 먼저 펴낸 사람이 발견자가 된
다. 먼저 발견을 한 사람이 발견자가 되는 것이 아니다. 과학의 세계에서는
그 무엇도 과학자들 사이에 널리 알려질 때까지는 전혀 중요하게 대접받지
못한다.

1830년대에 사상 처음으로 세 명의 과학자가 제각기 별의 위치를 측정해
다른 별까지의 거리를 정확하게 계산해내려고 별의 시차를 재었다. 가장
먼저 관측을 끝내고 계산을 마무리 지은 사람은 토머스 헨더슨으로, 희망
봉에서 켄타우루스 알파별을 관측하고 있었다. 두 번째는 프리드리히 베셀
인데, 쾨니히스베르크에서 백조자리 61번 별을 관측하고 있었다.

그러나 헨더슨은 귀국하여 스코틀랜드로 돌아간 뒤에 자신의 연구 결과를 논문으로 출판하기로 마음먹었다. 베셀은 자기 고장에 있었으므로 논문을 미룰 필요가 없었다. 베셀은 1838년에 논문을 내놓았고 헨더슨은 1839년에 내놓았다. 결과는 어떻게 되었을까? 천문학에 대한 교재가 있다면 아무거라도 한번 펼쳐보라. 처음으로 별의 시차를 재어 거리를 계산한 사람은 베셀이라고 되어 있을 것이다.

때때로 논문을 먼저 완성해도 소용이 없는 경우도 있다. 1771년과 1772년에 카를 빌헬름 셸레는 산화수은을 비롯한 여러 가지 물질로부터 산소를 분리해냈다. 그러고는 산소의 성질을 관찰하여 책으로 펴낼 생각으로 원고를 준비했다.

셸레가 먼저 실행한 것은 분명하지만, 그가 원고를 맡긴 출판사는 믿을 수 없으리만치 태만했다. 그래서 논문은 결국 1777년이 되어서야 출판되었다. 그 무렵, 프리스틀리의 논문은 이미 출판돼 있었다. 결과는 어떻게 되었을까? 화학 교재가 있으면 뭐든 한번 펼쳐보라. 산소를 처음으로 분리해낸 사람은 프리스틀리라고 되어 있을 것이다.

어떤 경우에는 출판을 먼저 해도 소용이 없을 수도 있다. 1740년대에 미하일 로모노소프는 불에 타는 물체 안에는 플로지스톤이라는 물질이 있다고 하는 플로지스톤 이론에 맞서서, 화학 변화에서도 질량은 보존된다고 주장하는 내용의 논문을 펴냈다.

그리고 1770년, 앙투안 라부아지에는 불에 타는 물체 안에는 플로지스톤이라는 물질이 있다고 하는 플로지스톤 이론에 맞서서, 화학 변화에서도 질량은 보존된다고 주장하는 내용의 논문을 펴냈다.

더 체계적이고 더 그럴 듯한 쪽은 로모노소프가 아니라 라부아지에였다. 따라서 로모노소프는 라부아지에보다 30년이나 빨랐는데도 아무 대접도 받지 못하고 있다. 화학 교재를 들여다보면 플로지스톤 이론을 깨뜨리고 질량 보존의 법칙을 세운 사람은 라부아지에라고 되어 있다. 로모노소프의 이름은 그 어디에서도 볼 수 없다.

어쩌다 그렇게 됐을까?

라부아지에는 자기 나라 말인 프랑스어로 논문을 냈고, 로모노소프 역시 자기 나라 말인 러시아어로 냈다. 그 시절, 과학자는 모두 프랑스어를 직접 읽거나 변역하여 읽었다. 그러나 러시아의 과학자 말고는 아무도 러시아어로 된 논문을 읽을 생각을 하지 않았다. (그때는 러시아에 과학자가 거의 없었다.)

제아무리 기강이 잘 잡힌 사회라 해도 억울한 일은 생기게 마련이다. 과학의 세계라 해도 별 뾰족한 수는 없다.

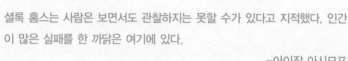

셜록 홈스는 사람은 보면서도 관찰하지는 못할 수가 있다고 지적했다. 인간이 많은 실패를 한 까닭은 여기에 있다.

—아이작 아시모프

Chapter 33

감옥에서 나온 걸작

감옥에 갇혀 있는 동안 인류의 귀중한 문화유산을 남긴 사람들이 종종 있다.
존 버니언이 그랬고, 장 빅토르 퐁슬레가 그랬다.
그들이 감옥에서 살아남을 수 있었던 것은
무언가에 깊이 몰입해 있었기 때문에 가능했다.

 감옥에 갇혀 지내는 동안 대작을 쓴
문학가에 대해 들어봤을 것이다. 예를 들면 존 버니언은 1675년 감옥에 갇
혀 있을 때 ≪천로역정≫을 썼다.

그리고 중요한 과학적 진보가 감옥에서 이뤄진 경우도 있다.

예를 들면 장 빅토르 퐁슬레는 1810년 공병학교를 졸업했다. 1812년에
나폴레옹이 러시아로 쳐들어갔을 때 그는 프랑스군 중위로 복무했다. 나폴
레옹은 그 전쟁에서 쓴맛을 톡톡히 보아야 했다. 1812년 11월 16일, 크라스
노예 전투에서 프랑스군이 후퇴하던 당시 퐁슬레는 총에 맞아 전쟁터에 버
려지고 말았다.

진군하던 러시아 병사들이 '시체' 가운데 하나가 조금씩 움직이는 것을
보았다. 그들은 퐁슬레를 막사로 옮겨 치료했다. 겨우 걸을 수 있게 되자
그는 다른 포로와 함께 동쪽으로 1,000킬로미터를 걸어 볼가 강가에 있는

사라토프까지 끌려갔다. 넉 달이 걸린 러시아의 겨울 행군이었다. 퐁슬레는 그 행군에서 살아남았다. 사라토프에서 퐁슬레는 1년 반 동안 감옥에 갇혀 있었는데, 거기서도 역시 살아남았다. 그리고 마침내 1814년 나폴레옹이 물러난 뒤 프랑스로 돌아왔다.

그가 감옥에서 살아남을 수 있었던 것은 기하학에의 깊은 몰입 덕분이었다. 만약 기하학적 물체가 그림자를 드리운다면 어떻게 될지, 그리고 그 기하학적 물체가 방향을 바꾸거나 기울어지면 그림자는 어떻게 변화할지에 대해 생각해보았다. 결국 그런 변화를 다스리는 엄격한 규칙이 있을 것이고, 평범한 방법으로는 풀기 어려운 기하학적 문제도 이러한 '사영(射影)기하학' 으로는 쉽게 해결된다는 걸 알게 되었다.

1822년, 그는 감옥에 있을 때 생각한 사영기하학에 대한 책을 냈는데, 이는 현대 기하학의 기초로 읽히고 있다.

다음은 프랑스 지질학자 디외도네 드 돌로미외의 경우를 보자. 그는 귀족의 아들이었는데, 1752년에 그의 아버지는 2살이 된 아들을 그 유명한 몰타 기사단에 입단시켰다. 그리고 서른 살이 될 무렵 그는 지휘관 지위까지 올랐지만, 요령이 없어 다른 기사들 사이에서 지독하게 미움을 샀다. 돌로미외는 과학에 흥미를 가지고 있었는데, 광물 연구에 특히 심취했다. 그가 수집해둔 광물 표본은 훌륭했다.

1798년, 그는 젊은 나폴레옹 보나파르트를 따라 이집트 공격에 나섰다. 프랑스로 돌아오는 길에 돌로미외가 탄 배가 폭풍을 만나 어쩔 수 없이 이탈리아 남부의 타란토에 정박하게 되었다. 그곳은 당시 프랑스와 전쟁 중이어서 운이 나쁘게도 돌로미외는 포로로 붙잡히고 말았다. 그리고 몰타 기사단 중 그를 미워한 사람들이 손을 쓴 덕분에, 거의 2년 동안 감옥에서 독방 신세를 지게 되었다.

독방에 갇혀 있을 때는 정신을 정상 상태로 유지하기 위해 적극적으로 애쓰지 않으면 정신이상이 될 수도 있다. 돌로미외는 자기가 수집해두었던 광물에 깊이 몰입했고, 광물의 모양과 특징을 정리하여 일정한 법칙을 정하려고 애쓴 덕택에 정상 상태를 지켜갈 수가 있었다.

그는 나무를 깎아 펜을 만들고, 등불에서 검댕을 긁어다 물에 타서 잉크 대신 사용했다. 그가 가진 종이라고는 성경책뿐이었는데 그걸 원고지 삼아 쓰기 시작했다. 달이 가고 해가 바뀌는 사이 그는 자기가 기억하고 있던 것과 자기가 생각한 내용을 성경의 여백에 꼼꼼히 써 내려갔다.

마침내 1800년에 풀려났을 때, 그는 여백에 써놓은 내용을 기초로 광물학에 대한 중요한 책 두 권을 펴내게 되었다.

> 세상 여러 나라는 온갖 것으로 나뉘어 있지만, 결국 모두가 하나의 과학으로 통일되어 있다.
>
> -아이작 아시모프

과학자가 되는 첫걸음

과학자가 되는 첫걸음은 과연 무엇일까?
과학자들의 삶을 더듬어보면 두뇌와 포부, 열심 말고는 가진 것 없는
사람들이 놀라운 발견을 하여 과학자로 우뚝 선 경우를 종종 발견하게 된다.

 일반적으로 과학자가 되는 첫걸음은
학교에 가서 여러 가지 복잡한 과목을 배워 여러 가지 학위를 받는 것이다.
나도 이렇게 했다.

그러나 과거에는 과학자가 되기가 그렇게 쉽지 않았다. 그렇기 때문에
위대한 과학자 가운데 몇몇은 전혀 다른 분야에서 일을 시작했다. 예를 들
면 마이클 패러데이는 1791년 영국의 어느 대장장이 집에서 태어났는데,
형제와 누이가 열 명이나 되었다. 읽고 쓰는 것 말고는 배울 기회가 거의
없었을 것은 뻔하다. 그는 열네 살 때 인쇄소 제본공 밑에서 견습생 일을 시
작했다.

운이 좋았던지 그 제본공은 제본 중인 책을 패러데이에게 마음껏 읽도록
허락해주었다. 그리하여 패러데이는 전기와 화학을 공부해나갔다. 스무
살이 되었을 때, 한 고객이 유명한 화학자 험프리 데이비의 과학 강좌 입장

권을 선물했다. 그 강좌는 당시 매우 인기가 높았다. 젊은 패러데이는 강좌 내용을 열심히 받아 적고 여러 가지 색깔로 그림 설명도 덧붙였다. 그러다 보니 무려 386쪽이나 되었고, 그걸 가죽으로 제본했다.

패러데이는 그렇게 만든 강의록을 데이비에게 보내면서 조수로 일하고 싶다고 했다. 데이비는 패러데이가 만든 게 마음에 들어 그에게 시험관 씻는 일을 맡겼다. 급료도 책 제본으로 버는 것보다 적었고, 온갖 잔심부름을 다했다. 하지만 조금씩 조금씩 능력이 빛을 발하기 시작했고, 여남은 해가 지나자 패러데이가 데이비보다 더 뛰어난 과학자가 되리라는 사실이 분명하게 드러났다. (이 때문에 데이비는 패러데이를 끝까지 못마땅해했다.)

조셉 헨리는 1797년 뉴욕 주 올버니에서 태어났다. 패러데이와 마찬가지로 가난한 집안에서 태어났으므로 학교도 거의 다니지 못했다. 그는 열세살 때 시계공 밑에서 일을 배우게 되었다. 패러데이 같이 책을 쉽게 접할 수 있는 운도 따르지 않았던 셈이다. 열여섯 살 때 친척집 농장에서 휴가를 보내고 있던 그는 토끼 한 마리를 뒤쫓고 있었는데, 토끼는 아주 오래 된 교회 건물 밑으로 달아나 버렸다. 기필코 토끼를 잡고야 말겠다고 마음먹은 헨리는 교회 건물 밑으로 따라 기어들어갔다. 들어가서 보니 마룻바닥의 널빤지 몇 장이 떨어져 나가고 없었다. 헨리는 교회 안을 구경하는 것이 더 재미있을 것 같다는 생각이 들자 토끼 일은 잊어버리고 말았다.

교회 안에는 책장이 하나 있었는데, 거기에 꽂힌 책 중에는 과학의 새로운 발견을 다룬 《실험철학 강의》라는 책이 있었다. 헨리는 그 책을 뒤적거리기 시작했고, 그러다 어느 순간 멈춰 자세히 읽기 시작했다. 어느새 호기심과 포부가 타오르기 시작했다. 책에 매료되어 있는 청년을 보자 책 주인은 그 책을 그에게 주었다. 그래서 헨리는 학교로 돌아가기로 마음먹었다.

그는 올버니 학원에 들어가 교재 외에도 다양한 책을 읽으며 빠른 속도로 지식을 빨아들이기 시작했다. 가정교사도 하고 시골 학교에서 학생을 가르치기도 하면서, 학비와 생활비를 버는 한편 자신이 익힌 지식을 다른 사람에게도 전했다.

헨리와 패러데이, 이 두 사람은 서로 지구 반대쪽에서 제각기 연구하고 있었지만, 1820년대부터 전기에 관한 발견으로 세계를 뒤흔들어놓았다. 패러데이는 변압기와 발전기를 발명하였고, 헨리는 전자석을 만들고 전동기를 발명했다. 두 사람이 함께 세계를 전기로 움직이게 만든 것이다.

패러데이는 너무나 유명해져 빅토리아 여왕이 만찬에 초대할 정도가 되었고, 헨리는 죽었을 때 러더퍼드 헤이스 대통령이 장례식에 참석했다. 두뇌와 포부와 열심 말고는 가진 것 하나 없이 태어난 꼬마들로서는 꽤 괜찮은 결실을 맺은 셈이다.

학생이 앞으로 자기가 살아가야 할 시대를 이해하려면 과학을 잘 배워야 한다.

-아이작 아시모프

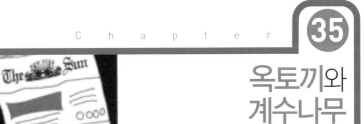

Chapter 35

옥토끼와
계수나무

<뉴욕 선>이 성공적으로 자리를 잡게 된 것은
로크의 허무맹랑한 과학 이야기 덕분이었다.
여기서 얻을 수 있는 교훈은 터무니없는 이야기일수록
언제나 더 잘 먹혀 들어간다는 것이다.

 금성에 관한 벨리코프스키의 이론이나 고
대 우주인에 대한 폰 대니켄의 설이나 버뮤다 삼각수역에 대한 벌리츠의 이
야기 같은 말도 안 되는 소리에 사람들이 왜 속아 넘어가는지 궁금해하는
과학자가 많다. 그렇다고 그런 허무맹랑한 소리를 하지 말라는 법은 없다.
말도 안 되는 소리를 귀담아 듣는 사람은 늘 많은 법이다.

옛날로 거슬러 올라가보자 <뉴욕 선>이라는 신문이 창간된 것은 1833년
이다. 신문사가 살아남기 위해서는 독자의 관심을 사로잡을 필요가 있었
다. 그래서 편집자들은 재미있는 원고를 써줄 필자를 찾기 시작했다. 이들
은 영국에서 미국으로 온 지 3년밖에 되지 않은 리처드 애덤스 로크라는 사
람을 찾아내 신문에 실을 원고를 쓰도록 했다.

로크는 과학소설을 써본 일이 있었는데, 이번에는 지어낸 이야기라는 말
을 하지 않고도 소설을 쓸 수 있겠구나 하는 생각이 들었다.

글을 쓸 소재로 그는 남반구의 하늘을 연구하려고 남아프리카의 케이프 타운에 가 있던 영국 천문학자 존 허셜의 연구를 골랐다. 허셜이 가지고 간 망원경은 성능이 좋기는 했지만 세계 최고는 아니었다. 사실 최고일 필요 도 없었다. 망원경의 성능이 얼마나 좋은가는 문제가 되지 않았다. 당시에 는 전 세계의 천문학자나 관측소가 전부 적도 훨씬 북쪽에 자리 잡고 있었 으므로 남극 주위에 대한 연구가 거의 없었다는 사실만으로도 가치는 충분 하였다. 망원경이기만 하면 거의 뭐든지 쓸모가 있었던 것이다.

로크는 이 사실을 바탕으로 삼아 약간의 양념을 쳤다. 1835년 8월 25일자 기사를 시작으로 허셜의 연구가 어떤 성격인지를 자세하게 설명하기 시작 했다. 허셜이 가지고 간 망원경은 너무 강력해서, 가로 45센티미터 되는 물 체까지 달 표면에서 잡아낼 수 있다고 썼다.

연재기사에서 로크는 이 기막힌 망원경으로 관찰한 달 표면의 모습을 계 속 설명해나갔다. 그는 허셜이 달 표면에서 양귀비처럼 생긴 꽃과 개비자 나무나 전나무처럼 생긴 나무를 관찰했다고 보도했다. 또한 커다란 호수도 있는데 물이 푸르고 파도에는 거품이 인다고 썼다. 그리고 들소나 외뿔소 같이 생긴 커다란 동물에 대한 설명도 덧붙였다.

이 중 가장 기발한 이야기는 들소처럼 생긴 동물은 이마에 덮개같이 생긴 게 돋아나 있다는 부분이다. 지나치게 밝고 어두운 환경으로부터 보호하기 위해 올렸다 내렸다 할 수 있다는 것이다.

급기야 생긴 것은 사람과 비슷하지만 날개가 돋은 동물에 대한 이야기가 기사에 실렸다. 관찰 당시 이 동물은 서로 이야기를 나누고 있었던 모양이 다. "몸짓, 특히 손과 팔을 여러 가지 방식으로 올렸다 내렸다 하는데, 흥분하고 동감하는 듯했다. 그래서 우리는 이성적인 동물이라는 결론을 내렸다." (로크가 허셜에게 강력한 이어폰을 장만해줄 생각을 하지 못한 것은 애석한 일이다. 그랬다면 달의 생물이 이야기하는 것을 허셜이 들을 수 있었다고 쓸 수 있었을 터였으므로) 천문학자들은 물론 그 이야기가 터무니없다는 사실을 알고 있었다. 그 당시 만든 (지금 만든 것도 마찬가지지만) 망원경으로는 지구에서 달을 그처럼 자세히 볼 수 없었기 때문이다. 로크의 설명과는 달리, 당시 달에는 공기도 물도 없다는 사실이 이미 알려져 있었다.

얼마 지나지 않아 로크는 자신의 기사가 모두 거짓말이라는 사실을 공개적으로 인정해야만 했다. 그리고 허셜은 돌아와서 그 이야기를 듣자 그저 웃고 말았다.

그러나 <뉴욕 선>에서는 정확하게 바라던 것을 챙겼다. 신문사가 성공적으로 자리를 잡았던 것이다. 실제로 로크의 글이 실린 동안에는 신문이 날개 돋친 듯이 팔렸고, 잠시나마 세계에서 최고로 판매부수가 많은 신문이라는 영예까지 누렸다.

여기서 얻을 수 있는 교훈은 터무니없는 이야기가 사람들에게는 언제나 더 잘 먹혀 들어간다는 것이다. 그것에 대한 의문은 여러분 스스로가 생각해보시라.

악마와 천사가 함께 탄 비행접시

> 놀랄 만한 과학 발전은 대부분 팽배해져 있는
> 상식이란 이름의 믿음을 딛고 일어서야 한다.
> 대중들은 자신들이 믿는 미신과 맞아 떨어지는 이단을
> 열렬히 환영하기 때문이다.

 널리 받아들여지고 있는 과학적인 믿음과 반대되는 관측이나 결론! 이론을 내놓고 그 때문에 박해를 받은 과학자! 그 뒤 세월이 흘러 마침내 그의 이론이 옳다는 것이 드러난 과학 이단자를 생각해보라. 이는 놀랄 만큼 드물다.

놀랄 만한 과학 발전은 대부분 팽배해져 있는 상식이란 이름의 믿음을 딛고 일어서야 한다. 그리고 보수적인 학자는 새로운 생각을 금방 받아들이지는 않는다. 라부아지에의 연소 이론, 돌턴의 원자 이론, 줄의 에너지 보존 법칙, 멘델레예프의 원소주기율표, 플랑크의 양자이론, 러더퍼드의 원자핵이론, 아인슈타인의 상대성원리 등에 대해 과학자들은 모두 처음에는 미심쩍어하며 받아들이기를 꺼렸다. 특히 보수적인 사람은 당연히 공격적인 태도를 취했다.

그러나 대발견을 한 이런 과학자들의 용기 있는 행동 덕분에 어려운 처지

에 놓이게 되지는 않았다. 이들은 의기양양하게 앞으로 전진했다. 그러자 젊은층을 비롯하여 수많은 의식 있는 과학자가 이들을 밀어주었다. 게다가 이들은 생전의 업적에 대한 대가와 존경을 한몸에 받았다.

물론 그 반대의 경우도 있다. 1836년 프랑스의 화학자 오귀스트 로랑은 분자 구조에 대한 새로운 이론을 세웠는데, 화학계에서 신처럼 떠받들고 있던 노장 베르셀리우스의 생각과는 맞지 않는 것이었다. 이 노장이 로랑의 의견을 너무나도 강하게 공격하는 바람에 로랑의 이론은 끝장나고 말았다. 로랑은 사십 대에 죽었으므로, 자신의 이론이 인정받는 것을 끝내 보지 못하였다.

또 1912년, 독일의 지질학자 알프레드 베게너는 대륙이 천천히 흐르고 있으며, 수억 년 전에는 한 덩어리였을 것이라고 주장했다. 그러나 사람들은 그저 쓸 데 없는 소리라고 묵살했다. 그는 오십대에 죽었으므로 대륙이동설이 (아주 많은 손질을 거쳐) 받아들여지는 것을 보지 못했다.

그리고 1911년, 미국 의학자 프랜시스 라우스는 암 바이러스가 있다는 증거를 처음으로 제시했는데, 당시 사람들의 머릿속에는 암 바이러스라는 생각이 비집고 들어갈 틈이 없었다. 그래서 그는 당연히 받아야 할 노벨상을 1966년까지 — 발견한 지 쉰다섯 해나 지난 뒤 — 받지 못했다. 다행스럽게도 그는 그때까지도 살아 있었고, 마침내 여든일곱이 되어 그 상을 받았다.

진짜 공격을 받고 불행을 겪은 과학계의 이단자는 그의 신념 때문에 과학의 기존 사고방식이 위협받았기 때문이 아니다. 그의 신념이 과학 바깥의 가르침을 위협했기 때문이다. 이런 과학자는 종교와 맞서게 됨으로써 대중의 분노를 샀다. 코페르니쿠스와 갈릴레오가 성경에서 말하는 움직이지 않는 우주의 중심인 지구를 위협하는 생각을 내세웠을 때, 다윈이 진화론을 내놓아 인간이 특별히 창조되었다는 생각을 위협했을 때, 그리고 허턴과 라이엘이 지구가 6천 년 전에 창조되었다는 생각을 반박하는 증거를 내놓았을 때, 사람들은 격노했다.

코페르니쿠스는 죽기 직전까지는 감히 자신의 이론을 책으로 펴낼 생각도 하지 못했고, 갈릴레오는 고문하겠다는 위협까지 받았다. 그리고 나머지 과학자들은 죽이지 못하는 게 한이었던 대중으로부터 비난을 받았다.

그런가 하면 수많은 사람이 믿는 미신과 맞아 떨어지는 이단은 열렬히 환영을 받았다. 어떤 사람이 반쯤 배우다 만 천문학을 동원하여 성경에 나오는 기적을 설명한다거나, 아니면 대충 천사나 악마 비슷한 모습을 한 비행접시에 대해 이야기하면 사람들에게서 선망의 눈길을 받을 것이다. 대중들은 말도 안 되는 소리를 지껄이는 그런 부류의 사람들과 갈릴레오를 같은 수준에 놓고 비교할 것이 틀림없기 때문이다.

만일 이런 이야기를 하는 이단자가 정말 갈릴레오와 닮았으면 사람들은 그를 찢어놓으려 들 것이다.

살아 있는 인간은 물질과 에너지만으로 이루어져 있는 것 같다. 영혼이라는 것은 추측에 지나지 않는다.

─아이작 아시모프

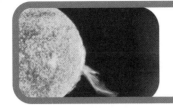

태양에서 캐낸 금

분광선의 발견으로 우주가 팽창하고 있다는 사실을 알아냈던
키르히호프! 그는 그 공헌으로 대영제국 훈장과 금화를 받았는데,
그것을 은행에 맡기면서 은행원에게 비꼬는 투로 말했다.
"태양에서 캐낸 금이올시다."

과학 세계에서 새로운 것을 발견했다
는 말을 들어도 아무 느낌이 없는 사람들이 있다. 그렇다면 다음 이야기를
한 번 살펴보자.

독일 물리학자 구스타프 로베르트 키르히호프는 분광기와 분젠 버너로
실험을 하다가, 1859년에 이르러 원소를 백열(白熱) 상태로 달구었을 때 방
출되는 빛의 분광선 무늬가 원소에 따라 일정하다는 것을 발견했다. 그리
하여 그는 원소에 따라 일정한 '지문감별법'을 만들어냈다.

광물을 달구었을 때, 만일 알고 있는 원소의 분광선과 다른 것이 나타난
다면 그 속에는 알지 못하는 원소가 포함돼 있다는 결론을 내릴 수 있다.

1860년, 키르히호프가 어떤 광물을 가열하자 알지 못하는 푸른 선이 하나
나타났다. 거기에서 그는 새로운 원소를 발견하여 '세슘'('하늘색'이라는
뜻의 라틴어)이라는 이름을 붙였다. 1861년에는 붉은 선을 보게 되었는데,

이 분광선을 추적해 들어간 끝에 '루비듐'('붉다'는 뜻의 라틴어)이라는 원소를 발견했다.

키르히호프는 더욱 연구를 거듭했다. 나트륨의 분광선에 있는 두 가닥의 밝고 노란 선은 태양의 분광선에 나타나는 두 가닥의 검은 선과 위치가 똑같다는 사실을 알아차릴 수 있었다. 그는 빛이 차가운 기체 속을 지나는 동안 그 기체가 달궈지면서 방출하는 것과 같이 선이 흡수되는지 궁금해졌다. 그는 실험을 통해 확인해보았다. 이 법칙은 오늘날 '키르히호프의 법칙'이라고 부르고 있다.

이 법칙을 적용해보면, 나트륨 선과 일치하는 태양의 검은 선은 달궈진 태양 표면에서 나오는 빛이 표면보다는 덜 뜨거운 태양 대기의 나트륨 증기 속을 지나면서 흡수된 부분이라고 보면 설명이 된다. 키르히호프는 이렇게 해서 태양에 나트륨과 그 밖의 원소 여남은 가지가 있다는 것을 보여주었다.

이것은 아주 극적인 발견이었다. 1835년에 프랑스의 철학자 오귀스트 콩트는 인간이 가진 지식의 한계를 설명하면서, 별의 화학적 성분을 알아낼 수 있는 사람은 아무도 없다고 주장했다. 자, 인간이 가진 지식에는 한계가 분명히 있기는 하지만, 키르히호프의 발견으로 콩트는 부적절한 예를 들었음이 판명되고 말았다.

그러나 앞서 말한 대로 이런 이야기에도 아무 느낌이 없는 사람들이 있다. 키르히호프가 거래한 은행의 은행원은 아주 현실적인 사람이었는데, 그 이야기를 듣자마자 손사래를 치며 말했다.

"진짜로 태양에 금이 있다는 것을 발견한다고 칩시다. 그래도 이곳 지구로 가지고 올 수 없으면 그 금이 무슨 소용이 있겠습니까?"

나중에 키르히호프는 분광 연구로 대영제국 훈장을 받고 상금을 금화로 받았다. 그리고 그 금화를 은행에 맡기면서, 그 은행원에게 비꼬는 투로 말했다.

"태양에서 캐낸 금이올시다."

분광학의 발견으로 과학은 놀랄 만큼 발전했다. 별의 화학적 조성뿐만 아니라 온도도 알아낼 수 있게 되었다. 온도를 알아내게 되자 별을 온도별로 분류할 수 있게 되었고, 나아가 별의 진화 과정까지 알 수 있게 되었다.

분광선을 이용하여 별을 비롯한 우주의 다른 물체들이 얼마나 빠른 속도로 다가오고 있는지, 혹은 멀어져가고 있는지 알아낼 수 있었으며, 마침내 우주가 팽창하고 있다는 사실까지 알아낼 수 있었다. 뿐만 아니라 수십억 광년 떨어진 물체의 거리까지 잴 수 있게 되었다. 분광선은 또 원자의 세밀한 내부 구조를 들여다볼 수 있게도 해주었다.

은행가는 이런 이야기에 등을 돌릴지도 모르지만, 과학자에게는 이런 지식이 금 이상으로 무한한 가치가 있다.

여러 세기를 지나는 동안 화학자는 납으로 귀중한 금을 만들어내려고 애를 썼다. 그리고 결국 인간의 노력이 전혀 없이도 우라늄이 납으로 변한다는 것을 알게 되었다.　　　　　　　　　　　　　　　－아이작 아시모프

Chapter

실패를 통한 대발견

> 과학자는 언제든지 뜻밖의 사건과 마주쳐 사회를 뒤바꾸거나
> 우주를 보는 인간의 관점을 바꿔놓는 장본인이 될 수 있다.
> 라디오나 텔레비전 등 수없이 많은 과학의 결과물은
> 아무 쓸모도 없어보이는 발견에서 나온 것이다.

 보통의 괴짜들과 마찬가지로 과학자도 쓸모는 있지만 결과가 뻔하고 평범한 것을 붙들고 여러 해 동안 실험을 하였다.

그러나 보통의 괴짜들과는 달리 과학자는 언제든지 뜻밖의 것과 마주쳐 그것으로 사회를 뒤바꾸거나 우주를 보는 인간의 관점을 바꿔놓는 장본인이 될 수도 있다.

예를 들면 1887년, 앨버트 마이컬슨과 에드워드 몰리는 '간섭계(干涉計)'라는 정교한 기계를 고안했는데, 우주의 기본 짜임새 안에서 움직이는 지구의 운동 속도와 방향을 그것으로 잴 참이었다. 지구가 움직인다는 것을 모르는 사람은 없었다. 얼마나 움직이느냐가 문제였다. 그러나 수많은 노력에도 불구하고 마이컬슨과 몰리는 완전히 실패하고 말았다. 지구는 전혀 움직이지 않는 것처럼 나타났던 것이다.

그러나 이 실패 덕분에 우주를 새로운 눈으로 보게 되었고, 우주에 기본 짜임새라는 게 과연 있는가 하는 의문을 품게 되었다. 그리고 마침내 아인슈타인의 상대성이론까지 나오게 되었다. 바로 이것이 실패한 실험이 어디까지 이어질 수 있는지를 보여주는 사례다.

1883년, 토머스 에디슨은 자기가 새로 발명한 전구 안의 필라멘트가 오래 가도록 할 방법이 없을까 열심히 연구하였다. 이것저것 시도해보던 끝에 한번은 금속선을 전구 안의 뜨거운 필라멘트 곁에 놓고 밀봉해보았다. 필라멘트의 수명이 조금이라도 길어지는지 그저 한 번 보고 싶었던 것이다. 에디슨은 필라멘트에서 전기가 흘러나와 진공 틈을 지나 금속선으로 흘러간다는 것을 알게 되었지만, 그렇다고 필라멘트가 더 오래 가는 것 같지는 않았다. 그래서 더 생각하지 않고 그대로 덮어두었다. (그래도 그는 그 현상을 기록하여 특허를 얻어놓기는 했다.)

저 엄청난 전자산업이 탄생한 것은 사람들이 바로 이 '에디슨 효과'를 이용한 덕분이다. 라디오나 텔레비전 등 수없이 많은 오늘날의 아무 쓸모도 없어보이는 발견에서 자라 나온 것이다.

1927년, 클린턴 데이비슨은 진공관 안에 있는 니켈 금속 표면에 전자를 쏘았을 때 어떻게 반사되는지를 살펴보고 있었다. 그는 재미는 있겠지만 아주 뻔한 결과가 나올 것이라고 생각했다. 그러나 어느 순간 진공관이 산산조각 나버렸고, 그 순간 열이 나 있던 니켈판에는 얇은 산소막이 입혀져 전자를 쏘아 보낼 수 없게 되어버렸다. 그래서 그 막을 없애느라 그는 오랫동안 니켈판을 가열해야 했다.

그런데 그러는 사이 니켈판 표면의 결정 구조가 데이비슨도 모르게 바뀌었다. 아주 작은 결정이 많이 모여 있던 구조에서 커다란 것 몇 개가 모여 있는 구조로 바뀐 것이다. 이렇게 결정 구조가 달라진 니켈판을 놓고 전자의 반사를 실험한 결과, 뜻밖에도 전자가 파동으로 이루어져 있는 것처럼 움직이는 것을 관찰할 수 있었다.

표면이 오로지 결정 구조가 큰 것으로만 이루어졌기 때문에 그 같은 효과가 (예측한 적은 있었지만 실제로 관찰한 적은 없었다) 나타난 것이다. 결국 그는 그걸 발견한 덕분에 노벨상을 탔다. 실험실에서 우연히 그것이 일어나지 않았더라면 상을 받지 못했을 것이다.

1967년, 앤터니 휴이시는 아주 빠른 속도로 진동하는 전파를 찾아낼 수 있는 새로운 전파망원경을 고안했다. 우주에서 이미 알려져 있는 사실에 좀 더 자세하고도 흥미 있는 내용을 덧붙일 수 있지 않을까 하는 마음에서였다. 그의 조수 조슬린 벨이 이 망원경을 이용하여 뜻밖에도 아주 빠르면서도 일정하고 강한 충격파를 발견하였다. 그는 그것이 아직 알려지지 않은 물체로부터 날아온다는 사실을 알아냈다. 그것은 맥동성(펄서) 혹은 중성자별이라는 것인데, 질량은 보통 별과 같지만 크기는 지름 몇 킬로미터밖에 되지 않는다. 결국 휴이시는 그것으로 노벨상을 받았다.

이것이 과학이라는 것이다. 어떤 작업이 아무리 지루해보이더라도, 그 고비만 넘기면 뭔가 세계를 뒤흔들어놓을 것이 기다리고 있는지도 모른다.

C h a p t e r **39**

지구의 나이는
몇 살일까?

켈빈 경은 아직 알려지지 않은 열의 원천을 찾아내지 못하는 한
자신이 내린 결론이 유효한 것이라고 말했다.
이후 새로운 열의 원천이 발견되었고, 지질학자들은 자기네가 가지고 노는
지구가 수십억 살이 맞더라는 사실을 알게 되었다.

 19세기의 위대한 과학자 윌리엄 톰슨이
작위를 받고 켈빈 경이 된 것은 나이가 들어서였다. 그러나 그가 지구의 나
이를 계산했을 때의 나이는 겨우 20대였다.

그는 지구가 한때 태양의 일부분이었다가 떨어져 나온 것이라고 가정했
다. (당시에는 다들 그랬을 것으로 생각했다.) 태양 바깥층의 온도가 어느
정도인지는 알려져 있었다. 지구 바깥층 온도도 어느 정도인지 알고 있었
다. 지구가 태양의 온도에서 현재 온도로 식기까지 얼마나 오래 걸렸을까?

답: 2천만에서 4억 년.

나중에 켈빈은 태양 자체를 생각했다. 그는 그 당시 과학자들의 일반적
인 이론대로, 태양이 내놓는 에너지는 태양이 천천히 작아지면서 생기는
중력 에너지에서 오는 것으로 생각했다. 태양이 현재 내놓고 있는 양의 에
너지를 만들 수 있을 만큼 충분히 빠른 속도로 줄어든다면, 태양이 지구 궤

도만한 크기였다가 현재 크기가 될 때까지는 시간이 얼마나 걸렸을까?

답: 2억 5천만 년.

그래서 물리학과 수학을 동원해 빈틈없이 계산해본 결과 지구의 나이는 2억 5천만 살일 수밖에 없었다. 지질학계는 발칵 뒤집혔다. 그보다 열 배, 또는 백 배는 더 오래 되었음이 틀림없다고 굳게 믿었기 때문이다. 그러나 이들 지질학자는 켈빈에게 뭐라고 반박할 말이 없었다. 켈빈은 자기가 말한 것보다도 지구의 나이가 많으려면 아직까지 알려지지 않은 열의 원천을 찾아내야 될 것이라고 비꼬듯 말했다.

그런 일이 있은 뒤 1896년에 방사능이 발견되었다. 우라늄 원자는 천천히 쪼개지면서 에너지를 내놓는다. 토륨 원자 역시 그랬다. 그것 외에 무거운 원자 가운데 그런 것이 몇 가지 더 있었다. 그리고 1901년에는 방사성 원자가 쪼개지면서 열을 내놓는다는 사실이 완벽하게 인정되었다.

어니스트 러더퍼드라는 젊은 뉴질랜드 과학자는 방사능을 집중적으로 연구하고 있던 중 앞서 말한 문제를 생각해보았다. 지구의 지각 속에 있는 방사성 원자 하나하나가 쪼개지면서 내놓는 열은 아주 적은 양이다. 그러나 쪼개지는 원자를 전부 통틀어서 보면 그 열은 엄청나다. 그 정도면 지구가 식는 속도를 충분히 더디게 해줄 수 있을 거라는 결론을 얻을 수 있었다.

다시 말해 지구가 2억 5천만 년이 아니라 수십억 년의 세월이 지났다 해도 현재의 수준으로밖에 식지 않았을 수도 있다는 말이다. 게다가 태양 자체도 줄어들고 있지 않은지도 모른다. 어쩌면 태양도 방사능 현상에서 생겨나는 열을 이용하고 있는 게 아닐까?

1904년, 러더퍼드가 서른셋일 때였다. 그는 과학자들이 모인 자리에서 그것을 주제로 발표를 했다. 그 자리에 모인 과학자 가운데는 팔순이 된 켈빈도 있었다. 러더퍼드는 이 위대한 과학자를 정면으로 마주 보면서 그의 이론과는 다른 이론을 내놓아야 한다는 사실이 썩 내키지 않았다. 그래서 나이 많은 켈빈이 잠이 들기를 바랐다. 그러나 켈빈은 잠들지 않았다. 러더퍼드가 가장 중요한 대목을 말할 때가 되자 켈빈은 러더퍼드를 똑바로 쏘아 보았다.

러더퍼드는 자신의 이론을 펴 나가면서, '아직 알려지지 않은 열의 원천을 찾아내지 못하는 한 자신이 내린 결론이 여전히 옳은 것'이라고 켈빈이 말한 적이 있음을 조심스레 언급했다. 그러고는 러더퍼드가 말했다.

"자, 켈빈 선생님이 너무나도 정확하게 예측했다는 것이 증명되었습니다. 새로운 열의 원천이 발견된 것입니다. 바로 이것입니다."

그제야 켈빈은 표정이 누그러져 잔잔한 미소가 떠올랐고, 러더퍼드는 무사히 말을 마칠 수 있었다.

지질학자들도 마찬가지였다. 자기네가 가지고 노는 지구가 알고 보니 수십억 살이 맞더라는 사실을 알게 되었기 때문이었다.

가정이라는 것은 그저 추측이라고 정의를 내릴 수 있다. 과학적 가정은 영리한 추측이다.
　　　　　　　　　　　　　　　　　　　　　　　　　　　　　－아이작 아시모프

상처 받고
자살한 과학자들

냉정하고 논리적인 과학자들! 그들은 감정조차도 없는 걸까?
그러나 과학자 역시 화가나 점원이나 주부와 마찬가지로
결국은 인간이기 때문에 불행과 슬픔을 당하면 큰 상처를 받는다.

일반적으로 과학자는 냉정하고, 논리를 잘
따지고, 감정이 없다는 것은 벌써 오래 전부터 인식되어온 사실이다. 아아,
한데 이는 너무나 모르는 소리다! 과학자도 인간이다. 따라서 제아무리 천
재적이고 제아무리 뛰어난 사고능력을 지녔다 해도 상처를 받는 것은 보통
사람과 다를 바가 없다. 갖가지 감정에 사로잡히기도 하고, 비참한 생각에
빠지기도 하며, 실망하기도 하는 것이다.

프랑스의 수학자 앙드레 마리 앙페르(1775~1836)는 수완이 좋은 상인이
었던 아버지를 무척 사랑했는데, 그가 열여덟 살 때 프랑스 혁명으로 아버
지가 단두대에서 처형되고 말았다. 그 때문에 앙페르는 마음의 상처를 크
게 받았다. 그 뒤 성장한 그는 한 아름다운 아가씨와 사랑에 빠져 결혼을 했
는데, 결혼한 지 몇 년도 안 된 1804년에 아내가 죽고 말았다. 앙페르는 이
때문에 평생을 슬픔에 잠겨 지냈다.

그런 가운데서도 앙페르는 전기에 대해 아주 중요한 사실을 발견해냈다. 그리고 '전기역학'이라는 학문 분야를 새로 개척해냈다. (전기가 흐르는 양을 나타내는 단위를 그의 이름을 따서 '암페어'라고 부른다.) 그러나 과학 분야에서 놀라운 성공을 거두었지만 그가 겪은 슬픈 일은 마음속에서 사라지지 않았다. 그가 죽었을 때 그의 묘비에는 그가 생전에 미리 골라두었던 말 'Tandem felix'를 새겼다. '마침내 기쁨을 찾았노라'는 뜻이다.

오스트리아의 물리학자 루트비히 에두아르트 볼츠만(1844~1906)은 제임스 클러크 맥스웰과 함께 기체의 위치에너지에 대한 이론을 연구했는데, 몇 차례 우울증 발작을 겪은 끝에 자살하고 말았다. 그의 (완전무결한) 위치에너지 이론을 다른 과학자들이 잔인하게 비판한 것을 두고두고 되씹으며 비참한 기분에 빠진 것이 그의 불행을 재촉했을 가능성이 크다. (아이작 뉴턴도 남의 비판을 견뎌내지 못했다. 그것 때문에 자살하지는 않았지만, 극심한 신경쇠약을 겪은 일이 있다.)

에밀 헤르만 피셔(1852~1919)라는 독일 화학자는 여러 가지 당분의 구조를 분석한 결과 모두 서로 입체이성질체 관계를 이룬다는 사실을 밝혀냈다. 입체이성질체는 구조식은 같지만 원자의 공간적 배열 상태가 달라 서로 다른 성질을 지니는 관계에 있는 물질을 말한다. 그는 그 뒤 퓨린이라는 화합물의 화학적 특성을 연구하여 1902년에 노벨 화학상을 받았다. 지극히 애국자였던 그는 제1차 세계대전이 발발하자 발 벗고 나서서 음식과 화학물품 공급을 맡았다. 그에게는 아들이 셋 있었는데, 그 가운데 둘은 패배로 끝난 전쟁에 나가 죽고 말았다. 그 일로 슬픔에 잠겨 있던 피셔는 어느 날 자신이 암에 걸렸다는 사실을 알게 되었다. 결국 그는 죽음이 자신의 생명을 거둬갈 때까지 기다리지 않고 스스로 목숨을 끊었다.

한스 피셔(1881~1945)는 에밀 헤르만 피셔와는 혈연관계가 아니었지만 젊었을 때 에밀 헤르만 피셔의 조수로 일한 적이 있다. 그런데 이상하게도 이들 두 피셔는 비슷한 인생길을 걸어갔다. 한스 피셔는 헤모글로빈이나 클로로필에서 분해되어 나오는 중요한 물질인 포르피린의 구조를 밝혀내 1930년 노벨 화학상을 받았다. 그리고 제2차 세계대전이 벌어졌다. 이번에도 독일은 전쟁에서 졌으며, 피해는 전보다 훨씬 컸다. 전쟁이 끝나기 직전 독일의 뮌헨에는 공습이 있었다. 그때 한스 피셔의 실험실이 부서졌다. 그러자 낙심한 나머지 피셔는 자살을 하고 말았다.

그 밖에도 지구의 나이를 정확하게 알아내는 방법을 최초로 알아낸 과학자 버트럼 보던 볼트우드(1870~1927), 사진의 대중화에 앞장선 조지 이스트먼(1854~1932), 높은 압력에 대해 연구하여 처음으로 인조 다이아몬드를 만들어낸 퍼시 윌리엄스 브리지먼(1882~1961) 등의 미국 과학자도 자살했다.

누구든 또 어떤 일을 하든 과학자 역시 화가나 점원이나 주부와 마찬가지의 인간이므로 불행과 슬픔을 당하면 상처를 받는다.

새는 달콤하게 노래한다. 그러나 새 때문에 어느 여름날 새벽 다섯 시에 잠에서 깬 사람이라면 '달콤하게'라는 부사를 다른 것으로 바꾸고 싶어할 것이다.
—아이작 아시모프

41

1A		No	**1**	**H**	Symbol
H	2A	eV	13.60		
Li	**Be**		1.00794		Weight
Na	**Mg**		Hydrogen		Name
		3B	4B 5B 6B 7B 8B		
K	**Ca**	**Sc**	**Ti** **V** **Cr** **Mn** **Fe**		
Rb	**Sr**	**Y**	**Zr** **Nb** **Mo** **Tc** **Ru**		

노벨상을 받은
가장 나이 많은 사람

수많은 천재들이 당연히 받아야 할 명성을 얻는 데
지나치게 긴 시간을 보내기도 한다.
미국의 의학자 프랜시스 페이턴 라우스는 반 세기가 넘도록 기다려
노벨상의 행운을 거머쥐게 되었다.

 당연히 받아야 될 명성을 얻는 데 때로
는 지나치게 많은 시간이 걸린다.

미국의 의학자 프랜시스 페이턴 라우스(1879~1970)는 1909년에 록펠러
의학연구소에 들어갔다. 그때가 나이 서른이었다.

그 연구소에서 일을 시작한 지 얼마 되지 않았을 때 양계장을 하는 어떤
사람이 병든 플리머스록 종 닭을 한 마리 검사하려고 연구소에 왔다. 그 닭
은 종양이 있었다. 닭이 죽자 라우스는 혹시 바이러스가 있는지 살펴보기
로 했다. (없을 것이 틀림없다고 생각하면서)

그는 종양을 떼어내 으깬 다음, 바이러스 이외의 모든 감염성 물질을 걸
러내는 장치로 흘려보냈다. 그러나 그는 이렇게 추출한 '무세포추출물' 이
감염성 물질이며, 또 다른 닭에서도 종양을 만들어낸다는 것을 알아냈다.
그가 1911년에 낸 연구보고서에서는 이것을 감히 바이러스라고 부르지는

않았지만, 시간이 흘러가면서 바이러스에 대해 점점 더 많이 알려지자 바이러스 말고는 달리 부를 만한 게 없었다. 이 물질은 1930년대에 와서 '라우스 씨 닭 육종 바이러스' 라는 이름을 얻으면서 최초의 '종양 바이러스' 로 알려지게 되었다.

그 후 얼마간 시간이 지나갔다. 바이러스는 핵산이 단백질에 둘러싸여 있는 구조라는 사실이 밝혀졌다. 이 중 핵산 부분은 세포를 뚫고 들어갈 수도 있고 때로는 염색체에 덧붙기도 한다는 사실이 알려졌다. (염색체 역시 핵산이 단백질에 둘러싸인 구조로 되어 있다.) 바이러스는 이런 방식으로 세포 안의 화학작용을 바꾸어놓고, 그래서 종양이 자라나도록 할 수 있다는 것이다.

1966년경 이 같은 바이러스의 작용이 얼마나 중요한지 분명하게 알려지게 되었다. 그래서 55년 전 라우스가 낸 보고서가 노벨상을 받을 가치가 있다는 것이 드러났다. 물론 죽은 사람에게는 노벨상을 주고 싶어도 못 준다. 그러나 억세게도 운이 좋은 라우스는 아직 살아 있었다. 그는 그때 막 여든일곱 번째 생일을 지났고, 여전히 연구실에서 활발하게 연구를 하고 있었다. 그는 반세기가 넘도록 기다린 끝에 노벨상을 받았다. 그리고 노벨상 수상자 중 최고령 수상자라는 기록을 세웠다. 1970년, 그는 아흔 살이 된 넉달 뒤 세상을 떠났다.

그런가 하면 헨리 귄 제프리스 모즐리(1887~1915)의 경우를 살펴보자. 그는 영국 물리학자로서, 1914년 스물일곱일 때 금속이 특정 조건에서 방출하는 엑스선을 연구하여 '원자번호' 라는 개념을 도입했다.

덕분에 사상 처음으로 원소의 '주기율표' 를 제대로 이해할 수 있게 됐고,

나아가 원자핵의 구조를 밝혀내는 길을 열어주었다.

이 연구는 그 중요성이 즉시 인정되었고, 그래서 노벨상은 이 개념을 놓고 연구한 학자들에게 많이 돌아갔다. 예를 들면 스웨덴의 물리학자 카를 시그반(1886~1978)은 모즐리의 연구를 계속하여 엑스레이를 더 정밀하게 다루는 법을 보여주었다. 그는 1924년에 노벨 물리학상을 받았다.

그러나 모즐리는 노벨상을 받지 못했다.

문제는 1914년 제1차 세계대전이 벌어졌을 때 모즐리는 영국군 공병에 중위로 징집되었다. 그 이후 시대의 전쟁에서라면 모즐리에게는 연구소에서 전쟁을 위한 연구를 맡기는 쪽이 훨씬 유익하다는 판단이 섰을 것이고, 따라서 총을 들고 전장에서 싸우도록 내버려두지는 않았을 것이다. 그러나 제1차 세계대전 당시의 전쟁 지휘관은 그 정도의 머리를 쓸 줄 몰랐다. 그래서 어이없게도 그를 최전선에 내보내고 말았다.

1915년 8월 10일, 모즐리는 엉망으로 치러진 터키의 겔리볼루 전투에서 전사하고 말았다. 그때 겨우 스물일곱이었다.

그는 서른이 되기 전에 노벨상을 받아도 문제가 될 것이 없는 인물이었다. 2, 3년만 더 살았더라면 노벨상을 받았겠지만, 그때까지 살아 있지 못한 것이다.

과학을 알아야 하는
특별한 까닭

"역사며 과학이 인생에 무슨 보탬을 줄까?"
그러나 자동차나 전화, 텔레비전 등은 모두 과학 원리를 이용하고 있다.
또한 컴퓨터나 로봇, 핵연료, 우주선 등은 과학을 이해할 때에만 가능하다.

 '과학자가 될 생각이 전혀 없는데,
도대체 왜 과학을 배워야 한담?' 이런 생각으로 과학 과목에 짜증을 느낀
학생들이 더러 있을 줄 안다.

이렇게 느끼는 사람은 인생을 살아가는 데 필요한 최소한의 것만 알면 된
다고 생각할 것이다. 역사학자가 될 생각도 없는데 역사를 알아 무얼 한단
말인가? 많이 돌아다니지도 않을 텐데 지리학이나 외국어는 배워 무얼 한
단 말인가?

그러나 그 사람이 '하는 일'이 자기 인생의 전부는 아니다. 단순한 일만
처리하면서 늘 두문불출하고 조용히 지낸다고 해도, 주변 세계를 이해하
고, 과거에 비추어 현재의 사건을 이해하고, 또 다른 지역의 문화를 음미하
며 사는 것에도 '약간'의 가치는 있을 것이 틀림없다.

사실 세상일을 두루 안다는 것은 즐겁다. 생활이 밝아지고, 재치를 발휘

하고, 권태로움을 덜 느끼고, 생각의 지평을 넓혀준다. 또 그런 사람과 함께 있으면 생활이 더 재미있고 기분도 좋아진다.

세상일이란 '학교에서 배우는 것'이 아닌 삶의 지식, 또는 기술에 해당된다. 나무를 깎아 물건을 만들어내는 놀라운 재주가 있는 사람, 우표 수집에 폭넓은 지식을 가진 사람과 함께 대화를 나누는 것은 세상일에 흥미가 없는 사람과 함께 있는 것보다도 훨씬 더 재미있을 것이다.

그렇다면 만일 여러분이 이런 여러 가지 지식을 알고 있다면 과학에 대한 식견도 있어야 할까? 과학에 뭔가 특별한 게 있을까?

실제로 있다.

현대 사회는 과학과 과학을 일상에 적용하는 활동인 공학을 기초로 세워져 있다. 오늘날 우리는 자동차나 전화, 텔레비전 등 첨단 장치를 이용하고 있는데, 이런 기기는 모두 과학 원리를 이용하고 있다. 미래에는 컴퓨터나 로봇, 핵연료, 우주선 등을 이용하는 일이 더욱 많아질 텐데, 이러한 것들은 모두 우리가 과학을 이해할 때에만 가능하다.

이러한 첨단 장치가 어떻게 움직이는지 모르는 사람의 눈에는 모든 게 마술처럼 보일 것이다. 즉 과학의 세계를 모르면 사람들은 전혀 이해할 수 없는 세계에서 살게 될 것이다.

"그게 뭐 어때서? 먹고 살 만큼 벌고, 가족과 행복하게 지내고, 좋은 경치를 즐기면 되지." 이런 생각으로 살겠다고 해도 실제 살아보면 그게 그리 간단치 않다. 과학이 차지하는 비중이 커져갈수록 원하는 일자리나 수입이 많은 일자리는 과학을 이해하는 사람 차지가 될 것이기 때문이다.

그러나 과학에도 좋은 점과 나쁜 점이 있다. 과학을 올바르게 이용하지 못하면 지구는 과학 때문에 공해와 위험 물질과 방사능으로 뒤덮일 것이고, 우리의 사생활과 자유를 침범하는 장치로 가득 차게 될 것이다. 그러나 과학을 잘 이용하면 우리는 에너지와 식량을 풍족하게 마련할 수 있을 것이고, 더욱 건강하게 지낼 수 있고, 즐거운 시간을 좀 더 늘릴 수 있고, 수명도 길어질 것이고, 좀 더 여유로운 생활을 할 수 있을 것이다.

그러면 과학을 제대로 이용할 수 있도록 결정을 내리는 사람은 누구일까? 민주사회에서는 일반 대중이 될 것이다. 그런데 일반 대중 가운데 과학을 잘 아는 사람이 애초부터 거의 없다면 어떻게 현명한 결정을 내릴 수 있을까?

과학을 이용하여 지구를 죽이는 게 아니라 살릴 수 있는 현명한 판단을 내리려면 사람들이 과학을 제대로 알아야 한다. 그리고 앞으로 시간이 갈수록 이런 부분은 더욱 중요하게 작용할 것이 틀림없다.

전문 과학자가 될 생각이 없는 사람도 과학을 공부해야 하는 중요한 것은 바로 이런 것 때문이다.

인간은 숲을 베어내고 있다. 필경은 숲이 없이는 살아갈 수 없다는 것을 잘 알지도 못한 채….

-아이작 아시모프

과학은 스스로
경찰 노릇을 한다

과학적 부정 행위를 잡아내는 자는 누구일까?
바로 과학자이다. 과학 윤리를 깨뜨린 것이 확실시된 사람은
다시는 일어설 수가 없다. 뿐만 아니라 모든 지위도 박탈당한다.
따라서 과학자는 늘 자신의 연구나 이론에 결함이 없는지 찾아내야 한다.

이따금 (드물게) 과학자들은 자기네들 가
운데 누군가가 엉터리 자료를 발표했거나, 다른 사람이 연구한 것을 슬쩍
도용했다는 사실을 알게 된다.

이런 일은 과학자를 아주 난처하게 만드는데, 특히 요즘은 이런 일이 벌
어지면 과학자가 아닌 사람들 사이에서도 널리 알려지게 된다.

그러나 어떻게 보면 이런 사건은 과학 세계를 그만큼 신용하고 있기 때문
에 가능하다. 한번 생각해보자.

1) 과학자도 결국 인간이다. 다른 분야와 마찬가지로 과학 세계 역시 압
박감과 경쟁이 심하다. 얼마나 많이, 얼마나 빨리 연구 결과를 발표하느냐
에 따라 승진도 지위도 달라진다. 중요한 이론이나 발견을 가장 먼저 내놓
는 사람이 가장 큰 공로를 인정받기 때문이다.

이런 환경에서는 일을 무리하게 후다닥 해치운다거나, 앞으로 어쨌든 찾

아낼 것이 틀림없다고 믿는 자료는 대충 끼워 만들고, 또 남이 연구해놓은 것을 쓱싹 해치우고자 하는 유혹이 많을 수밖에 없다. 정말 놀라운 사실은 그런 일이 거의 일어나지 않는데, 갈수록 그 빈도가 줄어들고 있다는 사실이다. 즉 과학자들은 거의 하나같이 그 같은 압력을 놀라울 정도로 잘 견디고 있다는 말이다.

2) 그런 일이 실제로 벌어질 경우 그토록 널리 사람들 입에 오르내린다는 사실은 사람들이 그만큼 과학자를 존경하고 있다는 반증이다. 그런 일이 흔하게 일어난다거나, 또는 사람들이 과학자를 원래 그런 부류이겠거니 생각한다면 그런 부정행위가 일어난다 해도 별다른 얘깃거리가 되지 못할 것이고, 따라서 얼마 지나지 않아 잊어버릴 것이다. 그런데 현실적으로 과학계에서 부정행위가 발견되면 여러 해에 걸쳐 사람들 입에 오르내리고, 뉴스나 책에서 두고두고 그것을 다루게 된다.

3) 과학 세계에서 부정행위가 일어나지 않는 것은 부정행위를 했을 때 쉽게 발각되기 때문이다. 금방 드러나지 않는다 해도 시간이 지나면 결국 드러날 수밖에 없다. 사실 이런 부정행위는 물리학 분야보다 자료나 이론이 덜 깔끔한 생물학이나 의학계에서 더 많은 편이다. 동물의 행동이나 세포 화학은 원래 별이나 원자 운동이나 에너지 흐름 등에 비해 깔끔하게 맞아떨어지는 정도가 덜하고, 깔끔하게 맞아떨어지는 부분은 또 그만큼 찾아내기가 어렵기 때문이다. 그렇기는 하지만 과학 연구에서는 똑같은 실험을 따로 되풀이했을 때 누구나 똑같은 결과를 얻을 수 있지 않으면 아무도 인정해주지 않는다는 원칙이 필수조건으로 자리 잡고 있으므로 부정행위가 있다면 그 과정에서 눈에 띌 수밖에 없다. 과학은 어느 지식 분야에서도 따라

잡을 수 없는 방법으로 스스로를 바로잡아 가는 것이다.

4) 부정행위를 잡아내는 것은 과학자 자신이다. 과학 밖의 분야에 있는 사람은 누구도 과학계의 부정행위를 잡아낼 능력이 없다. 중요한 것은 과학자가 실제로 부정행위를 잡아낸다는 사실이다. 그냥 덮어두는 일은 절대로 없다. 과학 그 자체의 신용을 떨어뜨려서는 안 된다고 생각하기 때문이다. 아무리 난처한 상황이라 하더라도 부정행위는 만천하에 무자비하게 드러난다. 과학은 스스로 경찰 노릇을 한다. 그것도 다른 어느 지식 분야에서도 따라잡을 수 없을 만큼 효과적인 방법으로.

5) 처벌이 철저하다. 과학 윤리를 깨뜨린 것이 확실시된 사람은 다시는 일어설 수가 없다. 죽을 때까지 다시는 기회가 오지 않는다. 뿐만 아니라 모든 지위도 박탈당하며 오명을 씻을 기회조차 얻지 못한다. 영구히 오명을 남긴 채 떨어져 나가야 하는 것이다.

또한 과학 윤리라는 것이 있기 때문에, 과학자는 누구나 자신의 연구나 이론에 결함이 없는지 항상 스스로 열심히 찾아내야 한다. 그리고 결함이 발견되면 수많은 사람 앞에서 알려야 한다. 이런 사실까지 생각하면 요구하는 것이 얼마나 엄격한지 이해할 수 있을 것이다. 부정행위가 드물다는 사실은 어쩌면 당연한 이야기일 것이다.

C h a p t e r **44**

과학은 선과 악 중
어느 쪽일까?

현대 의학은 선과 악 두 가지 가운데 어느 쪽에 두어야 할까?
현대 의학이 수백만의 목숨을 구해냈지만,
수십억을 죽이는 것으로 막을 내리지는 않을까?

새로운 과학 발견이 위험하다는 결론
이 날 수도 있다는 사실을 부정할 사람은 없다. 신경가스에 대한 지식은 안
전할까? 한 모금만으로도 사람의 목숨을 끊어버릴 수 있는데? 정교한 우주
무기에 대해서는 모르고 살아가는 게 더 낫지 않을까? 디옥시리보핵산DNA
을 다시 짜맞추게 되면 무시무시한 문제가 생겨나지 않을까? 우리는 우라
늄 원자를 쪼개는 법을 알아낸 것이 과연 옳았을까?

이런 점을 생각해볼 때, 어떤 기관을 새로 만들어 과학 연구의 방향을 안
내해주고 한계를 설정해주도록 해야 하지 않을까? 예를 들어 이렇게 말이
다. ― "이제 그만. 더 이상은 안 돼."

그러나 나는 그렇게 하는 것에 반대한다. 이유는 두 가지이다.

우선 우리는 지식과 지식의 오용을 구별할 줄 알아야 한다. 디디티DDT라
는 살충제가 곤충에 어떤 영향을 끼치는지를 알게 되면 곤충에 대한 생화학

을 더 잘 알게 되고, 나아가서는 우리 몸의 생화학을 더 잘 알 수도 있다. 여러 가지 쓸모 있는 사용법이 있을 수 있는 것이다.

그러나 디디티를 적절한 시험도 거치지 않고 무차별적으로 사용한다면 생태계에 엄청난 해를 끼칠 수 있다.

우라늄 원자 분열을 이해하게 되면 우주가 어떻게 움직이는지 알 수 있다. 그러나 끓어오르는 분노를 참지 못하고 우라늄을 폭탄으로 사용하면 결국 문명을 파괴하는 것으로 막을 내릴 수도 있다.

이러한 것은 새로운 현상이 아니다. 과거에도 이미 이런 일을 경험했다. 불을 어떻게 피우는지 안다든가, 음식이나 진흙, 모래, 광물 등에 불이 붙었을 경우 어떻게 변화하는지 이해한 덕분에 멋진 지식을 얻게 되었다. 불이 없었다면 오늘날의 찬란한 문명을 이루지 못했을 것이다. 숲이나 건물, 이단자 등을 태우려고 불을 이용한다든가, 환기가 안 되는 상황에서 불을 피우게 되면 말할 수 없이 비참한 결과를 맞게 된다.

지식을 활용할 때는 모든 방법을 동원하여 안내하고 지도해야 한다. 그러나 지식 자체를 얻을 때에는 그래서는 안 된다.

그런데 지식을 얻는 것이 이득만 안겨줄까? 사람이 나쁜 일에 쓸 수 있는 지식을 알게 된다면 빠르건 늦건 간에 언젠가는 그것을 실행에 옮기고 싶은 생각에 사로잡히지 않을까? 그러므로 차라리 아무것도 모르는 상태로 지내는 것이 낫지 않을까? 게다가 지식뿐 아니라 그 모든 것이 나쁜 일에 쓰일 수 있다. 따라서 무지 자체가 위험할 수도 있다.

두 번째 이유는 선과 악을 엄밀하게 구별하기가 불가능하기 때문이다.

의학의 발달을 반대하는 사람이 과연 있을까? 마취제나, 비타민, 호르몬

치료, 새로운 수술 방법 등을 발견하면 모두가 쌍수를 들고 열렬히 환영한다. 의학계의 발전 가운데 가장 주목할 만한 것은 1860년대에 루이 파스퇴르가 내놓은 것으로, 질병이 세균 때문에 일어난다는 이론이다. 이 이론 덕분에 전염병을 짧은 기간 안에 다스릴 수 있게 되었다. 전염병과 유행병은 인류 역사 이래 언제나 위협적인 존재였지만, 파스퇴르의 세균 이론 덕분에 그것을 막아내고 억제하고 해결하고, 그리고 거의 완전히 퇴치한 수준까지 다다랐다. 지난 한 세기 반 동안 이 이론은 현대 의학의 혜택을 누릴 수 있는 곳에서 사람의 평균 수명을 서른다섯에서 일흔으로 두 배나 늘이는 데에 절대적인 공헌을 하였다.

그러나 사망률이 빠르게 줄어드는 사실만큼 인구 폭발을 부채질하고 있는 것도 없다. 그리고 지금 다른 어떤 것보다도 세계를 위협하는 것은 바로 인구가 너무 많다는 사실이다. 이렇게 무섭게 늘어나는 인구는 자원을 순식간에 고갈시키고, 심각한 공해 문제를 낳고, 인간이 살 수 있는 땅을 더욱 줄어들게 하고 있으며, 소외와 폭력이 난무하게 만든다. 이 때문에 결국 핵전쟁까지 일어날지도 모른다.

그렇다면 현대 의학은 선과 악 두 가지 가운데 어느 쪽에 두어야 할까? 현대 의학이 수백만의 목숨을 구해냈지만, 수십억을 죽이는 것으로 막을 내리지는 않을까? 파스퇴르가 세균 이론을 연구할 때 그것을 막는 게 옳았을까, 아니면 내버려두는 게 옳았을까?

핵폭탄을
떨어뜨리지 마라

지구의 종말은 과연 올 것인가!
구약성서의 예언서에서는 심판의 날에 끔찍한 재앙이 올 것이라고 예견하고 있고,
과학 소설가들은 훨씬 더 비참한 종말을 예견하면서,
균형감각을 찾으라는 경종을 울린다.

 내가 알고 있는 종교는 저마다 지구의
시작과 인간과 인간의 기술 발달에 대해 나름대로의 이야기를 갖고 있다.
어떠어떠한 신이 하늘과 땅을 만든 후 사람을 빚어 만들고, 그리고 불과 쇠
를 다루는 법과 농사짓는 법 등을 가르쳤다고 주장한다. 그리고 신 자신도
시작이 있었던 것으로 되어 있는 이야기도 꽤 많다. 예를 들어 제우스는 아
기였던 적이 있다.

창조주를 영원하다고 여긴다는 점에서 기독교는 대부분의 다른 종교와
다르다. 그 부분 때문에 철학적으로 많은 어려움이 따르지만, 그것은 신학
자들이 다루도록 내버려두자.

종교가 지구와 인간의 종말에 대해 이야기한다는 것은 좀 의외의 일이다.
인간이 언젠가는 죽게 되리라는 사실을 우리들 모두가 어쩔 수 없는 사실로
받아들인다. (우리는 보통 이 다음에 또 다른 생명으로 이승에 태어날 것이

라는 '영혼의 윤회'를 믿는다든지, 아니면 천국에는 영원히 죽지 않는 이상적인 삶이 있을 것이라고 상상하든지 해서 그러한 고통을 누그러뜨린다.)

그러나 모든 것이, 즉 이 지구촌의 운명이 송두리째 끝나버린다면?

그것 역시 이곳저곳에서 예측을 하고 있다. ≪구약성서≫의 예언서에서는 심판의 날에 대해 얘기하고 있다. 그날 하느님은 모든 것을 끝내버릴 것이며, 엄청나게 많은 사람을 끔찍한 방법으로 죽이고, 예언자의 가르침을 정확히 따른 몇 안 되는 사람만 구해준다고 되어 있다.

서양에서 종말에 관해 가장 잘 알려진 이야기는 ≪신약성서≫의 마지막 책인 '요한의 묵시록'이다.

처음 3장은 일상적인 이야기로 이루어져 있지만, 그 다음 장부터는 복수에 불타는 하느님이 지구상에 내리는 끝도 없는 재앙에 대해 길게 설명해놓았다. 바다가 피로 변하고 별이 하늘에서 떨어진다는 등의 내용이……. 나는 그 내용의 글이 다소 지루할 뿐만 아니라 그다지 믿음이 가지도 않는다. 그나마 나중에 가서는 살아남은 몇 안 되는 사람을 위해 새로운 하늘과 땅이 생겨난다.

지구의 종말은 파괴가 있을 것이라고 내다본 기독교 외의 주장은 고대 북유럽의 '에다'에서 찾아볼 수 있다. 그러나 우리가 갖고 있는 것은 서기 1000년으로밖에 거슬러 올라가지 않기 때문에 '요한의 묵시록'으로부터 영향을 받았을지도 모른다. 거기에는 '라그나뢰크'에 관한 이야기가 나오는데, 신의 무리와 그에 대적하는 무리가 싸워 모두 멸망해버린 뒤 새로운 하늘과 땅이 생겨난다는 것이다.

과학 역시 우리에게 비참한 종말을 예견해주고 있다. 과학이 말하는 종말은 천문학적인 성격이다. 1930년대 이전에는 태양이 서서히 식어서 지구는 생명이 없는 얼음덩어리로 변할 거라는 논리가 지배적이었다. 1930년대 이후, 우리는 태양이 실제로는 뜨거워지고 있으며 언젠가는 지구가 생명이 없는 잿더미가 될 것이라는 사실을 깨닫게 되었다. 그러나 이 두 가지 각본은 모두 앞으로 수십억 년이나 걸려 너무나 천천히 진행되기 때문에 위험에서 빠져나갈 길은 얼마든지 열려 있다. (물론 마지막이 오기 훨씬 이전에 우리가 모두 죽어버리지만 않는다면 말이다.)

그보다 훨씬 빠른 속도로 종말이 다가올 가능성도 있는데, 태양이 빠른 속도로 신성이나 초신성으로 변해 원래보다 수천 내지 수억 배까지 밝아지면서 폭발하는 경우이다. 그러나 그렇게 되기에는 태양은 너무 멀리 홀로 동떨어져 있고 또 그 크기도 너무 작다는 것을 우리는 알게 됐다.

1980년대에 와서 우리는 지구가 소행성이나 혜성과 부딪힐 수도 있다는 사실을 알게 되었다. 그렇게 되면 우리는 전멸하게 될 텐데, 이 역시 빠른 시일 내에 일어날 것 같지는 않다. 그리고 만약 이와 같은 재난이 몇 세기만이라도 뒤로 미루어진다면, 그 몇 세기 동안 우리는 장차 그런 재앙이 다가오고 있을 것으로 판단될 때, 그것을 미리 막을 능력을 갖출 수 있을 것이다. 이러한 모든 가능성은 과학 소설에서 다루고 있다.

1940년대에 우리는 새로운 가능성을 알게 되었다. 핵폭탄이 개발되고 세균전의 능력까지 갖추면서 인간은 기술의 힘으로 몇 시간 내지 몇 달 만에 인류의 전부 또는 대부분을 멸망시킬 수 있는 지점에까지 이르렀다. 즉 우리는 인간 때문에 비참한 종말을 겪게 될지도 모른다는 사실이다.

핵폭탄이 처음 히로시마에 떨어지자 공상 과학 소설가들은 핵폭발 이후의 이야기를 쓰기 시작했는데, 그것은 요한의 묵시록을 쓴 작가가 상상했던 무미건조한 이야기보다 훨씬 더 섬뜩한 내용이었다.

이들 이야기는 모두 인간에게 경종을 울리는 내용인데, 한 줄로 줄이면 다음과 같다.

'핵폭탄을 떨어뜨리지 마라!'

공상 과학 소설가가 늘어놓는 이야기에는 마술처럼 생겨나는 새로운 하늘도 땅도 없다. 묵시록에서 이야기하는 것보다 좀 더 오래 걸리더라도, 굴하지 않는 인간 정신으로 뭔가를 다시 창조할 만한 희망이 있을까? 글쎄, 닐 베렛 2세가 지은 ≪최악의 시기를 지나는 미국Through Darkest America≫을 읽어보라. 그러나 잊지 말 것!

'핵폭탄을 떨어뜨리지 마라!'

1901년이 되어서야 인간은 핵에너지가 있다는 것을 알게 되었다. 이제 우리가 아직 1900년의 무지 속에 있었으면 하고 바라는 것은 이해가 간다. 그러나 부질없는 일이다.　　　　　　　　　　　　　　　－아이작 아시모프

꼬리가 개를 흔든다

우리는 지금 달이나 지구 궤도 같은 우주 공간에
인공적인 식민지를 만들 수 있는 시점에 와 있다.
옛날 유럽의 여러 제국이 다른 대륙의 바닷가에 식민지를 만들었듯이.

미래를 대비하는 한 가지 좋은 방법은
과거를 연구하는 것이다. 나는 늘 그렇게 생각하고 있다. 미래의 정치 상황
을 다루는 공상 과학 소설가는 과거를 먼저 살펴보아야 한다. 달리 참고할
만한 게 없기 때문이다. 게다가 인류가 1만 년 전에 오늘날과 똑같은 감정
이나 비합리적인 면에, 똑같은 사건에, 똑같은 철칙에 휘둘리지 않았으리
라고 단정할 이유 또한 없다. 1만 년 뒤의 일에 대해서도 마찬가지이다.

그래서 아주 오래 전, 은하제국의 멸망에 관한 글을 쓰면서 나는 에드워
드 기번(1737~1794)의 ≪로마제국 쇠망사≫라는 책만큼 좋은 참고 도서가
없다는 사실을 깨달았다. (나는 이 책을 두 번 읽었다.)

우리는 지금 달이나 지구 궤도 같은 우주 공간에 인공적인 식민지를 만들
수 있는 시점에 와 있다. 만약 누군가가 이런 종류의 세계를 꿈꾸고 있다면,
옛날 유럽의 여러 제국이 다른 대륙의 바닷가에 식민지를 만들었던 당시를

생각해봐야 할 것이다. 그것은 16, 17세기에 있었던 일로, 그 당시의 기술 수준을 생각해보면 오늘날 우주 공간에 식민지를 만드는 것과 기술적인 어려움은 비슷했다. 다가올 우주시대에 대비해 우리에게 안내 역할을 해줄 수 있는 그 옛날 대양시대에는 무슨 일이 일어났을까?

그 가운데 가장 극적인 사건은 북아메리카 동쪽 해안의 영국 식민지에 얽힌 이야기이다. 이 사건은 특히 극적이기도 하지만 미국인에게 가장 잘 알려진 이야기이기도 하다. 왜냐하면 이 이야기의 역사적 무대에 살았던 사람들은 미국인에게는 생물학적인 부분을 떠나 문화적 · 역사적 조상이니까.

그 당시 일어난 일은 식민지가 제국에 대항해서 봉기를 일으키고 싸워 독립을 얻어낸 사건이었다. 또한 개개의 식민지나 주 정부는 통치권을 일부 포기하면서 연방 정부를 세웠다. 그리고 이 연방 정부는 대륙 전체로 뻗어나갔고, 결국 그들은 세계에서 가장 강한 나라가 되었다. 특히 그들에게 어느 정도는 친절한 동반자요 동맹국이기도 하지만 한편으로는 업신여기는 듯한 주인이자 의심 많고 상대적으로 연약한 적인 영국을 앞질렀다. 그리고 한 영국 노동당원이 씁쓸하게 말한 것처럼, 레이건이 "뛰어!" 하면 대처가 "얼마나 높이 뛸까요" 하고 대답할 정도까지 되었다.

이렇게 되는 데는 2백 년이 걸렸지만, 일이 벌어지는 속도는 시간이 지남에 따라 더욱 빨라지는 법이다. 지구에서 떨어져 나간 우주 공간의 식민지도 훨씬 빠르게 기술이 발달하여 — 게다가 하늘 높이 유리한 위치에 자리 잡고 있다는 점까지 생각하면 — 아주 짧은 기간에, 미국이 영국을 지배하는 것보다 훨씬 악의적으로 지구를 지배하게 될지도 모른다는 상상을 해볼 수 있다. 하지만 그런 일은 일어날 것 같지 않다. 왜 그런지 잘 살펴보자.

우주 식민지는 개척하기가 몹시 힘들고 비용도 많이 드는 데다가 위험하기까지 하다. (과거에 있었던 챌린저호의 비극과, 우주 왕복선을 교체하고 변화·개선하기로 마음먹고 실행하는 데 드는 돈을 마련하는 데 따른 문제는 그 한 슬픈 예다.) 나는 미국이나 러시아가 독자적으로는 제대로 된 우주 식민지를 개척해내기는 어려우리라고 생각한다. 특히 전쟁에 대비하여 엄청난 돈과 시간과 노력과 감정을 쏟는다면 더욱 그렇다.

그렇다면 미국과 러시아가 서로 (또 나머지 세계와도) 협력하여 우주로 진출하든지, 아니면 인류가 실질적인 방법으로는 우주 공간에 진출하지 않든지 둘 중 어느 하나를 택해야만 할 것이다. 그러지 않으면 지구촌을 지배하는 강대국들은 가까운 우주 공간을 또 다른 전쟁의 무대로 삼아 우리 모두의 멸망을 앞당길 것이다.

그러나 내 생각을 다른 사람들에게 강요할 의도는 없다. 내 생각이 완전히 틀릴 수도 있기 때문이다.

따라서 나와는 다른 (게다가 매우 흥미진진하고 긴장감 넘치는) 관점에서, 인류가 거창하게 우주공간으로 진출하여 이제까지 하던 나쁜 버릇 대로 음모와 전쟁을 계속할 경우를 상상해보고 싶으면 존 반스의 책 ≪하늘을 끌어내린 사람The Man Who Pulled the Sky≫을 읽어보기 바란다.

우리는 누구나 높은 데서 낮은 곳으로 떨어진다는 것을 알고 있다. 뉴턴이 발견한 것은 달도 낮은 곳으로 떨어진다는 것이다. 게다가 우리가 떨어지는 것과 똑같은 법칙에 의해서.　　　　　　　　　　　　　―아이작 아시모프

Chapter

심리학의
두 얼굴

> '심리학' 이란 우리 자신의 알맹이를 체계적으로 연구하는
> 학문이라고 할 수 있다. 심리학은 '앎' 의 양끝자리에 자리 잡고 있다는
> 점에서 참으로 흥미롭다. 누구나 심리학을 이해하는 것 같지만 결국
> 누구도 심리학을 이해하지 못하고 있다.

 그리스어로 프시케psyche는 '숨결' 을
뜻한다. 물론 그리스인은 오늘날의 학문에서 이 낱말이 어떻게 쓰일지 알
지 못했다. 그들에게 숨결이란 미묘하고 형태가 없는 것으로서, 어떤 면에
서는 생명과 직접 관계가 있는 것이었다. 죽은 생명체와 돌은 숨을 쉬지 않
는다.

프시케가 영어로는 '영혼soul' 이라고 옮겨졌는데, 영혼 역시 미묘하고 형
태가 없는 것으로, 어떻게 보면 생명체와 직접 관계가 있다. 좀 더 정확한
정의를 내리자면 신학적으로 복잡하고 불확실한 내용에 빠져들게 된다.

'프시케' 나 '영혼' 을 신학을 염두에 두지 않고 정의를 내린다면, 육체가
그 안에 담고 있는 알맹이로 정의내릴 수 있다. 그것은 성격이요 개성이며,
우리가 '나' 라고 말할 때 생각할 수 있는 그런 종류의 것이다. 팔다리를 잃
거나 눈이 멀거나, 또는 육체가 병들거나 죽어간다 해도 그대로 남아 있는

그 무엇을 말한다.

결국 '심리학'이란 바로 우리 자신인 그 같은 알맹이를 체계적으로 연구하는 학문이라고 할 수 있다. 현대와 같은 비신학적인 시대에 이를 표현하기 위해 우리가 가장 쉽게 쓰는 낱말은 '영혼'이 아니라 '마음'인 것이다. 심리학이란 마음에 대한 연구이다.

심리학은 '앎'의 양끝자리에 자리 잡고 있다는 점에서 참으로 흥미롭다. 어떻게 보면 누구나 심리학을 이해하고 있는 것 같지만, 또 어떻게 보면 누구도 심리학을 이해하지 못하고 있다. 다른 학문도 인식론적으로 이처럼 극단적 특징을 보일 수 있지만 — 아마 학문이란 게 다 그렇겠지만 — 심리학만큼 그 편차가 큰 학문도 없을 것이다.

예를 들어 당구공이 어떻게 해서 그런 움직임을 보이는지, 공이 서로 부딪히면 왜 움직이는지, 쿠션이나 다른 공에 맞아서 어떻게 되튀는지, 충돌의 결과에 따라 속도나 방향이 어떻게 바뀌는지 — 이 모든 것을 이해하려면 물리학의 한 분야인 역학의 원리를 알아야 한다. 반대로 당구공이 움직이는 원리를 세밀하게 관찰하면 역학의 원리를 알아낼 수 있다.

그런데 당구의 달인이 반드시 물리학이며 역학을 공부했다고는 할 수 없고, 운동량 보존의 법칙에 대해서는 듣도 보도 못했을지도 모른다. 그리고 공에 회전을 넣어 칠 때 생겨나는 각운동량에 대한 복잡한 수학을 이해한다는 보장도 없다. 그럼에도 불구하고 그들은 당구공에게 저녁밥을 짓게 하는 것 빼놓고는 뭐든지 다 하게 만들 수 있다. 자신이 그 원리를 알고 있다는 사실도 모르는 채 심오한 원리에 따라 세심한 주의를 기울여 당구를 친다.

아주 복잡한 기교를 부리며 야구공을 던지는 투수에게도 똑같은 이론이 적용될 수 있다. 그리고 기술적인 수완을 모두 동원하여 때맞춰 공을 치는 타자도 역시 마찬가지다. 그들은 (아마도) 물리학의 가장 간단한 지식조차 배운 적이 없는데도 불구하고 응용역학적인 기술을 완전히 터득하고 있고, 그 덕분에 수백만금을 벌어들일 수가 있는 것이다.

우리는 뭐든 주의 깊게 관찰하고 실행에 옮기는 것만으로도 매우 실용적인 과학 법칙을 다양하게 이해할 수 있다. 과학은 실제의 세계를 앞뒤가 맞게 체계적으로 설명하는 것이고, 우리 역시 실제의 세계 속에서 살고 있기 때문이다. 바로 그 사실 때문에 우리는 세상을 설명하게 될 수 있는 것이다. 물론 우리의 설명은 과학자가 자기네들 사이에서 사용하기로 정한 용어의 틀을 벗어나기는 하지만, 그럼에도 불구하고 설명하게 되는 것만큼은 변함없는 사실이다.

그렇다면 다른 사람을 관찰하고, 함께 생활하고, 서로 영향을 미치는 동안 상대방의 습관과 반응, 특이성 등을 하나둘 발견하면서 상대방의 마음을 이해하게 된 사람들이 있다는 것은 놀라운 일이 아니다. 셰익스피어, 도스토예프스키, 톨스토이, 디킨스, 오스틴, 몰리에르, 괴테 등 수많은 작가의 작품을 읽어보면 이들 작가 한 사람 한 사람이 인간의 다양하고 복잡한 면모를 심도 깊게 이해하고 있다는 사실에 감탄하지 않을 수 없다. 그런데 이들 중 그 누구도 정식으로 심리학을 연구한 사람은 없다.

확실히 심리학은 다른 학문에 비해 비학문적으로 이해하는 사람이 많다. 운동선수는 자신도 모르는 사이에 물리학을 다루고, 요리사는 화학을, 정원사는 생물학을, 선원은 기상학을, 예술가는 수학을 다루고 있다. 그러나 이런 것은 모두 전문화된 직업의 경우이다.

그러나 세상을 살아가는 사람은 누구나 예외 없이 사람과 만나야 한다. 속세를 떠난 사람도 예외는 아니다. 적어도 그들 자신을 대해야 하는 것이다. 인간은 누구나 자기 안에 온갖 미덕과 악덕, 탁월한 면과 부족한 점, 좋아하는 것과 싫어하는 것을 가지고 있기 때문에, 대면할 상대가 자기 자신밖에 없다 해도 심리학을 이해하는 데에는 충분할 것이다.

따라서 어떻게 보면 심리학은 사람들이 가장 널리, 또는 가장 잘 이해하는 학문이라고 결론을 내릴 수 있다.

그러나 사람의 마음은 ― 필시 두뇌에서 나오는 것이겠지만 ― 비할 데 없이 복잡하다. 우리가 알고 있는 것 가운데 가장 복잡하고 미묘하게 서로 연결되어 있는 덩어리는 바로 사람의 두뇌이다. (사람의 머리보다 더 크고 더 복잡한 돌고래의 머리를 예외로 치기는 좀 모호하지만.)

인간의 두뇌라는 아주 복잡한 부분을 연구하다 보면 뭐가 뭔지 도무지 모르겠다는 생각이 들 때가 있다. 우리가 오로지 인간의 두뇌로 인간의 두뇌를 연구하고 있다는 생각을 해보면 충분히 이해가 갈 것이다. 복잡한 것을 이용하여 똑같이 복잡한 것을 이해해보려고 하기 때문이다.

호모 사피엔스, 즉 '생각하는 인간'의 역사를 통틀어 수십억의 인간이 자기 자신과 다른 사람들을 체계 없이 연구해왔다. 그리고 뛰어난 천재들이 문학, 예술, 철학 그리고 최근에 이르러서는 과학에 이르기까지 인간이 어떻게 이루어져 있는지를 보여주었다. 불확실하고 알려지지 않은 부분은 아직 너무나도 많이 남아 있다. (게다가 다른 어떤 학문에서보다도 더 많이 남아 있다.) 사람들이 가장 많이 연구하고 결과물을 발표해온 부분마저도 어느 정도는 논란의 여지가 남아 있을 수밖에 없다.

따라서 어찌 보면 심리학은 사람들이 가장 이해하기 힘든 학문이기도 한 것이다.

또 역사를 통틀어 인간을 가장 짓눌러왔고 지금도 짓누르고 있는 온갖 문제를 풀어낼 실마리에 대해서는 대체로 인간의 머리가 닿지 못하고 있다는 사실도 생각해보자. 그 가운데는 우리들 인간과는 전혀 무관하고, 또 노력한다고 한들 어쩔 도리가 없다고 생각되는 것도 있다. 예를 들면 빙하시대가 온다거나 태양이 폭발한다거나 하는 문제이다. 우리는 그런 문제점을 미리 내다보고 그 여파를 최소화하려는 방향으로 움직일 수는 있다. 좀 더 편안하게 죽는 길을 택하는 방법밖에 없다고 하더라도 말이다. 그러기 위해서는 선의와 이성과 재능이 필요하다. (우리는 이런 것이 없을 때가 종종 있다.)

한편 인간의 어리석음 때문에 (지혜가 있다손 치더라도 모자라기 때문에) 위험이 사라지기는커녕 점점 커져가고 있다. 우리가 핵전쟁이나 인구폭발, 극심한 자원 낭비, 또는 공해, 폭력, 소외 등 스스로 파멸의 길을 가게 된다면, 그 원인 가운데 일부는 (어쩌면 대부분은) 우리에게 어떤 위험이 있는지를 우리가 발견하지 못하는 데에 있을 것이다. 그리고 그 위험 요인을 없애거나 줄이는 쪽으로 행동을 바꿀 필요가 있다는 사실을 받아들이기 거리끼는 데 있을 것이다.

그렇다면 심리학이 매우 중요한 학문이라는 사실에는 이의가 없을 것이다. 나머지 학문은 전부 잃어버려도 우리는 살아갈 수 있다. 아무리 원시 상태로 돌아간다 하더라도 살아갈 수는 있을 것이다. 그러나 심리학을 이해하지 못하면 우리는 방향을 잃고 갈팡질팡하게 될 게 분명하다.

그렇다면 공상 과학 소설은 이런 모든 부분에서 무슨 역할을 할 수 있을까?

전체적으로 볼 때 공상 과학 소설가가 다른 작가에 비해 인간의 문제를 더 잘 이해한다거나 더 많이 이해하지는 않는다. 따라서 공상 과학 소설가 개개인이 인간의 조건을 더 잘 비춰줄 것으로 기대할 까닭은 없다.

그러나 공상 과학 소설에서는 인간이 특수한 상황에 처해 있으며, 별난 사회가 등장하고 흔하지 않은 문제와 마주치게 되는 것으로 그려진다. 이러한 조건에 대해 인간이 보이는 반응을 그려내려고 애쓰는 과정에서, 그동안 그늘에 가려 제대로 볼 수 없었던 부분에 새로운 방법으로 빛을 비춰주어 뚜렷하게 보게 해줄 수 있을 것이다.

《환각 궤도》에 모은 여러 단편은 이런 점을 염두에 두고 고른 것이다. 그리고 각 단편 첫머리에는 나와 함께 편집 작업에 참가한 찰스 워가 특별히 일러두기를 첨부했는데, 그는 심리학자이기도 하다.

과학에 대해 글을 쓰는 사람은 과학에 대해 알아야 한다. 이 조건 하나만으로도 경쟁자 수는 상당히 줄어든다.

-아이작 아시모프

크리스마스의
열두 가지 공포

'메리 크리스마스' '새해 복 많이 받으세요'
흥겹고 북적이는 연말에 고통에 빠지는 사람 또한 많다.
'크리스마스를 가족과 함께' 라고 외치는 소리는
가족이 없는 사람의 가슴을 찢어놓는다.

 해마다 시작이라는 것이 있다. 그런데
1월 1일이 진정 한 해의 시작일까?

새해가 뭐 그리 중요할까! 하고 생각하는 사람도 있을 것이다. 그런 사람
이라면 아무 날이나 적당히 정하여 "이 순간부터 새해를 시작하자"고 해도
상관없다고 생각할 것이다. 그런 다음 날짜를 세어서 365일이(윤년이면
366일) 되는 날마다 바로 그 다음 날 새해를 시작하는 것이다.

이렇게 마음대로 정해도 되지만, 사람들은 하늘에서 일어나는 여러 가지
일을 보고 자연스럽게 한 해를 시작한다.

한낮의 태양은 하늘 위로 떠오르는 각도가 높아지다가 나중에는 낮아진
다. 이러한 과정은 특별한 오차 없이 지속적으로 되풀이된다. 한낮의 태양
이 가장 높이 떠오르는 때를 '하지' 라 부른다. (적어도 이런 명칭은 지구 인
구의 대부분이 살고 있는 북반구에서는 적당한 이름인 것 같다.) 우리가 쓰

는 달력으로는 6월 21일경이 하지이다.

그리고 한낮의 태양이 가장 낮게 떠오를 때를 '동지'라고 한다(12월 22일이나 23일). 또한 한낮의 태양이 가장 낮은 지점으로부터 가장 높은 지점으로 반쯤 갔을 때가 '춘분'이며(3월 20일경), 가장 높은 지점으로부터 가장 낮은 지점으로 내려가는 중간 지점에 이르렀을 때가 '추분'이다(9월 23일경).

이 네 절기 가운데 가장 덜 중요한 때가 하지이다. 낮이 가장 길고 밤이 가장 짧으며, 들판은 푸르고 사람들은 행복과 편안함을 느낀다. 사람들은 대부분 6월 하순 무렵이 되면 즐기고 논다. 그렇지만 한 해를 시작하기에는 절대 적당한 때가 아니다.

한편 춘분은 겨울이 완전히 끝나고 봄이 완연해졌을 때 온다. 봄의 신호와 함께 새싹이 돋고, 나무와 마당이 초록색으로 변하면서 씨를 뿌릴 때가 왔음을 알린다. 이때가 시작임이 분명하다. 그래서 한 해를 춘분 무렵에 시작한 달력도 있다. (예를 들어 초기 로마의 달력.) 또한 유월절이나 부활절은 봄 축제인데, 이런 기념일도 춘분과 관련이 있다.

추분은 가을의 시작이다. 곡식은 추수를 할 정도로 익어 있고, 어린 가축들은 그때쯤이면 모두 자란다. 그리고 얼마 지나지 않아 양식을 모아두어야 할 때가 다가온다. 혹독한 겨울을 편안하게 살아가기 위해서이다. 그 양식을 먹으며 한 해를 편안하게 살아간다. 그리고 이는 확실히 기념할 만한 가치가 있다. 그래서 유대인은 추분 무렵에 새해를 시작한다. 프랑스 혁명가들 역시 1792년에 '과학적인' 달력을 새로 만들면서 추분 무렵을 한 해의 시작으로 삼았다.

그러나 이상하게도 겨울이 시작되는 동지를 한 해의 시작으로 정하자는 주장이 최고로 강했다. 땅이 꽁꽁 얼어붙을 만큼 추운 나날이 석 달이나 앞에 도사리고 있고, 살을 에는 바람과 사정없이 몰아치는 눈보라가 기다리고 있는데 축하할 것이 뭐가 있단 말인가?

그러나 동지에는 더 이상 낮게 떨어질 수가 없을 정도로 해가 가장 낮은 곳에 이르러 있다. 이후부터 다시 올라가게 된다. 그래서 제아무리 겨울이 혹독하다 해도 한낮의 태양은 날마다 점점 높아지고, 따뜻한 날씨가 찾아와 새봄과 씨뿌리기, 수확이 보장되는 것이다.

그러므로 서구 사회에서는 가장 크고 즐거운 휴일이 동지 바로 뒤에 붙어 오는 '크리스마스' 와 '설날' 이라는 것에 대해 아무도 놀라지 않는다. 12월 25일과 1월 1일이 바로 그날이다. 크리스마스와 예수를 연관시켜 생각하는 사람이 많은데, 성경에는 예수가 크리스마스에 태어났다는 내용이 없다. (크리스마스가 널리 퍼지기 전에는 기독교와 전혀 상관이 없는 동지를 성탄절로 삼았다.)

크리스마스에서 새해로 넘어가는 한 주간은 대표적인 '휴가철' 로서 세상 사람들이 최고의 기분을 맛볼 때이다. 사방에서 들리느니 '메리 크리스마스' 요, '새해 복 많이 받으세요' 다. 그렇지만 사실 알고 보면 이 휴가철 때문에 고통에 빠지는 사람 또한 많다. '크리스마스를 가족과 함께' 라고 외치는 소리는 가족이 없는 사람들의 가슴을 찢어놓는다. 갖가지 장난감에 푹 파묻혀 웃고 떠드는 어린이를 본다는 것은 배고픔 외에는 별로 느껴본 적이 없는 가난한 어린이에게는 고통일 뿐이다. 휴가철 동안 환자들이 버텨 나갈 수 있도록 도와주어야 하는 정신과 의사에게 물어보라. 틀림없이 이렇게 말할 것이다.

"크리스마스의 기쁨 뒤에는 언제나 크리스마스의 공포가 있지요."

그리하여 마틴 그린버그와 찰스 워, 그리고 내가 공동 저자로 되어 있는 《크리스마스의 12가지 공포》라는 책에서는 여러 가지 크리스마스 이야기를 모아보았다. 거기에서는 휴가철의 이면을 보여주고 있다. 그렇지만 여러분이 크리스마스를 즐겁게 보내는 게 못마땅하다거나, 새해에 복을 받지 못하기를 바라는 뜻에서 쓴 책은 아니다. 나는 여러분이 크리스마스를 즐겁게 보내고 새해에 복 많이 받기를 바란다! 하지만 삶에는 이면이라는 것이 있게 마련이고, 인간에 관한 것이라면 어떤 것이든 낯설어서는 안 된다.

> 인간은 지구상의 코끼리를 모조리 죽일 수는 있지만 모기에 대해서는 어떻게 손을 쓰지 못한다.
>
> -아이작 아시모프

Chapter

환상 세계를
넘나드는 재미

> 나는 딱 뭐라고 꼬집어 말할 수 없는 환상적인 면을 몹시 좋아한다!
> 사물의 뒷면에 도사리고 있음직한 무서운 것들의 생각에
> 몸에 소름이 돋고 부르르 떨리는 느낌을 좋아한다.

 나는 일관성이라는 걸 그다지 중요하게 생각하지 않는다. 진짜 일관성이 있는 것이 아니라면 말이다.

일관성이 있다고 하더라도 알고 보면 일관성이 없는 경우가 아주 흔하다. 단지 그렇게 보일 뿐이다. 그리고 그 번지르르한 겉모습 때문에 내용이 아무것도 없는 것을 받아들인다는 것은 바보 같은 일관성의 손아귀에 놀아나는 것과 같다. 랄프 왈도 에머슨은 일관성에 대해 다음과 같이 말했다.

"어리석은 일관성이라는 것은 생각이 좁은 사람의 머릿속에 있는 허깨비이다. 생각이 좁은 정치가나 철학자, 성직자가 우러러보는 대상일 뿐이다."

그러나 일관성을 이처럼 추상적으로만 생각할 것이 아니라 구체적인 예를 들어보도록 하자.

나는 과학 소설가로 꽤 잘 알려진 사람이다. 내가 지어낸 이야기 속에서

나는 우주의 안팎을 넘나드는 것은 물론 은하계 저편의 별까지 찾아가기도 한다. 하지만 실제 생활에서는 비행기를 타지 않는다.

언젠가 이런 나를 보고 답답한 철학자들이 와서 물어볼 것이다.

"당신은 글 속에서는 우주 끝까지 구석구석 다니면서도 실제 생활에서는 비행기조차 타려고 하지 않는다니, 이상하지 않습니까?"

여러분도 나의 행동에 대해 일관성이 없다고 생각하는가?

자, 정말 그런 것인지 한번 따져볼까?

나는 타자기로 소설을 쓴다. 내 타자기는 추락한 일이 한 번도 없다. 납치된 일도 없다. 연료가 떨어진 일도 없고, 엔진에 불이 붙은 일도 없다. 이렇게 위험이 전혀 없는 타자기를 어떻게 비행기와 비교할 수 있단 말인가? 내가 타자기로 하는 일 때문에 비행기를 타야 하는 이유가 뭐란 말인가? 내 공상 속의 인물이 하는 행동을 내가 왜 실생활에서 흉내를 내야 한단 말인가? 여기서 일관성이라는 말이 도대체 어느 구석에서 나왔단 말인가?

나의 가상과 실제를, 나의 공상 세계와 행동을, 타자기와 비행기를 하나로 묶어 생각하는 것은 그야말로 어리석은 일관성을 고집하는 일례이다. 그래서 의견은 고맙지만 사양하겠다.

내가 비행기를 탄다면 반드시 타야 할 이유가 있을 때 탈 것이다. 내가 과학 소설을 쓰기 때문이라면 적절한 이유가 되지 않는다.

두 번째 예를 들어보자. 좀 더 적절한 예라고 할 수 있다.

나는 합리적인 것이 중요하다고 생각하는 사람이고, 그것에 대해 꽤 소리 높여 떠드는 편이다. 나는 세상이 잠시 설익혀 내놓는 것들에 대해 분연히 맞선다. 왜 안 되는가? 한 가지 내가 분명하게 알고 있는 것은, 어떤 신념에 대해 수많은 사람을 골수 신봉자로 만들자면 그 신념을 딱 그들 수준만큼만 어리석게 만들면 된다는 사실이다.

확실한 증거가 있다면 그 순간부터 미확인 비행 물체UFO가 외계에서 온 우주선이라고 믿을 마음가짐이 되어 있다. 증거가 그저 뭔가를 암시하는 수준만 돼도 나는 그 순간부터 미확인 비행 물체가 외계에서 온 우주선일 가능성을 고려할 마음가짐이 되어 있는 것이다. 나아가 나는 증거가 최소한 흥미로운 수준만 돼도 그 순간부터 미확인 비행 물체에 대해 조사해볼 가치가 있지 않을까 생각할 것이다.

그러나 미확인 비행 물체에 관한 증거가 가장 기초적인 요소조차도 확인할 실마리를 남겨놓지 않은 황량한 이야기로 만들어져 있다면 나는 그것을 붙들고 하품을 할 마음이 없다. 만일 이 같은 태도 때문에 미확인 비행 물체를 열렬히 믿는 사람들이 화를 내면 그럴수록 더 나는 마음이 편안해질 것이다. 결사적으로 믿고자 하는 것에 대한 증거가 없는 사람들은 대개 논리가 막힐 때 화를 낸다는 것을 나는 알고 있기 때문이다.

옛 시대의 귀신이나 요정, 천사, 악마, 점성술, 강신술, 마녀의 주술을 비롯한 온갖 마법뿐 아니라 벨리코프스키 식의 '재앙', 대니켄 식의 '고대 우주인', 겔러의 '숟가락 휘기', 온갖 종류의 정신 능력, 별과 이야기를 나누는 능력, 피라미드의 신비한 힘 등에 대한 나의 태도 역시 앞서 말한 미확인 비행 물체에 대한 태도와 똑같다.

그렇다면 나 같은 합리주의자는 필요한 단서가 모조리 확보된 상태에서 논리의 사슬이 증거를 바탕으로 출발하여 반박의 여지없이 냉철하게 이어진 끝에 결론에 다다르는, 옛날 방식의 빈틈없는 문제를 좋아할 것이다. 주의를 딴 데로 돌리는 것은 모두 무시하고 또 일부러 심어놓은 쓸 데 없는 것은 교묘히 피해 나가는 과정을 즐길 것이다.

분명히 말하건대 나는 이런 갖가지 논리를 모두 좋아한다. 그런 면에서 나는 일관성이 있지 않은가!

하지만 나 같은 합리주의자는 대체로 인류 역사가 흘러오는 동안 어리석고 생각 없는 사람들을 괴롭혀온 귀신에 대한 애매한 환상이나 저주, 주문, 텔레파시, 예지몽, 투시력을 비롯한 비현실적이며 어리석은 것들을 싫어할 것이다.

하지만 나는 그런 것들을 싫어하지 않는다. 나는 그 뭐라고 딱 꼬집어 말할 수 없는 환상적인 면을 몹시 좋아한다. 사물의 뒷면에 도사리고 있음직한 무서운 것들 생각에 몸에 소름이 돋고 부르르 떨리는 느낌을 좋아한다.

일관성이 없다고? 내가? 천만의 말씀이다. 만일 내가 실생활에서 환상을 받아들이지 않기 때문에 허구에서도 받아들이지 않는다면, 그런 나는 허구와 현실을 구별하지 못하는 사람이고 어리석은 일관성을 고집하는 사람임에 틀림없다. 그것은 전혀 나답지 않다.

생각해보자! 내가 실생활에서 환상을 받아들이지 않는 이유는 무엇일까? 그것은 우주를 바라보는 과학의 관점 뒤에 놓여 있는 두 가지 기본적인 가정을 내가 받아들이기 때문이다.

그 첫째는 우주가 '자연 법칙'이라는 일반적이고도 아주 강력한, 거역할 수 없는 기본 법칙에 따라 움직인다는 것이다. 둘째 인간은 조금씩 그 법칙을 풀어내어 그것을 바탕으로 실제의 세계를 이해할 수 있다는 것이다.

이것은 가정이기 때문에 증명할 수가 없다. 나는 이런 것을 하나의 신앙처럼 받아들이며, 그런 의미에서 우주를 과학의 관점으로 바라보는 것이 내 종교이다.

그러나 내가 이런 것을 받아들이는 데는 이유가 있다. 법칙에 따라 움직이는 우주는 이성적으로 이해가 가능하고 정을 붙이기 쉬운 대상이며, 살아보니 참 편안하고 따뜻하기 때문이다.

자연의 법칙은 현재 완벽하게 알려져 있는 것이 아니라 조금씩 더 깊게 조금씩 더 넓게 알려지고 있다. 우주를 이해하기 위해서는 온 뇌를 총동원해야 하지만 덕분에 우주는 재미있는 공간이 되고, 그 안에서 신나게 살아갈 수 있는 것이다.

환상을 받아들이게 되면 우주는 알 수 없는 신이나 악마의 변덕에 놀아나는 공간으로 변한다. 그렇게 되면 우주는 말할 수 없는 끔찍한 공간이 될 것이고, 무식이 최고의 미덕이 될 것이며, 맹목적으로 따르는 것이 가장 숭고한 행위가 될 것이다. 그리고 아양을 떨고 애원하는 것 말고는 인간이 할 일이 아무것도 없게 될 것이다. 고맙지만 그런 세상은 사양하겠다.

그런데 그것이 허구와 무슨 상관이 있을까? 그 사람이 에베레스트 산에 올라갈 생각이 없으므로 에베레스트 등반기를 읽지 말아야 한단 말인가?

논리와 이성이라는 것이 아무 쓸모가 없는 환상의 세계에 잠깐 들러, 법칙이 깨어질 수도 있는 삶의 주인공이 되어 대신 살아보는 것은 정말 즐겁지 않은가? 실제의 세계가 아니라고 할 때는 말이다. 그리고 당사자는 실제의 세계가 아니라는 것을 알고 있다.

실제로는 존재하지 않는 세계에 잠시 들어가 즐긴다고 해서 일관성이 없는 것은 아니다. 그러나 죽자고 싸워 진짜로 그런 세계가 있다고 우기면 일관성이 없다고 할 수 있다.

내 입맛에 맞추자면 가장 알싸한 맛은 서로 반대되는 것을 뒤섞을 때 생겨난다. 철저하게 합리적인 고전 추리소설을 읽을 수 있는 사람이라면 추리에 필요한 증거를 모조리 갖추는 동시에 논리에 조금의 흠도 없도록 만들어낸 조그마한 우주와 어떤 애매모호한 부분도 없도록 이끌어낸 세계를 상상해보라. 그리고 거기에다 실제 세계의 불완전한 모습뿐 아니라 법칙이 없는 환상 세계도 덧붙여보라. 여러분의 입맛에 딱 맞을 것이다.

적어도 내 입맛에는 맞다. 그래서 알싸하고 얼얼한 맛을 모아놓은 이 책 ≪신비한 환영≫이 마음에 든다.

지구는 우리 모두에게 하나밖에 없는 집이다. 어쨌거나 아직은 그렇다.
—아이작 아시모프

목성과 열여섯 개의 위성

어느 날엔가는 사람이 탄 우주선이 목성으로 다가가,
이제까지 무인 우주선을 원격조종하여 알아낸 것보다
훨씬 더 많은 것을 알아낼 수 있으리라는 기대를 가져도 될까?
그것은 기나긴 여행이 될 것이 분명하며, 갔다 오는 데만 몇 년이 걸릴 것이다.

 지구는 태양 주위를 꽤 가깝게 도는
다섯 천체 가운데 하나이다. 이 다섯 개의 천체를 '내부 태양계'라고 한다.
수성과 금성과 지구는 니켈과 철이 뭉쳐져 이루어진 커다란 공을 돌 같은
것이 에워싸고 있다고 생각하면 된다. 달과 화성은 돌뿐이다.

그리고 화성 저 너머에는 지구나 근처의 천체와는 전혀 다른 행성 네 개
가 있다. 이들을 '외부 태양계'라고 부르는데, 목성, 토성, 천왕성, 해왕성
이 그것이다.

이 네 개의 외부 태양계의 행성은 거대하며, 모두 지구보다 훨씬 크다. 이
들 전부를 합치면 태양을 돌고 있는 물체 전체 질량의 99.5퍼센트를 차지한
다. 나머지 0.5퍼센트는 지구와 내부 태양계의 다른 천체와 여러 위성, 소
행성, 별똥, 혜성 등이 차지한다.

이 네 개의 거대한 행성은 지구와 지구 주변의 천체와는 구조로 보나 화

학 성분으로 보나 전혀 다르다. 이 거대한 행성 한가운데에는 바윗덩이가 있을지 모르지만, 바깥 부분은 보통 때에는 기체 상태로 존재하는 물질이 이들 행성에서는 너무 압력이 높아 매우 뜨거운 액체로 뭉쳐 있다. 그 액체의 온도는 수천 도가 넘는다.

이들 거대 행성은 지구 근처의 천체와는 너무나 다르기 때문에 과학자들은 특히 많은 관심을 갖고 있다. 그러나 안타깝게도 지구에서 너무 멀리 떨어져 있어서 정보를 알아내기가 어렵다.

이 네 개의 거대한 행성 가운데 두드러지게 크고 별난 것은 목성이다. 목성은 나머지 세 행성을 한데 뭉친 것보다 2.5배나 무겁고 지구보다는 318.4배나 무겁다. 목성의 적도를 가로지르는 지름은 142,900킬로미터이다. 그러나 지구는 12,757킬로미터이다.

우리 눈에 보이는 목성 표면은 대기 위에 떠 있는 수소와 헬륨으로 이루어진 엄청나게 두터운 구름층일 뿐이다. 이것을 진짜 목성의 표면으로 친다면 지구보다 125배나 크다. 지구 표면을 목성에다 펼쳐놓는다면 지구 표면에서 인도와 파키스탄이 차지하는 정도의 면적을 생각하면 된다.

만일 우리가 좀 더 꼼꼼히 연구할 만한 거대한 행성을 하나만 고른다면 그것은 목성이 될 것이다. 게다가 우연하게도 목성은 지구와 가장 가까운 곳에 있다. 물론 '가장 가깝다'고 하지만 우리가 생각하는 거리는 아니다. 목성과 지구 사이의 거리는 6억3천만 킬로미터 이하로 줄어들지 않는다. 목성은 달까지의 거리보다도 1,650배나 멀리 떨어져 있고, 금성이 가장 가까이 다가왔을 때보다도 열여섯 배나 멀리 있으며, 화성이 가장 가까이 다가왔을 때보다도 열두 배나 먼 곳에 있다.

더욱이 우리는 직선으로는 목성까지 갈 수가 없다. 지구와 목성은 둘 다 태양을 중심으로 거의 원을 그리며 돌고 있다. 따라서 지구에서 출발하는 우주선 역시 태양을 중심으로 궤도를 그리며 돌게 된다. 이때 우주선의 궤도는 지구에서 시작하여 조금씩 바깥으로 벌어지는 곡선을 그리며 목성의 궤도를 교차해야 하는데, 목성과 교차하는 그 시점에 목성도 그 자리에 와 있도록 궤도를 잡아야 한다. 이 곡선의 길이는 직선일 때보다 훨씬 길다.

이처럼 쉽지 않은 조건 속에서도 인간은 지금까지 무인 '탐사 로켓' 여러 대를 목성으로 보냈다. 파이어니어 10호, 파이어니어 11호, 보이저 1호, 보이저 2호 등이 이렇게 발사된 탐사 로켓이다. 이들은 제각기 거의 2년 동안 우주를 날아가 목적지에 다다랐다. 그 첫 번째는 1973년 12월에 목성 근처에 도착했고, 네 번째는 1979년 12월에 도착했다. 탐사선은 제각기 카메라를 달고 갔으므로 목성과 그 주변 위성 사진을 지구로 보내올 수 있었다. 뿐만 아니라 다른 도구도 달고 갔으므로 그 밖의 정보도 보내올 수 있었다.

그 결과 지금은 탐사선이 가기 전보다 목성에 대해 훨씬 더 많은 정보를 알게 되었다.

어느 날엔가는 사람이 탄 우주선이 목성으로 다가가, 이제까지 무인 우주선을 원격조종하여 알아낸 것보다 훨씬 더 많은 것을 알아낼 수 있으리라는 기대를 품어도 좋을까?

그것은 기나긴 여행이 될 것이다. 갔다 오는 데만 4년이 걸릴 것이다. 그러나 전혀 불가능한 일은 아니다. 처음에는 배로 지구를 한 바퀴 도는 데 3년이 걸렸다. 앞으로 로켓이 발전을 거듭하면서 앞으로 수십 년 안에 목성까지 여행하는 데 걸리는 시간을 충분히 단축할 수 있을 것이다.

물론 목성에 도달한다고 해도, 오늘날의 우리 기술로는 어떻게 해볼 수 없는 문제점이 여러 가지 있다.

예를 들면 우리는 목성의 '표면'에 내릴 수가 없다. 앞에서도 말했지만 목성의 표면은 표면이라는 낱말이 일반적으로 담고 있는 의미와는 다르기 때문이다. 그저 구름층의 하나일 뿐이다. 우주선이 그곳에 착륙하려고 시도하면 목성의 대기 속으로 그저 끝없이 가라앉기만 할 것이다.

우리 눈에 보이는 이 목성의 구름층은 섭씨 영하 135도밖에 안 된다. 목성은 태양으로부터 우리보다 다섯 배나 멀리 떨어져 있어서 우리가 태양으로부터 받는 열과 빛의 4퍼센트밖에 받지 못한다는 점을 생각하면 이 온도는 놀랄 것이 못 된다. 그러나 눈에 보이는 표면 아래로 우주선이 가라앉으면 온도와 압력이 금방 올라가면서 우주선은 순식간에 부서질 것이다.

물론 우주선을 목성의 구름층 위의 궤도에 올려놓기만 하고 착륙은 하지 않게 할 수도 있을 것이다. 목성은 질량이 크기 때문에 지구에서보다 중력이 훨씬 강하다. 그러나 우주선이 궤도에 있다면, 목성의 중력은 '무게'로 느껴지지 않을 것이다.

그런데 이 우주선이 관측을 끝내고 나면 어떻게 빠져나와야 할까? 목성의 구름층 바로 위에서는 중력이 지구 표면의 2.5배이다. 우주선이 지구 표면에서 지구의 중력을 벗어나려면 초속 11.3킬로미터의 속력을 내야 한다. 목성의 구름층에서 목성의 중력을 벗어나려면 초속 60.5킬로미터의 속력을 내야 한다. 이런 속력을 내려면 엄청난 에너지가 필요하고, 이 에너지를 마련하려면 우주선에 충분한 양의 연료를 실어야 하는데, 이것은 해결해야 할 가장 큰 과제이다.

목성의 구름층 바로 바깥에 있는 궤도로 들어가려면 두 가지 문제를 해결해야 한다. 이 구름층 위로 올라가면 엷은 기체 덩어리가 있는데, 우주선의 움직임에 저항을 줄 정도의 덩어리이다. 이 같은 저항 때문에 궤도가 떨어져 우주선은 결국 대기 속으로 내동댕이쳐질 것이다.

그보다 더욱 고약한 문제는 목성에는 자기장이 지구보다도 스무 배에서 서른 배 정도 강하다는 사실이다. 이는 무인 우주선으로 알아낸 사실이다. 이런 자기장은 원자보다 작은 동시에 전기를 띠고 있는 입자를 너무나 많이 끌어 모은다. 이로 인한 목성의 방사선은 사람을 죽일 수 있을 만큼 강하다.

그렇다면 목성에 착륙하는 것이 몹시 어렵고, 또 궤도에 올라가는 것조차 위험한 것이라면, 많고도 많은 목성의 위성 가운데 한 곳에 착륙하여 그곳을 목성 관측 기지로 삼으면 되지 않을까?

목성에는 위성이 열여섯 개가 있다. 그 가운데 네 개는 아주 작고 (지름이 몇 킬로미터도 안 된다) 또 목성에 꽤 가깝게 떠 있다 (무인 탐사선은 이들 가운데 셋을 발견했다). 또 작은 알갱이로 이루어진 엷은 고리가 있어서 목성 가까이에 원을 그리며 돌아간다. 그런데 이러한 물체는 다가가기에는 너무나 위험할 정도로 목성 가까이에 있다.

더 바깥에는 커다란 위성이 네 개가 있다. 바깥에 있는 것부터 순서대로 나열하자면 이오, 유로파, 가니메데, 칼리스토가 그것이다. 이오는 달과 비슷한 크기이다. 유로파는 달보다 조금 작다. 가니메데와 칼리스토는 조금 크다.

이들 넷 가운데 제일 큰 가니메데는 지름이 약 5,270킬로미터로서, 태양계 안에 있는 위성 가운데 제일 크다. 실은 행성인 수성보다도 크다. (수성은 지름 약 4,870킬로미터로, 수성이 더 무겁다.) 수성은 바위와 금속으로 이루어져 있어서 그보다 큰 가니메데보다 무겁다. 가니메데는 바위와 얼음으로 이루어져 있다.

위성은 목성으로부터 매우 멀리 떨어져 있어서 대기층 훨씬 바깥에 떠 있고, 또 위성이 따로 대기층을 갖고 있지는 않다. 예를 들어 가니메데는 목성으로부터 달과 지구 사이 거리의 거의 세 배가 되는 1,070,000킬로미터나 떨어져 있다. 이 정도 거리에서는 목성의 중력이 위험하지도 않고, 또 가니메데 자체의 중력도 비교적 약하다.

그러나 여기서도 목성의 자기장은 아직 남아 있다. 목성의 자기장은 이 큰 위성 전체를 충분히 감싸고 있을 만큼 넓어서 여전히 위험은 남아 있다. 가장 멀리 떨어져 있는 위성 칼리스토가 이런 면에서는 가장 안전하지만, 이곳 역시 오랫동안 머물러 있기에는 위험하기 그지없다.

그러나 칼리스토 바깥에도 작은 위성이 여덟 개가 있는데, 이들은 아마 원래 소행성이었으나 목성을 지나가다가 목성의 인력에 붙들렸는지도 모른다. 이들 가운데 세 개는 목성으로부터 평균 1천1백에서 1천2백만 킬로미터 거리에서 돌고 있고, 나머지 다섯은 평균 2천1백에서 2천4백만 킬로미터의 거리에서 돌고 있다. 이들은 전부 목성의 자기장 훨씬 바깥에 떠 있으므로 우주 정거장으로 편리하게 이용할 수 있다.

이들 작은 위성들은 목성으로부터 멀리 떨어져 있긴 하지만 지나치게 멀리 떨어져 있는 것은 아니다. 바깥 부분에 있는 이들 위성에서 보면 목성은 우리가 지구에서 달을 보는 것 정도로 보인다. 이들 위성에서 망원경으로 보면 대기가 없으므로 같은 망원경으로 지구에서 보는 것보다 적어도 1만

배는 더 자세하게 보일 것이다.

이런 이점 말고도 바깥에 있는 위성에다 우주 정거장을 세우면 안쪽 위성과 목성을 향해 탐사선을 간편하게 자주 보낼 수 있다. 지금 이 순간 목성의 대기 속으로 탐사선을 보내자는 계획이 세워지고 있는 중이다. (챌린저호 참사 때문에 좀 늦추어지기는 했다.)[2] 목성의 바깥 위성에 우주 정거장이 있으면 이 일을 훨씬 더 효과적으로 해낼 수 있다.

탐사선이 목성의 대기 속으로 가라앉으면 깊이에 따라 달라지는 온도와 압력과 여러 가지 성질 등을 자세하게 알려줄 수 있을 뿐 아니라, 아주 추운 바깥층과 아주 뜨거운 안층 사이에 온도가 비교적 적당한 곳이 있을 것이 틀림없다.

이처럼 적당한 온도가 유지된다면 물이 있을지도 모른다. 사실 여기서는 어떤 형태의 생명체가 따뜻한 층에 머무르기 위해 아래쪽으로 내려갔다가 위로 다시 올라왔다 하면서 대기 속에 떠 있을지도 모른다.

커다란 위성도 하나하나 탐사해볼 수 있을 것이다. 위성 하나하나에 무인 탐사선을 궤도에 띄워놓을 수도 있고, 다른 탐사선으로는 실제로 표면에 착륙을 시도할 수도 있을 것이다. 이들 위성에는 저마다 흥미로운 점이 있다. 예를 들어 목성에 가까우면 가까울수록 목성의 인력 때문에 생겨나는 조석 효과는 더욱 커질 것이고, 그래서 그 위성에는 그로 인해 열이 더 많이 발생할 것이다.

목성의 위성 가운데 가장 멀리 떨어져 있는 칼리스토는 반 정도가 바위이

---

[2] 이 탐사선의 이름은 갈릴레오호이며, 1989년 10월 발사돼 14년 뒤인 2003년 9월 목성의 대기권 속으로 추락하면서 관찰의 임무를 마감했다. (옮긴이)

고 반 정도는 얼음이다. 이 위성이 생겨난 뒤 얼마 뒤에 별똥이 많이 떨어져 곳곳에 분화구가 생겨났다. 목성으로부터 멀리 떨어져 있기 때문에 칼리스토는 목성의 열 효과를 거의 받지 않았다. 그래서 지난 40억여 년 동안 변한 게 없이 대부분 그대로 남아 있다.

목성으로부터 두 번째 멀리 떨어져 있는 가니메데도 많은 얼음으로 덮여 있으며 분화구는 적다. 목성으로부터 영향을 더 강하게 받은 탓에 오랜 세월이 흐르면서 산등성이와 골짜기가 생겨나 있다.

가장 안쪽에 있는 위성인 이오는 너무 열을 강하게 받아 완전히 말라 있다. 이 위성은 내부가 몹시 뜨거우며 표면에는 살아 있는 화산이 많다. 태양계 안에서 지구 외에 화산활동이 일어나고 있는 곳은 이곳뿐이다. 이오의 화산에서는 황을 뿜어내고 있어서 위성 표면이 전부 노란빛과 주황빛을 띠게 되었고, 이곳에 있던 분화구도 거의 전부 황으로 메워졌다.

위성 가운데 가장 흥미로운 것은 제일 작은 유로파이다. 이 위성은 이오와 가니메데 사이에 떠 있다. 이 위성은 전체가 하나의 매끈한 얼음덩어리로 뒤덮여 있다. 별똥 때문에 얼음에 금이 가기도 하지만 분화구가 생겨나지는 않는다. 목성의 열 효과로 얼음 아랫부분이 녹아 있기 때문일 수도 있다. 태양계 안에서 지구 외에 바다가 생겨나 있는 곳은 지금까지 알려지기로는 이곳뿐이다. 이따금 물이 얼음의 깨진 틈으로 솟아올랐다가 다시 얼어붙는다.

유로파의 얼음덩어리를 깨고 그 밑에 있는 물속으로 탐사선을 보낸다면 아주 흥미로울 것이다. 이렇게 갇힌 바다 안에 혹시 어떤 형태의 생명체가 생겨나지는 않았을까 하는 궁금증을 떨쳐버릴 수가 없다.

이 점만은 분명하게 말할 수 있다. 목성과 위성에 도착하여 좀 더 자세히 연구할 수 있다면 흥미로우면서도 뜻밖의 것들을 발견할 수 있을 것이 틀림없다는 사실을.

광대한 바다를 오염시킬 수 있다는 것은 우리 능력의 표식이기도 하고 어리석은 우리 죄악의 표식이기도 하다. 그리고 우리는 그렇게 하고 있다.
-아이작 아시모프

우주를 바라보는 눈은 점점 넓어지고 있다

앞으로 우주는 어떻게 달라질까?
천문학자들은 우주 탐사가 계속되기를 바라면서,
다음 10년 동안 태양계 내에서 놀라운 것들이
더욱 많이 발견되기를 기대하고 있다.

1900년경에 망원경과 맨눈으로 하늘
의 별을 보았을 때, 별은 커다란 빈대떡 모양으로 무리지어 있다고 생각하
면서, 이 별 무리를 은하수라고 불렀다. 은하수의 크기를 대충 계산해봤더
니 가로질러 2만 광년 정도가 된다는 결과가 나왔다(1광년은 약 9조 5천억 킬
로미터이다). 은하수에는 별이 20억 개 내지 30억 개 정도 있다고 생각했다.

당시의 천문학자들은 은하수가 우주 전체에 해당할 거라고 생각했다.

사실 아주 오랜 세월 동안 사람들은 우주 안에는 태양계만 있을 뿐이며,
이 태양계 둘레를 별이 몇 천 개가 둘러싸고 있다고 생각했다는 사실을 더
듬어보면 이것도 매우 진보한 것이다. 그러나 1900년 이후 과학 문명이 눈
부신 발전을 하면서 이처럼 '커다랗게' 보인 것도 이내 아주 작은 것이 되고
말았다.

그 첫 번째 이유로는 천문학자들이 별까지의 거리를 계산해내는 새로운

방법을 알아냈다는 점을 들 수 있다. 1920년경에 할로 새플리 같은 사람이 은하수의 실제 규모를 연구해냈다. 은하수는 크기가 가로질러 10만 광년이며, 별은 2천억 혹은 3천억 개 이상이 될 것으로 드러났다. 은하수는 20년이라는 짧은 세월 전에 생각한 것보다 규모가 백배나 더 컸던 것이다.

그런데 이렇게 엄청나게 큰 은하수가 우주의 전부가 아니라는 사실이 드러났다.

하늘에는 빛나고 있기는 하지만 별이 있을 것 같지 않은, 흔히 '성운'이라고 부르는 작은 구름조각 같은 것이 있었다. 어쩌면 이런 성운은 너무 멀리 떨어져 있기 때문에 고성능 망원경으로도 정확하게 별을 볼 수 없었던 게 아닐까? 만일 그렇게 밝게 보이려면 별이 엄청나게 많이 모여 있어야만 되었다. 그것은 다른 은하계일 것만 같았다. 1920년대에 천문학자 허버 커티스 박사가 성운이 다른 은하계라는 사실을 뒷받침하는 증거를 보여주었고, 결국 천문학자들은 이를 확고하게 믿게 되었다.

이리하여 천문학자들은 처음으로 오늘날 우리가 정말 그럴 것이라고 생각하는 모습으로 우주를 보게 되었다. 우주에는 수많은 은하계가 모여 있고, 그 하나하나는 수십억에서 수조 개 정도의 별이 모여 있다는 것이다.

게다가 1920년대 말로 다가가면서 천문학자 에드윈 허블은 우주가 제자리에 머물러 있는 게 아니라는 것을 거의 확실하게 증명할 수 있었다. 떼를 지어 모여 있던 은하계가 서로 멀어져 가면서 그 사이의 거리가 차츰 커져가고 있다는 것이었다. 다시 말하면 우주가 팽창하고 있다는 것을 증명한 것이다.

허블과 천문학자들은 다른 은하계까지의 거리를 알아내는 방법을 연구해냈다. 가장 가까이 있는 것도 수백만 광년은 떨어져 있었다. 1950년대에 이르기까지 거리가 거의 10억 광년이 되는 아주 흐릿한 은하계가 다수 발견되었다.

그 뒤 1960년대에는 우리 은하계 안에서 어둡게 빛나는 별처럼 보이는 천체가 사실 아주 멀리 있는 물체라는 사실을 알아냈다. 이들은 '준항성체(퀘이사)'라 부르는데, 너무 멀리 떨어져 있어서 가운데의 밝은 부분만이 별처럼 빛나보이는 은하계이다. 제일 가까이 있는 준항성체조차 적어도 10억 광년은 떨어져 있고, 지금까지 발견된 준항성체 중 몇 개는 최소한 1백억 광년은 떨어져 있다는 사실이 확인됐다.

1980년대 말의 천문학 수준을 1900년과 비교해보면 우리가 생각하는 우주의 크기는 80년 동안 1백만 배나 커졌다. 1900년대 천문학자들은 우주에는 하나의 은하만 있을 것으로 생각했지만, 오늘날에는 은하가 1조 개는 있을 것으로 예상하고 있다.

우주는 몇 살이나 되었을까?

1900년대의 천문학자들은 우주에 대해 아무것도 생각할 수가 없었다. 당시의 천문학자에게 있어 우주란 영원부터 있었을지도 모르고, 하느님이 창조했을지도 모르는 일이었다. 별을 아무리 오래 연구한다 해도 밝혀낼 수 있는 길을 찾아내지 못할 것으로 생각했다.

그러나 망원경을 통해 우주가 팽창하고 있다는 사실을 알아냈으므로, 시간을 거꾸로 돌린다면 우주는 줄어들게 될 것이 틀림없다. 넉넉하게 옛날로 돌아간다면, 우주는 아주 작은 크기로 줄어들 것이다. 그렇다면 바로 그

때가 우주의 시작일 것이다.

1920년대 말, 천문학자 조르주 르메트르가 처음으로 이런 생각을 했다. 아주 오랜 옛날 작은 물체가 폭발하여 우주를 이루었고, 그 폭발로 생겨난 힘 때문에 오늘날에도 우주는 팽창하고 있다고. 1940년대에 와서 물리학자 조지 가모프가 이것을 '대폭발Big Bang'이라고 불렀고, 그 뒤로 이 명칭이 계속 쓰이고 있다.

대폭발은 언제 있었을까?

그것에 대한 답변은 은하계가 얼마나 멀리 떨어져 있는지, 그리고 얼마나 빨리 멀어지고 있는지를 알아내면 계산해낼 수 있다. 천문학자들은 이 수치를 알아낸 후, 거꾸로 계산해 들어가서 은하계가 얼마나 오래 전에 전부 한 점에 모여 있었는지를 알 수 있을 것이다.

지금으로서는 이 대폭발이 1백20억 년에서 1백50억 년 전에 일어나 우주가 생겨났다고 하는 것이 제일 사실과 근접한 계산일 것이다.

빛이 1광년의 거리를 가는 데에는 1년이 걸린다. 1백억 광년 정도 떨어져 있는 준항성체를 생각해보면, 거기에서 나온 빛이 우리에게 다다르기까지 1백억 년이 걸린 것이다. 우리는 우주가 시작되던 1백억 년 전의 바로 그 빛을 그대로 보고 있다.

그보다 더 멀리 떨어져 있는 어떤 것을 볼 수 있을 것이라는 기대는 하지 않는다. 그렇게 되면 우리는 대폭발이 있은 바로 뒤로 거슬러 올라가야 할 것이다. 그때는 은하계가 아직 생겨나기 전이었다.

별은 무엇일까?

1900년만 해도 별이 태양과 비슷할 것이라고 생각했다. 따라서 태양보다 크고 밝은 것도 있고, 작고 어두운 것도 있을 것이라고 짐작했다. 그러나 그 외에는 아무것도 짐작할 수 없었다. 그러나 1930년경에 한스 베테가 별은 핵에너지를 쓰고 있다는 것을 연구해냈다.

이 사실이 알려지자 별이 어떻게 생겨났는지, 또 어떻게 해서 그렇게 오래도록 안정된 상태에 머물러 있을 수 있는지, 어째서 결국에 핵연료가 떨어져 '적색거성'으로 부풀었다가 마침내는 쪼그라들고 마는지 등 별의 일생을 이해할 수 있게 되었다.

1910년대에는 지구보다 크지는 않지만 질량은 태양을 완전히 압축해놓은 정도의 작고 뜨거운 별 '백색왜성'이 발견되었다. 이러한 별은 비교적 작은 별이 저절로 짜부라져 생겨난 것으로 이해하게 되었다.

거대한 별은 짜부라지기 전에 '초신성'처럼 폭발하고, 그 다음에는 백색왜성보다 더 작은 물체로 변한다. 이것은 1960년대에 발견된 것으로 '중성자별'이라고 하는데, 가로질러 13킬로미터도 되지 않지만 질량은 태양과 맞먹는 물체이다. 과학자들은 거대한 별 가운데 아주 커다란 것은 점점 짜부라져 더욱 작은 물체로 변한 끝에, 결국에는 표면중력이 너무 커서 빛마저도 빠져나올 수 없는 상태에 다다를 것으로 믿고 있다. 이것을 '블랙홀'이라고 한다.

블랙홀은 관측하기가 매우 어렵다. 그러나 1980년대에 이르러 과학자들은 커다란 블랙홀이 은하계의 한가운데 있을 가능성이 있으며, 우리 은하계 안에도 있을 가능성이 있다는 확신을 얻게 됐다. 블랙홀이 있다면 수많은 은하계의 중심부에서 일어나고 있는 폭발을 설명할 수 있을지도 모른다. 우주는 1900년 대의 천문학자가 생각한 것보다 훨씬 위험한 곳이 된 셈이다

현대의 천문학자들은 1900년대에는 없었던 도구를 이용하고 있다. 1900년경에는 망원경, 분광기, 카메라 등이 있었지만, 모두가 보통 빛을 통해서만 쓸 수 있었다. 그런 것 외에는 이렇다 할 만한 게 없었다.

그러다가 1930년대에 전자파가 별에서 지구로 홍수처럼 밀려오고 있다는 사실을 발견했다. 1950년대에는 이러한 전자파를 연구·분석하기 위해 전파망원경이 만들어지게 되었다. 너무 멀리 떨어져 있어서 보통 망원경으로는 관찰할 수 없는 물체도 전파망원경으로는 자세하게 관찰할 수가 있었다. 준항성체나 중성자별, 블랙홀을 비롯한 여러 가지 천체는 전파망원경이 없었다면 절대로 발견해낼 수가 없었을지도 모른다.

1900년까지는 엔진을 이용하여 하늘을 날았던 사람이 아무도 없었다. 단지 기구만 있었을 뿐이다. 그러나 바로 그해 첫 비행선이 떴고, 또 1903년에는 첫 비행기가 날았다. 1920년대에는 액체 연료를 쓰는 로켓이 처음으로 발사되었다. 그리고 1950년대에는 첫 인공위성이 궤도로 올라갔다. 그리고 1969년에는 처음으로 인간이 지구 바깥 세계, 즉 달에 발을 올려놓았다.

한편 인간이 태양계를 바라보는 시야 또한 로켓과 우주 탐사선 덕분에 넓어지기 시작하여, 1900년경의 천문학자가 상상하던 수준을 훌쩍 넘어섰다.[3]

---

[3] 1990년에 허블 우주망원경이 미국의 우주왕복선에 실려 지구 궤도에 올라갔다. 반사경의 구경이 2.4미터이며, 가시광선과 적외선을 이용하는 망원경이다. (옮긴이)

사람들은 달 사진을 가까이 다가가서 찍는 것은 물론 자세히 살펴볼 수 있었다. 지구에서 보이는 면뿐 아니라 1950년대까지는 한 번도 볼 수 없었던 반대쪽 면까지도.

수성과 화성과 화성을 도는 두 개의 위성 지도도 만들었다. 화성에는 운하가 없었지만 (1900년대에는 운하가 있었다고 생각하는 천문학자도 있다) 분화구와 죽은 화산이 있기는 했다. 금성의 지도도 만들었다. 레이더를 이용하여 구름을 뚫고 관찰한 것이다.

우주 탐사선은 지구에서 아주 멀리 떨어진 곳을 여행하면서 목성과 토성 사진을 찍었는데, 토성 사진에서는 뜻밖에도 고리까지 아주 자세히 볼 수 있었다. 게다가 멀리 떨어진 위성도 탐사했다. 목성의 달 이오에는 활화산이 활동하고 있었고, 유로파는 매끈한 얼음으로 뒤덮여 있었으며, 토성의 달 티탄에는 대기층이 두터웠다. 뿐만 아니라 작은 위성도 여러 개 발견되었다.

그러면 20세기 말에는 어떻게 달라졌을까?

천문학자들은 우주 탐사가 계속되기를 바라면서, 앞으로도 태양계 내에서 놀라운 것들이 발견되기를 기대하고 있다.

그리고 우주 공간에 커다란 망원경을 올려놓을 날이 머지않았다. 지구 대기에 상관없이 우주를 바라볼 수 있게 되기를 바라고 있다. 이런 망원경으로는 멀리 떨어져 있는 물체를 지금보다 훨씬 더 자세하게 관찰할 수 있을 것이다. 그리고 어쩌면 우주가 영원히 팽창할 것인지, 아니면 어느 날부터 짜부라지기 시작할 것인지 알 수 있을 것이다. 뿐만 아니라 이런 망원경으로는 우주가 어떻게 진화했는지를 더욱 자세하게 알 수 있을지도 모른다.

천문학은 우리 세기에 많은 발전을 이루었다. 그리고 앞으로도 더더욱 발전할 것이다.

> 물질은 에너지가 뭉쳐 있는 것이다. 그 가운데 아주 작은 조각이 다른 형태의 에너지로 바뀌면 그 결과는 수소폭탄이 된다.
>
> ―아이작 아시모프

Chapter

우주는 언제까지
팽창할까?

우주는 자체의 인력이 끌어당기고 있는데도 불구하고 팽창하고 있다.
그 때문에 팽창하는 속도는 점점 떨어지고 있다.
그러나 인력의 이런 제동 효과는 어느 순간 팽창하는 것을 멈추고,
반대로 쪼그라들도록 할 수 있을 만큼 큰 것일까?

 라틴어에서 온 우주universe라는 말은
'한 덩어리처럼 돌아간다' 는 뜻이다. '모든 것' 을 한 덩어리로 뭉뚱그려 가
리키는 말이다. 세상의 모든 물질과 에너지를 통틀어 우주라고 한다.

우리는 우주 안에서 우주를 연구해야 하는 불리한 위치에 있다. 우리 가
까이에 있는 것은 뚜렷하게 볼 수 있지만, 사물이 멀어질수록 더 어두워지
고 흐릿해진다. 우리가 가지고 있는 도구를 모두 동원한다고 해도, 우주의
많은 부분이 너무 멀리 떨어져 있고 너무 어두워서 볼 수가 없다.

그렇지만 우리에게 보이는 부분만으로도 결론은 얻을 수 있다. 여러분은
전체를 한꺼번에 볼 수 있는 우주 밖의 위치에서 우주를 바라보고 있다고
상상해보라. (물론 이런 일은 있을 수 없다. '우주 바깥' 이라는 곳이 없기
때문이다. 하여튼 이렇게 상상해보기로 하자.)

우주는 가느다란 빛이 얼기설기 얽혀 있고, 그 사이사이가 텅 빈 하나의

입체로 보일 것이다. 빈 공간이 아주 많이 있을 것이고, 조금 큰 물체는 그 수가 좀 더 적을 것이고, 더 큰 것은 더 적을 것이다. 빛의 가닥은 여기저기에 작은 매듭이나 덩어리처럼 모여 있을 것이고, 더 밝은 매듭은 그 수가 더 적을 것이다.

우주는 빛으로 이루어진 구멍 많은 스펀지를 쏙 빼닮았을 것이다. 구불구불한 선으로 이어져 있는 빛의 가닥이나 얇게 퍼져 있는 빛의 판은 빛을 내는 점 1천억 개가 모여 이루어진 것이다. (어떤 것은 다른 것보다도 훨씬 더 밝다.) 이처럼 빛을 내는 점은 하나하나가 은하계이다.

우리가 바라보는 우주의 가장 두드러진 특징은 고요하다는 것이다. 외부에서 보면 어떤 일도 벌어지고 있는 것 같지 않을 것이다. 그 까닭은 우리가 서 있는 우주 바깥 자리에서 알아볼 수 있을 정도로 크고 꾸준히 일어나는 변화 가운데 빛보다 빠른 속도로 일어나는 것은 없기 때문이다. 빛의 속도는 (초속 30만 킬로미터) 상상할 수 없을 만큼 빠르다고 생각될지 몰라도, 우주 전체 규모로 볼 때 빛은 사실상 거의 움직이지 않는다고 볼 수 있다.

그렇다면 상상할 수 없는 어떤 일이 우주 안의 한 은하계 한가운데에서 일어나 빛이 더 나오지 않는다고 가정해보자. 그러면 우주는 점점 어두워져 갈 것이다. 그 같은 어둠의 물결이 그 한가운데에서 사방으로 가능한 한 가장 빠른 속도, 즉 빛의 속도로 퍼져나간다고 생각해보자. 우주 바깥에서 지켜보고 있는 우리는 (빛나는 점으로 보일) 그 은하계가 조금 어두워지기 시작하는 것을 볼 수 있을지 몰라도, 은하계가 완전히 꺼지기까지는 수만 년이 걸릴 것이다. 최소한으로 잡는다고 해도 우주 전체가 어두워지기까지는 120억 년이 걸릴 것이다.

만일 우리가 우주가 어두워지는 도중에 지켜보기 시작했다고 해도 우리는 죽을 때까지 전혀 아무런 변화도 볼 수 없을 것이고, 평생의 1백배만큼 산다 해도 아주 조금밖에 그 변화를 볼 수가 없을 것이다. (그리고 거꾸로 우주가 처음에는 어두웠다가 어느 지역에서부터 밝아진다고 해도 그 효과 역시 빛의 속도로 퍼져나갈 것이므로 마찬가지가 된다.)

우리 한 사람 한 사람은 우주에 존재하는 모든 것과 마찬가지로 때와 장소에 갇혀 살고 있다. 우리가 아는 한 인간은 어떠한 상황에서도 빛보다는 빨리 움직일 수가 없다. 빛의 속도에서도 우리가 은하계의 가장자리까지 갔다가 돌아오자면 16만 년이 걸릴 것이고, 우리 은하계에 가장 가까이 있는 안드로메다 은하계까지 갔다 오는 데는 460만 년이 걸릴 것이다. 아인슈타인의 상대성이론에 따라 생각해보면, 빛의 속도에서는 시간이 흐르는 속도가 0으로 떨어질 것이므로, 그 속도로 여행하는 사람은 시간의 흐름이 정지된 것처럼 느껴질 것이다. 그러나 우리가 은하수 끝까지 갔다 오는 사이에 지구에서는 16만 년이라는 시간이 이미 돌이킬 수 없이 지나가 버렸다는 것을 알게 될 것이다. 안드로메다에 다녀오는 사이에는 460만 년이 지나갔을 것이다.

그러나 우리는 빛의 속도로 여행할 수 있을 것 같지는 않다. 실제로 낼 수 있는 최고 속도는 빛의 속도 5분의 1을 넘을 것 같지가 않다. 그럴 때에는 그 속도로 여행하는 사람이 느끼는 시간은 상대적으로 그다지 느려지지 않는다. 그때에는 은하수 끝까지 갔다 오는 데 80만 년이 걸릴 것이고, 안드로메다까지 갔다 오는 데는 2천3백만 년이 걸릴 것이다. 그렇다면 누군가가 단단히 마음을 먹고 평생 동안 여행을 다닌다 해도 기껏해야 바로 근처

별 몇 군데만 갈 수 있을 뿐이다. 우주 바깥에서 볼 때는 그 여행거리가 0으로밖에 보이지 않는다.

그렇지만 우리가 우주를 전체적으로 바라볼 때, 시간을 백만 배 정도 빠르게 하여 우주의 움직임을 읽어낼 수 있다고 생각해보자. 아니면 어떤 친절한 신이 있어서 10만 년마다 우주를 사진으로 찍어두었는데, 이제 그 필름을 영사기에 걸 수 있는 기회가 생겨 1초당 열여섯 장면이 지나가도록 돌린다고 가정해보자.

이 정도의 속도라면 은하계는 놀라울 정도로 빠르게 변화할 것이다. 별들은 제각기 중앙을 중심으로 빠른 속도로 돌 것이다. 소용돌이 모양으로 생긴 은하계라면 소용돌이의 날개가 없어졌다 나타났다 할 것이다. 물론 우주 바깥에서 보면 이렇게 달라지는 게 보이지 않을 것이다. 빛나는 점은 언제나 빛나는 점 그대로일 것이다.

어떤 은하계는 이 정도의 속도에서 갑자기 빛을 쏟아내면서 폭발할 것이고, 어떤 은하계에는 블랙홀이 생겨나 몇 초 안에 엄청나게 커지면서 수백만 개의 별을 삼킬 것이다. 또한 몇몇 은하계는 서로 부딪혀 전자파를 비롯한 여러 가지 복사선을 엄청나게 쏟아낼 것이다. 그러나 이런 변화 역시 우주 바깥에서 보면 그다지 눈에 띄지 않을 것이다. 우주 바깥에서 볼 때 빛으로 된 점 가운데 어떤 점은 조금씩 밝아지고, 또 어떤 점은 점점 어두워지겠지만, 꼼꼼하게 측정하지 않는다면 알아차리지 못할 것이다.

그렇다면 시간이 더 빨리 흐르게 했는데도 우주는 전혀 움직이고 있지 않는 것 같아 보일까? 틀렸다. 움직이는 게 보일 것이다. 그리고 그것은 우주에 관한 놀라운 사실이다.

필름이 돌아가는 동안 우리는 우주가 눈에 띄게 부풀어오르는 것을 보게 될 것이다. 스펀지처럼 생긴 구멍이 천천히 커질 것이고, 구불구불 선으로 이어져 있는 빛 가닥이나 얇게 퍼져 있는 빛의 판이 천천히 흐릿하게 퍼지면서 점에서 나오는 빛은 어디든 세기가 약해질 것이다. 쉽게 말하면 우주 스펀지는 점점 더 커지고 어두워질 것이다.

필름을 거꾸로 돌려보면 어떨까? 우주는 눈에 띄게 쪼그라들 것이다. 스펀지 안에 있는 구멍이 점점 작아질 것이고, 구불구불 선으로 이어져 있는 빛 가닥이나 얇게 퍼져 있는 빛의 판은 천천히 두꺼워지면서 빽빽해질 것이다. 다시 말하자면 우주 스펀지는 점점 더 작아지고 밝아질 것이다.

만약 이 필름을 원래의 방향으로 계속 돌린다면 우주는 끝없이 늘어나 결국은 전혀 볼 수 없을 정도로 흐릿해질 것이다. 그러나 이 필름을 거꾸로 돌리는 일은 끝없이 할 수가 없다. 결국 우주는 쪼그라들어 아무것도 남지 않을 것이기 때문이다.

실제로 우리가 현재를 시작으로 16분의 1초마다 10만 년의 속도로 거꾸로 돌리면 대충 두 시간 만에 우주가 작은 점으로 줄어드는 것을 우주 바깥에서 바라볼 수 있을 것이다. 그 점은 말할 수 없이 밝고(눈에 보이는 빛을 내지는 않겠지만), 말할 수 없이 뜨거울 것이다. 그리고 얼마 후면 아무것도 보이지 않게 될 것이다.

다시는 아무것도 볼 수 없는 공간에서 필름을 원래의 방향으로 돌리면 말할 수 없이 밝고 뜨거운 점이 나타나 사방으로 퍼지기 시작할 것이다. 이것을 '대폭발big bang'이라고 한다. 오늘날의 천문학자들은 아무것도 없는 것에서부터, '양자이론'이라는 독특한 법칙에 따라 우주의 모든 물질과 에너지가 생겨난 것이 아닌가 생각하고 있다.

대폭발은 천문학자들에게 놀라운 주제를 안겨주었다. 처음 대폭발이 일어난 빛의 점은 균일한 성질을 띠고 있었을 게 틀림없다. 그 안에 있던 모든 것은 완벽하게 골고루 섞여 있었을 것이다. 그 점이 부푸는 동안에도 이렇게 완벽하게 골고루 섞인 상태가 유지되어야 한다. 오늘날의 우주는 끝없이 부풀면서 끝없이 엷어지는, 어디로 가나 똑같은 하나의 커다란 기체 덩어리라야 한다.

그러나 우주를 전체적으로 바라보면 매우 불규칙한 모습을 보게 된다. 물질과 에너지가 은하계라는 여러 점으로 엉겨 있고, 그리고 이들 은하계가 모여 구불구불한 선으로 이어지는 빛의 가닥이 되어 우주는 결국 스펀지 모양으로 보이게 된다. 우주는 어떻게 하여 모양도 없는 빛의 점에서 스펀지 모양으로 달라질 수 있었을까? 우주론을 연구하는 학자들은 이 문제를 놓고 끊임없이 논쟁하면서 새로운 이론을 만들어내려고 애쓰고 있다.

문제는 또 하나 있다. 우주는 끊임없이 부풀 것인가?

우주는 자체의 인력이 끌어당기고 있는데도 불구하고 팽창하고 있다. 그 때문에 팽창하는 속도는 점점 떨어지고 있다. 그러나 인력의 이런 제동 효과는 어느 순간 팽창하는 것을 완전히 멈추고, 반대로 쪼그라들도록 할 수 있을 만큼 큰 것일까?

이는 우주에 얼마나 많은 양의 물질이 있느냐에 달렸다. 물질 때문에 인력이 생겨나기 때문이다. 지금으로서는 우리가 찾아낼 수 있는 물질의 양이 언젠가는 팽창하는 것을 멈추는 데 필요한 양의 1퍼센트를 넘지 않는 정도인 것 같다. 그러나 우주가 언젠가는 팽창을 멈추리라는 기미가 보인다.

따라서 만일 우주가 정말로 팽창을 멈춘다면, 우주에는 지금까지 우리가 찾아냈던 물질의 양보다 적어도 백배는 많은 물질이 있을 것이라고 예측할 수 있다.

이것을 '찾아내지 못한 질량의 수수께끼'라고 부르는데, 우주론을 연구하는 학자들 사이에서는 이 문제를 놓고 열띤 논쟁이 벌어지고 있다.

지금 이 순간 생명의 가장 슬픈 모습은, 사회가 지혜를 얻는 것보다도 더 빠른 속도로 과학이 지식을 얻는다는 사실이다.

-아이작 아시모프

Chapter

과학계를 바꾸어놓은 한 사람

$E=mc^2$.
이는 질량과 에너지가 서로 어떤 관계인지 알 수 있는 수식이다.
이로써 핵에너지를 이해하는 길이 열렸으며,
이는 다시 핵폭탄과 핵발전소 개발이라는, 나쁜 길과 좋은 길로 이어졌다.

 알베르트 아인슈타인이 1979년 3월
14일까지 살아 있었다면 그는 1백 번째 생일을 맞이하였을 것이다. 뿐만 아
니라 자신의 연구가 열매를 맺어 대변혁이 일어난 과학 세계를 뿌듯하게 바
라보았을 것이다.

아인슈타인은 1879년 독일에서 태어났다. 어린 시절의 그에게는 과학계
에 혁명을 일으킬 만한 존재라는 징조는 그 어디에서도 찾아볼 수 없었다.
장차 큰 인물이 될 것 같은 기미는 전혀 보이지 않았다는 뜻이다. 그는 말을
배우는 것이 너무 더뎌서 주위 사람들이 늦되는 아이가 아닌가 생각했다.
고등학교 때는 라틴어와 그리스어 성적이 너무 나빠, 한 선생님은 그를 불
러다놓고 학업을 포기하라고 권하면서 희망이 없음을 예언했다.

"넌 앞으로 그 무엇도 해낼 수 없을 거야, 아인슈타인."

그러나 그는 어찌어찌해서 어렵사리 스위스에 있는 대학에 갈 수 있었다.

또 어찌어찌하여 어렵사리 졸업을 했다. 그러나 졸업은 했지만 교사 자리를 얻을 수가 없었고, 1901년에 아버지의 친구 덕분에 겨우 스위스의 베르네에 있는 특허청 초급 공무원 자리를 얻을 수 있었다.

그는 일을 시작하였는데, 그곳의 일은 다행스럽게도 종이와 연필과 수학만 있으면 되었다.

1905년, 스물여섯 살 때 그는 세 가지 주제를 다룬 중요한 논문을 내놓음으로써 과학의 무대 위로 신화처럼 등장했다.

그중 한 논문에서는 광전효과를 다루었는데, 광전효과란 몇몇 금속에 빛이 닿으면 전자가 나오는 현상을 말한다. 1902년에는 이렇게 나오는 전자가 띠는 에너지는 빛의 세기와는 전혀 관계가 없다는 사실이 발견되었다. 빛이 밝을 때는 어두울 때보다 내놓는 전자의 수가 많아지기는 하지만, 에너지를 더 많이 띠는 전자를 내놓지는 않았다는 것이다. 당시의 물리학자들 사이에서 이 문제는 수수께끼였다.

아인슈타인은 5년 전 막스 플랑크가 내놓은 '양자(量子)이론'을 자신의 이론에 적용했다. 플랑크는 물체가 다양한 온도에서 내놓는 복사선의 성질을 설명하면서 에너지 조각이 뭉쳐서 나올 것이라고 가정했다. 플랑크는 이 에너지 조각을 '양자'라고 불렀다. 빛의 주파수가 높을수록 (파장이 짧을수록) 양자가 띠는 에너지는 많아진다.

당시에는 양자이론이 그다지 널리 받아들여지지 않았다. 플랑크가 방정식을 끼워 맞추기 위해 그저 숫자놀음만 하고 있는 것처럼 보였기 때문이었다. 플랑크 스스로도 '양자라는 게 정말 존재할까?' 하고 의심을 품고 있었다. 그런데 아인슈타인이 이 양자 개념을 파고든 것이다.

아인슈타인은 하나의 금속이 있을 때, 거기에서 전자 한 개가 튀어나오게 하려면 일정한 양의 에너지를 띤 양자 한 개가 필요하다는 것을 밝혀냈다. 따라서 빛의 주파수가 어느 수준을 넘어서면 전자를 내놓을 것이고, 거기에 미치지 못하면 내놓지 않을 것이다. 아주 약한 빛이라고 해도 주파수가 어느 정도 높으면 전자를 얼마간 내놓을 것이고, 아주 센 빛이라고 해도 주파수가 낮으면 전자가 한 개도 나오지 않을 것이다. 빛의 주파수가 높으면 높을수록 양자도 클 것이고, 나오는 전자가 띠는 에너지도 클 것이다.

양자이론이 전혀 생각지도 못한 방향으로 맞아들어 간다는 사실이 밝혀지자 과학자들은 이 이론을 받아들일 수밖에 없었다. 양자이론은 물리학과 화학을 구석구석까지 다 바꿔놓았다. 이 이론을 받아들인 시점이 '고전 물리학'과 '현대 물리학'의 경계선이 되었고, 아인슈타인은 이 경계선을 세우는 데 적어도 플랑크가 한 만큼의 영향을 끼쳤다.

1912년 아인슈타인은 이 공로로 마침내 노벨 물리학상을 받았다. 그러나 아인슈타인이 가장 큰 영향을 끼친 분야는 광전효과 부분이 아니다. 1905년 아인슈타인은 두 번째 내놓은 논문에서 '브라운 운동'을 수학을 이용하여 분석했다. 이런 운동이 있다는 사실이 처음으로 알려진 것은 그보다 75년쯤 전의 일이다. 당시 꽃가루나 염색약 가루처럼 물속에 퍼져 있는 아주 작은 물체는 이유는 알 수 없지만 아주 불규칙하게 떨린다는 사실이 알려졌는데, 발견한 사람의 이름을 따서 '브라운 운동'이라 불렀다.

아인슈타인은 물 분자가 아무렇게나 움직이고 있을 것으로 보았다. 또 때때로 한 방향에서 이 아주 작은 물체에 부딪히고, 다음에는 다른 방향에서 부딪히는 게 아닌가 생각했다. 그러면 물속에 퍼져 있는 이 물체는 처음에는 한 방향으로 밀려갔다가 다음에는 또 다른 방향으로 밀려갈 것이었다. 아인슈타인은 이런 식의 운동을 지배하는 방정식을 만들어냈는데, 그것으로 물 분자의 크기도 계산해낼 수 있었다.

화학에서는 이미 한 세기 동안 원자와 분자를 화학의 일부로 생각하고 있었지만, 그런 것이 실제로 있다는 직접적인 증거는 없었다. 화학자들은 누구나가 원자나 분자는 화학 반응을 더 쉽게 이해하기 위해 지어낸 편리한 말에 지나지 않는다고 알고 있었다. 단지 그뿐이었다. 프리드리히 오스트발트 같은 과학자는 원자란 허구에 지나지 않는다는 의견을 고수하며 원자 없이 화학을 설명하려고 애썼다.

그러나 아인슈타인의 방정식이 발표되자 학자들은 원자의 여러 성질을 직접 알아볼 수 있는 기회를 얻은 셈이 됐다. 그 방정식에서 물 분자의 크기를 뺀 나머지 여러 값이 정해진다면 물 분자의 크기를 계산할 수 있을 것이었다.

바로 이 작업을 1913년에 장 페랭이라는 물리학자가 해냈다. 물 분자의 크기를 계산해낸 것이다. 그의 계산을 바탕으로 다른 원자의 크기도 알려지게 되었다. 오스트발트는 반대 이론을 포기했다. 그래서 처음으로 원자가 정말로 존재하는 물체라는 것을 사람들이 널리 인정하게 되었다. 오로지 믿음으로만 원자가 있다고 받아들일 필요가 없어진 것이다.

한 해 동안 양자와 원자 모두의 존재를 확고하게 밝혀놓았으므로 아인슈타인은 그해에는 그쯤해서 쉴 수도 있었겠지만, 더 큰 업적이 그를 기다리고 있었다.

아직 1905년이었다. 아인슈타인은 우주에 대한 새로운 관점을 세워놓을 연구보고서를 냈다. 아이작 뉴턴의 우주관은 두 세기하고도 4반세기 동안 최고의 자리에서 세상을 지배했지만, 이제 이 새로운 관점에 자리를 내주게 되었다.

뉴턴의 옛 관점에서 보면 속도는 정확하게 더해서 계산할 수 있는 것이었다. 땅을 기준으로 시속 20킬로미터로 달리는 기차를 타고, 그 기차 지붕에서 기차가 가는 쪽으로 기차를 기준으로 속도가 20킬로미터가 되도록 공을 던지면, 그 공은 땅에서 볼 때 20에다 20을 더한 속도, 즉 시속 40킬로미터로 날아간다. 이것은 사과 20개에다 20개를 더하면 40개가 되는 것만큼이나 틀림없고 정확하다고 생각했다.

아인슈타인은 관찰하는 사람을 기준으로 보았을 때, 빛의 속도는 그 빛이 나오는 물체가 어떻게 움직이고 있느냐에 상관없이 언제나 일정하다는 가정에서 출발했다.

따라서 움직이지 않는 기차의 전조등에서 빛이 나오면 그 빛은 땅을 기준으로 초속 30만 킬로미터로 앞으로 나아간다. 시속 20킬로미터의 속도로 달리는 기차의 전조등에서 빛이 나오면 그 빛도 땅을 기준으로 보았을 때 여전히 초속 30만 킬로미터로 나아간다. 만일 초속 10만 킬로미터로 달리는 기차에, 아니면 초속 29만 킬로미터로 달리는 기차에 붙은 전조등에서 빛이 나온다면 어떨까? 그 빛 역시 땅을 기준으로 초속 30만 킬로미터로 나아간다.

이것은 상식에 어긋나는 것 같지만, 우리가 '상식'이라고 부르는 것은 빛보다 훨씬 느린 속도를 다뤄본 경험에 기초를 두고 있을 뿐이다. 이렇게 느린 조건에서는 속도를 실제로 계산해서 더하고 뺄 수가 있다. 아인슈타인은 자신이 가정한 전제조건을 바탕으로 속도를 더하는 공식을 연구해냈는데, 이 공식으로 계산하면 보통 속도에서도 서로 더한다는 것이 반드시 산수계산처럼 되지는 않아서, 20 더하기 20이 반드시 40이 되지는 않는다. 이 공식으로 계산하면 속도가 빠르면 빠를수록 그냥 더한 것보다 훨씬 적게 나오고, 빛의 속도가 되면 더 더해지지 않는다.

그가 가정으로 삼은 전제조건으로부터 온갖 이상한 결과가 따라 나왔다. 질량이 있는 것은 뭐든지 진공상태에서의 빛보다 더 빨리 갈 수가 없다는 결과가 나왔다. 움직이는 방향의 길이는 속도에 따라 줄어들고, 질량은 늘어나며, 시간이 흐르는 속도는 떨어진다는 결과가 나왔다. 또한 빛을 '에테르'라는 신비한 물질이 진동하는 것으로 볼 필요가 없다는 결과도 나왔다. 빛은 에테르의 진동이 아니라, 덩어리진 알갱이 같은 양자의 형태로 진공을 통과할 수 있다는 것이다. 빛을 이루는 이 양자를 '광자(光子)'라고 부르게 되었다.

아인슈타인의 방정식에서 빛의 속도를 무한대로 놓으면 뉴턴의 방정식과 똑같이 된다. 로켓으로 내는 것과 같은 느린 속도에서는 뉴턴의 방정식이 잘 들어맞는 것은 빛의 속도가 아주 빠르기 때문이다. 그러나 아주 빠른 속도에서 뉴턴의 방정식이 잘 들어맞지 않는 것은 빛의 속도가 빠르기는 해도 무한하지는 않기 때문이다. 그래서 원자 내부의 입자에서는 뉴턴의 방정식이 들어맞지 않는다.

결과가 괴상하기는 했지만, 바로 위와 같은 이유 때문에 상대적 운동에 대한 아인슈타인의 이론을 받아들일 수밖에 없었다. 아인슈타인의 방정식은 뉴턴의 방정식이 맞아 들어가지 않는 곳에서 맞아 들어갔던 것이다. 아인슈타인의 이론을 이해하지 못하면 입자 가속기와 같은 것이 만들어질 수가 없고, 그랬다면 원자 물리학에서 원자를 구성하는 입자에 대해 아주 초보적인 성질 말고는 아무것도 알아낼 수 없었을 것이다.

아인슈타인의 방정식은 질량은 고도로 압축된 에너지의 한 형태임을 보여주면서, 질량과 에너지가 서로 어떤 관계인지 알 수 있는 수식을 내놓았다. (유명한 $E=mc^2$.) 이 때문에 에너지 보존이라는 개념을 새로이 이해하지 않을 수 없었고, 이로써 핵에너지의 중요성을 이해하는 길이 열렸다. 이는 다시 핵폭탄과 핵발전소 개발이라는, 나쁜 길과 좋은 길로 이어졌다.

아인슈타인의 1905년 이론은 관찰하는 사람을 기준으로 일정한 속도를 유지하며 움직이는 특별한 경우에만 적용되었다. 그래서 이를 '상대성의 특별 이론'이라고 불렀다. 1915년 그는 이를 더 넓혀 속도가 달라지는 운동에도 적용되도록 하여 '상대성의 일반 이론'을 만들어냈다.

현대 우주론과 우주 진화론의 기초가 된 것은 바로 이 일반 이론이다. 이로써 처음으로 우주를 한 덩어리로 보았을 때의 성질과 또 우주가 어떻게 생겨났을까 하는 것을 합리적으로 생각할 수 있게 되었다.

일반 이론과 관련하여 아인슈타인이 만들어낸 여러 방정식으로는 수성이 태양에 가장 가까이 다가갔을 때의 운동을 설명할 수 있었다. 뉴턴의 이론으로는 설명할 수가 없었던 부분이다. 아인슈타인의 방정식에서는 중력이 작용하고 있는 곳을 빛이 지나면 그 길이 구부러질 것으로 예측했는데, 1919년에 있었던 개기일식 동안 태양 근처에 있는 별의 위치를 재었을 때 이것이 사실이라는 것이 분명해졌다.

또 중력이 끌어당기는 반대 방향으로 움직일 때 빛은 에너지를 잃을 것으로 예측했는데, 이는 1925년에 쌍성인 시리우스의 두 별 중 하나인 백색왜성에서 오는 빛을 연구한 결과 확인되었다. 우연한 일이지만 이것은 또 백색왜성이라는 것이 있을 수 있다는 것을 보여준 결정적인 증거였다.

일반 상대성이론의 여러 방정식에서는 우주가 부풀고 있을 것으로 예측했는데, 이는 1920년대에 증명이 되었다. 이들 방정식에서는 중력파와 블랙홀의 존재도 예측했다.

1917년, 아인슈타인은 원자와 분자가 한번에 양자 하나만큼의 에너지를 얻을 때와 잃을 때에 대해 생각했다. 아인슈타인은 분자가 얻은 에너지와 정확하게 같은 양의 에너지를 지니고 있는 광자가 그 분자에 와서 부딪히면 그 분자는 얻었던 에너지를 내놓는다는 사실을 밝혀내었다. 그 분자는 부딪혔던 광자와 크기가 같은 광자 하나를 내놓고, 원래 와서 부딪힌 광자가 움직이던 방향으로 광자를 또 하나 내놓는다. 광자 하나가 들어와서 똑같은 광자 두 개가 나간다는 것이다.

그로부터 34년 뒤, 찰스 타운스라는 물리학자가 이 원리를 이용하여 메이저(분자증폭기)를 고안해냈다. 그리고 다시 그로부터 9년 뒤에는 시어도어 메이먼이라는 물리학자가 이를 이용하여 레이저(광증폭기)를 고안해냈다.

레이저는 위상이 같은 단색 빛으로 이루어진 단단한 다발을 만들어내는 장치인데, 전파 대신 사용할 수 있기 때문에 가까운 장래에 통신 분야에서 결정적 발전을 이루는 데 한몫을 할지도 모른다. 레이저는 또한 수소 융합을 일으킬 수 있으므로, 지구의 에너지 위기를 충분히 해소시킬 수 있는 인공 융합 에너지를 개발해내는 데 이용될지도 모른다.

이 역시 아인슈타인의 원리를 이용한 것이다.

그 뒤에도 그는 업적을 남겼다. 1940년대에 젊은 과학자 몇 사람이, 일본과 독일이 핵폭탄을 개발하기 전에 먼저 핵폭탄을 개발해내기 위해, 미국의 루스벨트 대통령에게 정부 자금을 대게 하려고 결심했다. 대통령에게 보내는 편지에 서명하도록 부탁을 받은 사람은 아인슈타인이었다. 이 일을 해낼 수 있는 사람은 아인슈타인뿐이었던 것이다.

그런데 그 무렵에 이르러 아인슈타인은 물리학 분야의 주류를 벗어나 있었다. 1929년에 베르너 하이젠베르크는 '불확정성 원리' 라는 것을 연구해냈는데, 운동량과 위치 같은 일정한 물리적 성질을 동시에 정확하게 재는 데는 한계가 있다는 것을 보여주었다. 이론상으로도 측정할 수 없으며, 어떤 것은 오로지 확률이나 통계만을 놓고 이야기할 수 있을 뿐이라는 것이었다.

아인슈타인은 그것을 도무지 받아들일 수가 없었다. 그런 개념 자체가 너무나 불쾌했던 것이다. 그는 이렇게 말했다.

"하느님이 우주를 놓고 주사위놀이를 하고 있다고는 믿을 수 없다."

그러나 있는 그대로의 우주에서 나타나는 여러 가지 모습을 설명해주는 것은 바로 이 불확정성 원리이다. 그리고 아인슈타인은 이를 받아들이지 않음으로써 과학 발전에서 뒤쳐지게 되었다. 그래서 그는 일생의 마지막 3분의 1 동안에는 거의 아무 성과도 이끌어내지 못했다.

그러나 상관없는 일이다. 그는 자기 일생의 두 번째 3분의 1 기간 동안 열 사람으로도 모자랄 만큼의 업적을 남겼으니까.

Chapter

제5의 힘은 있는 것일까?

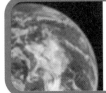

과학자들은 물체가 어떻게 떨어지는지, 또 관성과 중력에
어떻게 반응하는지를 세밀하게 관찰해보았다. 그 결과 이들 둘은
정말로 1조 분의 1까지도 같아보였다. 그런데도 과학자 가운데는
그렇게 확신하지 못하는 사람이 많다.

 우주에는 네 가지 힘이 있는 것으로 알
려져 있다. 이 네 가지 힘 때문에 물체는 서로 다가가거나 서로 밀어내게 된
다. 네 가지 '인력'과 '척력'이 있는 것이다.

첫째는 '중력'인데, 이것은 우리를 땅에 붙들어둘 뿐 아니라 조심하지 않
을 때에 넘어지게도 한다. 두 번째는 '전자기력'으로, 원자와 분자가 서로
붙어 있게 붙들어주고, 또 원자 안에서는 전자를 한가운데 있는 핵에 붙들
어 매준다. 세 번째는 '강한 핵력'인데, 이것은 원자 한가운데에 있는 핵이
뭉쳐 있도록 해준다. 네 번째는 '약한 핵력'으로서, 이것 때문에 어떤 원자
핵은 더 작은 것으로 쪼개어지면서 방사선을 내놓고, 이 때문에 태양이 빛
을 낸다.

이들 네 가지 힘은 모두 우주가 우주다움을 갖고 지탱해나가는 데에 절대
로 필요한 것이다. 이들 네 가지 힘이 없이는 물질이 있을 수가 없고, 별과

행성, 그리고 우리도 있을 수가 없다.

그런데 다섯 번째 힘은 과연 있을까? 최근까지 과학자들은 없는 것이 틀림없다고 생각했다. 이들 네 가지 힘으로 모든 것을 설명할 수 있을 것이므로 다섯 번째 힘은 필요가 없는 것이었다.

그러면 이들 네 가지 힘을 한 번 자세히 살펴보자. 이들은 그 세기가 같지 않다. 가장 센 것은 '강한 핵력'이다. 그래서 그렇게 부른다. 양성자 두 개가 가까이 놓여 있을 때, 강한 핵력은 서로 붙으려고 끌어당기는 반면 전자기력은 따로 떨어지려고 민다. 그러나 강한 핵력은 전자기력의 백배가 넘기에 양성자는 함께 모여 있다. 그래서 원자의 핵이 있을 수 있다. '약한 핵력'을 이렇게 부르는 것은 강한 핵력이나 전자기력보다도 훨씬 약하기 때문이다. 강한 핵력은 약한 핵력보다도 1백조 배는 강하다.

그러면 중력이 남는다. 지구는 중력으로 우리를 붙들어주기 때문에 우리는 떨어져 나가지 않고 땅 위에 머물러 있다. 지구는 또 달을 궤도에 붙들어주기도 한다. 따라서 중력은 정말 세다고 생각될 것이다. 그러나 사실은 그렇지 않다. 중력은 이들 네 가지 힘 가운데 가장 약하다. 그것도 아주 약하다. 강한 핵력은 중력보다 1천의 억, 억, 억, 억, 억 배쯤 강하다.

자, 그러면 중력의 효과가 어째서 우주에서 그토록 크게 작용할까? 그것은 강한 핵력과 약한 핵력은 힘이 미치는 거리가 아주 짧기 때문이다. 거리가 멀어지면 힘이 아주 약해지기 때문에 1조 분의 1센티미터만 떨어져도 느껴지지 않을 정도이다. 다시 말해 원자핵 안에서만 통하는 힘이다.

그러나 전자기력과 중력은 미치는 범위가 엄청나다. 거리가 멀어지면 힘의 세기가 아주 천천히 떨어지기 때문에, 거리가 여러 광년 떨어져도 힘이

작용한다. 그런데 전자기력은 밀고 당기는 양쪽 방향의 힘을 동시에 지니고 있는 데다 이 두 힘은 거의 균형을 이루고 있다. 따라서 전체적으로는 당기거나 미는 힘 가운데 하나가 약간 더 셀 때에만 느낄 수 있다. 그래서 거리가 많이 떨어지면 힘이 없다고 봐도 된다.

그런데 중력은 오로지 끌어당기기만 한다. 그뿐 아니라 아주 약하기는 하지만 물체 안에 있는 물질의 양(질량)에 따라 강해진다. 바위 둘은 서로 거의 끌어당기지 않는다. 질량이 너무 작기 때문이다. 소행성도 중력이 그다지 강하지 않다. 그러나 지구나 달과 같이 커다란 물체는 서로 단단히 붙들고 있다. 태양의 중력은 훨씬 더 크다. 그리고 별이 모여 있는 전체 은하계의 중력은 더욱 강하다. 따라서 우주를 붙들고 있는 것은 중력이다.

중력을 만들어내는 질량을 '중력질량'이라고 한다. 질량은 움직임을 잘 바꾸지 않으려는 성질이 있다. 같은 속도로 날아오는 탁구공을 한쪽으로 쳐내기는 쉽지만, 탁구공만한 크기의 백금 공을 쳐내기는 훨씬 더 힘들 것이다. 움직임을 쉽게 바꾸려고 하지 않는 성질을 '관성'이라고 한다. 이는 질량에 따라 커지기 때문에 사람들은 '관성질량'이라는 말을 쓴다. 중력이나 관성 효과는 두 가지 모두 물체의 질량을 알아내는 데 쓰일 수 있고, 두 가지 방법으로 알아내는 값은 언제나 거의 같다. 아이작 뉴턴은 중력의 법칙을 연구해낼 때 중력질량이나 관성질량은 언제나 같다고 가정했다.

알베르트 아인슈타인이 뉴턴의 이론을 더욱 발전시켰을 때에도 그렇게 가정했다. 이들 둘은 똑같기 때문에 무거운 물체를 높은 곳에서 떨어뜨려도 떨어지지 않으려는 경향이 있다. 그렇지만 중력이 끌어당기는 힘이 더 세다. 이런 두 가지 측면이 균형을 이루기 때문에, 질량이 서로 다른 물체도 떨어질 때 붙는 가속도는 같다.

과학자들은 물체가 어떻게 떨어지는지, 또 관성과 중력에 어떻게 반응하는지를 세밀하게 관찰했다. 그 결과 이들 둘은 정말 1조 분의 1까지도 같아 보였다.

그런데 과학자들 가운데는 그렇게 확신하지 못하는 사람도 있었다. 관성과 중력이라는 두 가지 현상은 서로 너무 달라보이기 때문에, 질량을 재는 이 두 가지 방법이 항상 같은 결과를 얻는다는 것 자체가 의문스럽다고 생각하는 것이었다. 실제로 같지 않을 수는 없을까?

1980년대 중반 과학자들이 아주 정밀하게 이들 둘을 재어보았는데, 그들 중 몇몇은 관성질량과 중력질량이 서로 정확하게 똑같지는 않다고 생각한 것 같았다. 작디작은 차이가 있다는 것이다.

이런 차이가 생겨나는 이유를 설명하는 한 가지 방법은 중력보다도 더 약한, 한 백 배는 약한 다섯 번째 힘이 있다고 가정해보는 것이다. 더 나아가 이 힘은 미치는 범위가 아주 좁아서, 대충 1킬로미터 정도밖에 되지 않는다고 해보자. 그리고 이 새로운 힘은 중력처럼 물체를 끌어당겨 한데 모이게 하는 것이 아니라 서로 밀어내는 힘이라고 해보자. 마지막으로, 이 힘은 전체 질량뿐 아니라 특정한 원자핵의 질량에 따라서 달라진다고 가정해보자. 예를 들어 철과 알루미늄에 미치는 영향이 서로 다르다고 가정해보자.

이 모든 성질이 너무 생소했기 때문에 과학자들은 대부분 이 같은 생각을 받아들이기를 몹시 꺼려하고 있다. 더욱이 관련 실험은 아주 미묘한데다가 나타내는 차이가 너무나 작기 때문에 그다지 믿을 수 있을 것 같지도 않다. 그러나 더더욱 정밀한 실험 방법을 개발해내고 있는 과학자가 있기 때문에,

머지않아 이 다섯 번째 힘이 있는지 없는지 그 결과를 분명히 알 수 있을 것 같다. 만일 다섯 번째 힘이 있다면 과학자는 설명할 게 매우 많을 것이고, 세상은 아주 흥미진진해질 것이다.

> 전기와 전자의 차이는 다리미와 텔레비전의 차이와 같다.
>
> —아이작 아시모프

공룡보다 훨씬
위험한 동물

6천5백만 년쯤 전 세계의 모든 파충류가 갑자기 사라져 버렸다.
그때 몇몇 동물은 살아남았는데, 이들 중 유난히 덩치가 큰 파충류는 없었다.
살아남은 동물은 숫자가 불어나면서 여러 가지 복잡하고
커다란 형태의 동물로 진화했다. 우리 인간도 그 가운데 하나이다.

생명체는 지구 역사의 초창기인 30억
년보다 훨씬 이전에 생겨났다. 그리고 그 가운데 90퍼센트 정도 되는 기간
을 바다에서만 지냈다. 그 뒤 약 3억 4천만 년 전에 동물이 처음으로 땅 위
로 올라오기 시작했다.

처음에는 그저 잠시 올라왔을 뿐이었다. 동물은 땅 위에 살면서 공기 중
의 산소를 들이마시는 법을 개발하기 시작했다. 그런 상황에서도 이들은
알을 낳을 때는 말라죽지 않도록 물속에다 낳아야 했다. 생명이 처음 시작
될 시기에는 어린 것은 대부분 물속에서만 지냈고 다 자란 것들만 땅 위로
나왔다. 이러한 동물을 '양서류' 라 부르는데, '양쪽에서 산다' 는 뜻에서
나온 말이다. 물속과 땅 위에서 산다는 뜻이다. 오늘날 가장 흔히 보는 양
서류는 개구리이다.

그러나 그로부터 약 6천만 년 뒤, 땅의 정복이 완전히 이루어졌다. 생물

중 조그만 구멍이 아주 많이 나 있는 알을 낳는 것이 있었다. 이 알은 공기는 드나들 수 있지만 알 안에 있는 물은 새어나가지 않게 하여 알 속의 어린 동물이 말라죽지 않고 자라날 수 있었다. 이런 알을 낳은 동물은 물로 되돌아갈 필요가 없었다. 이런 동물을 '파충류'라고 한다. 오늘날 가장 대표적인 파충류는 뱀이다.

약 2억 년 전에 이 같은 파충류 한 무리가 생겨나 땅을 지배했다. 이들은 온 땅 위로 퍼져나가 여러 가지 서로 다른 종류로 진화했다. 이들은 오랫동안 땅 위에 군림했다. 바로 이 때문에 2억 년 전부터 6백50만 년 전까지의 시기를 '파충류 시대'라고 한다. 더 걸맞게는 중생대라고 하는데, 그리스어로는 '중간 동물'이라는 뜻이다. 2억 년 이전까지는 몸집이 큰 동물 가운데 물고기와 양서류가 그 힘이 가장 강력했다. 그리고 6백50만 년 전보다 더 뒤에는 포유류였다. 파충류 시대는 이 둘의 중간이다.

1800년대 초가 될 때까지 사람들은 중생대에 대해 아무것도 몰랐다. 그 무렵부터 땅 속에서 오랜 옛날의 생물 뼈가 여기저기서 발견되기 시작했다. 이런 뼈는 땅 속에서 너무 오래 있었기 때문에 천천히 돌처럼 변했다. 그래서 이들을 '화석'이라고 한다. 오늘날 땅 위에서 살고 있는 파충류와는 전혀 닮지 않았지만, 과학자들은 그것이 파충류의 뼈라는 것을 알 수 있었다. 이런 뼈를 점점 더 많이 발견해내면서 중생대에 대해 더욱 자세하게 알려지게 되었다.

과학자들이 깊은 인상을 받은 것은 (일반인도 그랬다) 이렇게 발견된 뼈 가운데 어떤 것은 몹시 거대하다는 사실이었다. 중생대의 파충류 가운데 어떤 것은 오늘날까지 지구상에서 살았던 동물 가운데 몸집이 가장 크다.

집채만 한 코끼리보다도 더 컸다. 1842년, 영국의 자연학자 리처드 오언은 아주 오랜 옛날에 살았던 파충류의 굉장한 몸집을 보고 '디노사우르dinosaur'라는 이름을 붙였다. 그리스어로 '무시무시한 도마뱀'이라는 뜻이다.

디노사우르, 즉 '공룡' 가운데 가장 잘 알려져 있는 것은 '브론토사우루스brontosaurus'인데, '천둥 도마뱀'이라는 그리스어에서 따온 이름이다. 이 공룡이 땅 위를 걸을 때는 틀림없이 천둥 같은 소리가 났을 것이라고 생각하고 이런 이름이 붙은 것 같다. 몸집과 다리가 커다란 코끼리 같았다. 몸통 한쪽 끝에는 작은 머리가 기다란 목 끝에 붙어 있었고, 다른 쪽 끝에는 기다란 꼬리가 붙어 있었다.

브론토사우루스 가운데 큰 것은 머리끝에서 꼬리 끝까지의 길이가 18미터 정도였다. 어깨까지의 키는 5.5미터 정도로, 가장 키가 큰 기린만 했다. 몸무게는 35톤은 너끈히 나갔을 것이다. 제일 큰 아프리카 수코끼리의 세 배쯤 된다.

'디플로도쿠스diplodocus'도 이와 비슷했다. ('등뼈가 두 개'란 뜻의 그리스어에서 따온 말인데, 등뼈 구조가 어떻게 생겼는지를 나타내고 있다.) 이 파충류는 브론토사우루스보다 날씬하게 생겼는데, 목과 꼬리가 비교적 가늘고 길다. 디플로도쿠스는 몸무게가 브론토사우루스의 3분의 1 정도밖에 되지 않지만 길이는 27미터나 된다.

그러나 뭐니 뭐니 해도 공룡의 챔피언은 '브라키오사우루스brachiosaurus'인데, '팔 도마뱀'이라는 뜻의 그리스어에서 따온 이름이다. 앞다리가 뒷다리보다도 더 긴 이 공룡은 땅 위에 살았던 짐승 가운데 가장 크다. 길이는

23미터라서 디플로도쿠스보다 길지 않지만, 어깨높이가 6.5미터나 되는 데다 목을 뻗으면 머리가 12미터나 높이 올라간다. 4층 건물 높이의 창을 들여다볼 수 있을 정도이다. 게다가 몸무게는 80톤 정도나 되었다. 브론토사우루스의 두 배쯤 된다.

물론 과학자가 찾아낸 화석 뼈는 얼마 되지 않으므로 우리가 찾아낸 것이 가장 큰 짐승 뼈일 가능성은 그다지 높지 않다. 그러므로 80톤이라고 해도 최고 기록이 아닐 수도 있다.

만일 우리가 브론토사우루스나 브라키오사우루스와 마주친다면 거대한 몸집 때문에 기가 질리기는 하겠지만, 이들은 겉모습이 주는 위력만큼 위험하지는 않다. 이들 공룡 가운데 덩치가 가장 큰 것은 (오늘날 가장 큰 포유류인 코끼리, 코뿔소, 하마 등과 마찬가지로) 풀을 먹는 초식동물이었다. 그러므로 이들은 사람을 보아도 잡아먹고 싶다는 생각을 하지 않을 것이며, 또 일부러 사람을 해치려고 하지도 않았을 것이다. 그러나 운이 없어 이들이 사람을 밟고 올라선다면 도로 포장에 쓰는 롤러가 깔아뭉개고 지나가는 것 같은 느낌이 들 것이다.

그러나 이들 거대한 파충류가 모두 초식동물은 아니었다. 커다란 초식동물이 있으면, 또 언제나 이들을 잡아먹는 육식동물이 있다. (초식동물보다 작지만 훨씬 사납다.) 따라서 하마보다 호랑이와 마주치는 것이 더 위험한 것처럼, 거대한 초식 파충류를 만나는 것보다는 작은 육식 파충류와 마주치는 것이 훨씬 더 위험한 것이다.

물론 이런 육식공룡 가운데 어떤 녀석은 유난히 덩치가 클 것이다. 1902년에 화석을 찾아다니던 바넘 브라운이라는 사람이 아주 커다란 육식공룡

뼈를 발견했다. 그가 이 동물의 모형을 만들 수 있을 정도로 뼈를 넉넉하게 찾아내자, 육식공룡이 정말로 무시무시하다는 사실이 드러났다. 이 커다란 육식공룡 무리는 땅 위에 살았던 동물 가운데 가장 사납고 무서운 종류라는 사실이 밝혀졌다.

무시무시하게 큰 육식공룡은 엄청나게 큰 두 다리로 서 있었고, 굵은 꼬리가 뒤에 붙어 있었다. 앞발은 비교적 작았지만 먹이를 찢을 수는 있었다. 육식공룡은 두 다리로만 몸을 지탱하고 있었는데, 이 엄청난 무게의 몸을 지탱하려니 다리가 단단하고 굵을 수밖에 없었다.

그 두 다리로 받치고 서 있는 몸뚱이는 길이 약 12미터에 무게가 7톤 정도는 나갔을 것이고, 키는 5.5미터쯤 되었다. 몸무게는 브라키오사우루스의 10분의 1 정도밖에 되지 않았지만 그보다 훨씬 더 위험했다. 머리는 길이가 1.2미터였는데, 입에는 17~20센티미터 길이의 무시무시한 이빨이 날카롭게 돋아나 있었다.

브라운이 발견한 이 커다란 육식공룡은 '티라노사우루스tyrannosaurus'라고 불렀다. '대장 도마뱀'이라는 뜻의 그리스어에서 따온 이름이다. 이들 가운데 가장 큰 종류에는 '티라노사우루스 렉스Tyrannosaurus Rex'라는 이름을 붙였다. '대장 도마뱀 왕'이라는 뜻이다.

티라노사우루스 렉스는 육식공룡 중 가장 큰 것이 아닐 수도 있다. 티라노사우루스 렉스의 뼈와 비슷하게 생겼지만 크기가 더 큰 뼛조각이 발견되었기 때문이다. 그러나 뼈를 전부 찾아낸 종류 가운데는 티라노사우루스 렉스가 가장 큰 육식공룡이고, 누구나 인정할 정도로 무시무시하다.

이런 짐승이 일으키는 공포 가운데 가장 극적인 것을 우리는 아마도 이고

르 스트라빈스키의 <봄의 제전>을 바탕으로 한 월트디즈니의 영화 <환상곡>에서 찾아볼 수 있을 것 같다.

이 영화를 본 사람은 티라노사우루스 렉스가 갑자기 무시무시하게(우르르 울려나오는 음악에 딱 맞춰서) 나타나는 장면을 잊을 수가 없을 것이다. 티라노사우루스 렉스는 중생대 마지막 시기에 많았다. 그때는 잡아먹을 수 있는 커다란 초식 동물이 많았다. 예를 들면 스테고사우루스stegosaurus 같은 것이 있었지만(<환상곡>에서 '왕'과 싸우는 것으로 나오는 공룡), 그때는 브론토사우루스나 브라키오사우루스 같은 덩치 큰 공룡은 멸종한 지 이미 오래였다.

놀랄 필요는 없다. 중생대를 지나면서 수많은 파충류가 멸종하는 한편 다른 파충류는 진화를 해나갔으므로, 그 시대에는 언제나 조금씩 달라지고 있었다. 중생대 거의 내내 우리의 조상인 작은 포유류도 있었지만 그다지 기를 펴지 못하고 살았다. 오늘날까지도 이런 상태가 계속되었을 수도 있다. 아직도 거대한 파충류가 돌아다니고, 포유류는 작고 보잘 것 없는 모습을 하고 있었을 수 있다. 그러나 뭔가 일이 벌어졌다.

6천5백만 년쯤 전, 그때까지 살아 있던 모든 파충류가 갑자기 사라져 버렸다. 크고 작은 다른 동물은 물론 수많은 식물과 함께. 몇몇 동물이 살아남았는데, 이들 중 커다란 파충류는 없었다. 살아남은 동물은 숫자가 불어나면서 여러 가지 복잡한 형태의 동물로 진화했다. 우리도 그 가운데 하나이다.

그런데 무슨 일이 일어났기에 그렇게 되었을까?

이 문제로 과학자들은 오랫동안 입씨름을 벌이고 있다. 6천5백만 년 전에 커다란 (크기가 가로질러 몇 킬로미터나 되는) 혜성 하나가 지구에 와서 부딪혔다고 생각할 수 있는 증거가 발견되었다. 그 충격으로 지진이 일어나고 화산이 폭발했을 것이다. 그러나 문제는 그것이 아니다. 혜성이 부딪히는 바람에 막대한 양의 흙먼지가 대기층 높은 곳으로 날아올랐고, 거기에서 여러 달 동안 머물러 있으면서 햇빛을 가로막았다.

햇빛이 없었으므로 풀과 나무가 죽었고, 그와 함께 풀과 나무를 먹는 동물이 죽었고, 그리고 초식동물을 잡아먹는 동물이 죽었다. 결국 티라노사우루스 렉스를 비롯한 수많은 종류의 동물이 마지막 한 마리까지 죽고 말았다. 우리 포유류 조상 같은 동물이 어찌어찌하여 살아남아, 죽어서 얼어붙은 공룡을 먹으면서 햇빛이 다시 비추기를 기다렸다. 이렇게 해서 지금은 티라노사우루스 렉스 대신에 우리 '호모 사피엔스'가 지구를 다스리고 있다. 모든 것을 조사한 결과 우리 인간이 티라노사우루스 렉스보다도 훨씬 더 건드리기가 위험한 동물임을 알 수 있다.

에너지 보존의 법칙은 대가 없이 어떤 것을 얻을 수 없다는 것을 가르치고 있다. 그러나 우리는 그렇게 믿기를 거부한다.
—아이작 아시모프

피 끓는 동물

고생물학자 가운데는 공룡이 온혈동물이 틀림없을 것이라고 주장한다.
적어도 그들 가운데 얼마간은 재빠르고 활발했고,
그래서 달리 말하면 거대한 몸집의
'피가 끓는' 동물이었다고 생각하는 것이다.

 사람들 중에는 파충류가 조류나 포유류

보다 못하다고 생각하는 것 같다.

조류나 포유류는 '피가 따뜻한 동물' 이라서 온혈동물이라고 한다. 그래
서 바깥 온도가 어떻든 간에 (물론 무한정은 아니고) 일정한 체온을 유지할
수가 있다. 이들은 추울 때에도 몸놀림이 느려지지 않고, 햇살이 뜨거울 때
에도 일사병을 걱정할 필요가 없다.

그런 한편 파충류는 '피가 차가운 동물' 이라서 냉혈동물이라고 한다. 냉
혈동물은 체온이 주변 온도와 비슷하게 변하는 경향이 있다. 추운 아침에
는 도마뱀도 몸이 차가워진다. 추운 날 아침에 자동차 윤활유가 뻑뻑해져
엔진이 잘 돌아가지 않듯이, 도마뱀 역시 몸동작이 느릿느릿해진다는 뜻이
다. 그래서 활발하게 돌아다니려면 엔진이 데워져야 돌아가듯이 (트랜지스
터라디오가 나오기 전에 진공관라디오가 데워줘야 돌아가듯이) 따뜻한 햇

볕에 누워 몸을 데워야 한다. 기온이 심하게 올라가 햇볕이 뜨겁게 내리쬐면 도마뱀은 그늘을 찾아 숨어야 한다. 그러지 않으면 머리가 끓어버린다.

땅 위에 살았던 가장 대단한 파충류는 '공룡' 이다. 공룡은 6천5백만 년 전 천재지변 때문에 멸종될 때까지 지구를 지배했다. 앞장에서도 밝혔지만 그들 공룡 가운데는 무시무시한 육식공룡도 있었다. 초식공룡은 이들보다 덩치가 더 큰 것도 있었는데, 몸무게는 코끼리 열 마리를 합한 것만큼 나갔고, 키는 4층 건물 지붕까지 닿을 정도였다.

이 거대한 짐승들이 머리가 아주 나쁘고, 눈치가 없어서 멸종된 것이 아닌가 생각하는 사람도 더러 있는 것 같다. 그들은 그래서 온혈동물인 몸집이 작은 조류와 포유류가 이들과 싸워 이겼다는 것이다.

그러나 이런 생각은 오직 우리 인간의 입장에서 생각할 수 있는 것이다. 공룡이 땅을 다스린 기간은 대충 1억 5천만 년 정도 된다. 게다가 그 시기의 뒤쪽 절반 무렵에 나타난 조류와 포유동물은 정말이지 불쌍한 동물이었다. 이들은 여기저기 모퉁이에 요령껏 숨었으므로, 공룡에게 들키지 않고 살아남을 수 있었다.

그 천재지변이 뭐였든 간에 (혜성이 날아와 부딪혀 '핵겨울' 같은 것이 있었을 가능성이 아주 큰데) 그것 때문에 공룡이 멸종되지 않았다면, 이들은 아직도 지구를 다스리고 있을 것이고, 조류와 포유류는 쪼그리고 숨어 있을 것이다. 조류와 포유류는 공룡을 쓸어버린 천재지변 속에서 살아남았는데, 이들이 살아남은 것은 동작이 빨랐다거나 머리가 좋았기 때문이 아니라 몸집이 작았기 때문일 것이다.

그런데 만일 공룡이 그렇게 오랫동안 아무 탈 없이 잘 지내 왔다면, 우리가 생각하는 것처럼 재치도 없고, 머리도 나쁘고, 느릿느릿한 동물이 아니지 않았을까? 우리가 생각하는 것보다 훨씬 머리가 좋고, 빠르고, 지혜롭지 않았을까? 사실은 피가 따뜻한 온혈동물이지 않았을까?

글쎄, 우리는 잘 모른다. 그네들이 남긴 것이라고는 뼈, 이빨, 그리고 그 밖의 몇몇 부분뿐이기 때문이다. 그런데 어쨌거나 포유류는 파충류에서 진화했다. 물론 공룡이 진화하여 포유류가 된 것은 아니고, 공룡보다 더 옛날에 살았던 원시 파충류 갈래에서 나왔다. 이 조상 파충류는 '테리오돈티아 theriodontia'라고 하는데('길짐승의 이빨'이라는 뜻이다), 이빨이 다른 파충류보다 포유류에 더 가까웠기 때문이다.

이 테리오돈티아는 뒤에 나타난 공룡을 당해낼 수가 없어 1억 7천만 년 전에 멸종되고 말았지만, 원시 포유류 후손을 남겨놓았다. 이 원시 포유류는 온혈동물에다 털이 나 있었음이 틀림없다. (보온을 위해서는 털이 있어야 했는데, 몸에서 열이 너무 빨리 달아나지 않도록 하기 위해서였다.) 그러나 우리는 이 원시 포유류가 정확히 언제 온혈동물로 변하고 털이 생겨났는지는 모른다. 테리오돈티아 가운데 일부는 포유류 같은 뼈가 생겨나기 전에, 그러니까 아직 파충류 갈래에 넣을 수 있을 때에 온혈동물의 특징이 생겨나고 털이 생겨났을 가능성도 충분히 있다.

온혈동물이면서 털이 나 있는 조류 역시 파충류에서 진화했는데, 실은 공룡 파충류에서 나왔다. (고생물학자 가운데는 공룡이 사실 멸종된 것이 아니라 나무에 앉아 노래를 부르는 동물로 바뀌었을 뿐이라고 말하는 사람도 있다.) 여기서도 새의 조상이 완전히 새가 되기 전에 처음에 온혈동물로 변한 후 깃털이 생겨났을 가능성이 있다는 것이다. 깃털이 있었던 첫 동물인 '시조새archeopteryx'는 실제로 도마뱀 같은 머리에 도마뱀 같은 이빨, 도마뱀 같은 꼬리까지 있었다.

만일 이 두 가지 파충류가 제각기 온혈동물로 변했다면, 어쩌면 파충류 사이에 온혈동물 같은 성질이 우리가 생각하는 것보다도 훨씬 더 널리 퍼졌을지도 모른다. 어쩌면 그 천재지변에서 살아남은 몇몇 파충류가 냉혈동물인 것은 우연한 일인지도 모른다.

고생물학자 가운데는 공룡이 온혈동물이 아니었다면 그렇게 잘 견뎌낼 수가 없었을 것이라고 한다. 적어도 그 가운데 얼마간은 재빠르고 활발했고, 그래서 달리 말하면 거대한 몸집의 '피가 끓는' 동물이었다고 생각하는 사람도 있다. 이런 생각은 대개 논리가 상당히 복잡하게 얽혀 있기 때문에 어쩌면 고생물학자는 공룡의 피보다도 더 피가 끓는 논쟁을 하고 있는지도 모른다.

그러나 공룡이 남긴 것은 화석으로 변한 뼈 말고도 있다. 1920년대에 미국 고생물학자 로이 채프먼 앤드루스는 중앙아시아 지방에서 화석이 된 공룡알을 발견했다. 그 덕분에 공룡은 어떤 면에서 인간적으로 느껴졌다. 부모 공룡의 모습을 예상할 수 있었기 때문이다.

또 얼마 전 고생물학자가 미국 국경과 가까운 캐나다의 앨버타 남서지방에서 공룡의 알이 엄청나게 많이 모여 있는 것을 발견했다. 거기에는 수많은 알의 둥우리가 겹겹이 쌓여 있었다. '하드로사우루스hadrosaurus'라는 공룡이 그곳을 알을 낳을 장소로 택했던 모양이다. 그런데 그곳은 안타깝게도 7천3백만 년 전 홍수에 잠겨버렸다.

둥우리가 그토록 많이 있다는 사실만으로도 하드로사우루스가 어린 새끼를 보살피는 것이 거의 포유류나 조류에 가까웠다는 사실을 알 수 있다. 따라서 이들은 좀 더 '발달한' 것 같아보였고, 또 온혈동물 이론은 훨씬 쉽게 먹혔다. (오늘날 살아 있는 동물 가운데 공룡에 가장 가까운 악어도 알과 어린 새끼를 잘 보살핀다. 게다가 냉혈동물이다.)

발견된 알 가운데는 발달 중인 배(胚)가 들어 있는 것도 있었다. 물론 화석이 된 채이지만, 이런 알을 좀 더 자세히 연구할 수 있을 것이다.

이런 알이 이처럼 많기 때문에 배나 또 나아가 알에서 갓 깨어난 새끼가 어느 정도의 속도로 자라났는지 알아낼 수 있게 됐다. 자라는 속도가 빠를수록 온혈동물일 가능성이 높다. 일단은 온혈동물이었을 것으로 보는 것이 더 그럴 법하다는 결과가 나왔다. 그러나 아직은 이르다. 아직 연구해야 할 알과 배가 아주 많이 남아 있기 때문이다.

실험이라는 것은 지식을 얻는 방법 가운데 가장 덜 오만하다. 자연에게 겸손하게 질문을 하는 것이니까.

-아이작 아시모프

별에 가기 위한
속도와 조건

별에 가려면 어느 정도의 속도가 필요하며, 어떤 조건을 갖추어야 할까?
지금껏 미국항공우주국(NASA)이
토성까지 탐사용 로켓을 보내면서 한 일은 모두 마당 구석에서
한 애들 장난에 지나지 않는 것이었다.

 우리가 미국을 가로지르는 여행을
한다고 가정해보자. 메인 주 포틀랜드에서 오리건 주 포틀랜드까지의 거리
는 대충 4천800킬로미터이다. 적도를 따라 전 세계를 여행하는 데는 그 여
덟 배가 약간 넘는 4만 킬로미터 정도에 지나지 않는다.

지구에서 달까지 가는 데는 적도를 어슬렁어슬렁 한 바퀴 도는 거리의 약
아홉 배에 해당하는 38만 킬로미터 정도이다. 그보다 더 멀리는? 글쎄, 금
성까지의 거리는 (지구에 가장 가까이 왔을 때) 달까지 거리의 백 배 정도
되는 4천만 킬로미터이다. 그리고 명왕성은 지구에 가장 가까이 다가왔을
때 금성에 비해 백배 이상 먼 45억 킬로미터 거리에 있다.

이것은 모두 태양계 안의 것이지만 그 밖으로 나가면 별이 있다. 지구에
서 가장 가까운 별도 현재 명왕성까지의 거리에 비해 9천 배 정도 된다. 가
장 가까운 별이 '켄타우루스 알파별'인데, 40조 킬로미터 거리에 있다. 이

것이 '가장 가까운' 별이다.

은하수를 가로지르는 거리는 지구에서 켄타우루스 알파별까지 거리의 2만 3천 배이다. 지구에서 가장 가까운 대형 성운인 안드로메다 성운까지의 거리는 은하수 지름의 스물세 배쯤이다. 그리고 지구에서 가장 먼 준항성체까지의 거리는 그 4천 배가량 된다.

그러면 시간은 얼마나 걸릴까? 달까지 가는 데 며칠이 걸리고, 금성이나 화성에 가는 데는 몇 달이 걸리고, 태양계 내의 커다란 행성까지 가는 데는 몇 년이 걸린다. 이 정도가 우리가 갈 수 있는 범위이고 이성적으로도 가능한 이야기이다.

그러나 태양계를 벗어나면, 가장 가까운 별에 가는 데에도 현재의 기술로는 수십만 년이 걸린다. 지금껏 미국항공우주국NASA이 토성까지 탐사용 로켓을 보내면서 한 일은 모두 마당 구석에서 한 애들 장난에 지나지 않는다. 항성 간 여행, 즉 별에 가는 것은 가장 먼 여행이다.

공상 과학 소설가나 독자가 가장 흥미 있어 하는 것은 별나라 여행에 관한 것이다. 우리의 태양계는 너무나 잘 알려져 있으며, 너무나 제한적이다. 지구를 제외하면 태양계에는 어떤 생물도 살 수 있을 것 같지 않다. 특히 지능을 가진 생물은 더더욱 그렇다. 그러므로 외계인 친구가 있는지, 경쟁자나 적이 있는지 알고 싶다면 멀고 먼 여행을 감행하여 별에 가보아야 한다. 1928년 ≪우주의 종달새≫라는 과학 소설에서 에드워드 닥 스미스가 최초로 별나라 여행을 실행에 옮겼다. 당시 독자들이 얼마나 좋아했던지!

우리의 친구 닥은 자신의 우주선이 이 거대한 우주공간을 구체적으로 어떻게 가로질러 나아가는지에 대해서는 다소 애매하게 다루었다. 하지만 지금이라고 해서 그다지 나아진 게 없다.

그렇다면 이제 별나라 여행의 가능성을 살펴보자.

1. 우리는 가속도를 붙여 빨리, 더 빨리, 더더욱 빨리 날아서 항성간이나 은하계간의 머나먼 거리를 몇 달 혹은 며칠 만에 갈 수도 있을 것이다.

   반대 의견 : 진공상태에서 빛의 속도가 초당 30만 킬로미터인데, 물리학자는 그것이 가장 빨리 낼 수 있는 속도라고 한다. 그 속도로도 가장 가까운 별에 가는 데에는 몇 년이 걸리고, 가장 가까운 대형 은하계까지 가는 데에는 수백만 년이 걸린다.

2. 비록 우리가 빛의 속도 이하로 묶여 있다고는 하나 그것으로 충분할 수도 있다. 물체가 이동하는 속도가 빛의 속도에 가까이 갈수록 그 물체 속에서 시간이 흐르는 속도는 느려진다. 빛의 속도에 다다르면 시간이 흐르는 속도가 0이 된다. 따라서 우주선은 빛의 속도에서 엄청난 거리를 순간적으로 질주할 수 있게 되는 것이다.

   반대 의견 : 항성간이나 은하계간의 우주공간에는 때때로 수소 원자가 흩어져 있다. 빛의 속도로 달리면 이런 원자는 우주선(宇宙線) 입자의 힘과 에너지로 우주선(宇宙船)을 강타할 것이며, 금방 우주선 승무원과 승객을 죽일 것이다. 우주선은 그래서 빛 속도의 5분의 1보다 더 빠를 수는 없을 것이다. 그 속도로는 '시간 효과' 가 그다지 도움이 안 된다.

3. 우주선 앞부분에 '원자 빗자루'를 설치한다고 생각해보자. 이 장치는 우주선 앞에 나타나는 모든 원자를 쓸어내 버릴 것이다. 따라서 우주선 문제도 해결할 수가 있다. 게다가 그런 물질을 모아 핵융합 엔진을 위한 연료로 사용할 수도 있다.

반대 의견 : 그런 원자 빗자루가 쓸모가 있으려면 폭이 적어도 수천 킬로미터는 돼야 한다. 그런 장치를 설치하는 작업은 엄청날 뿐 아니라 어쩌면 불가능할지도 모른다.

4. 우리는 빛의 속도보다 훨씬 빠르게 움직이는 원자보다 작은 입자인 타키온을 사용함으로써 빛의 속도에 묶인 한계를 극복할 수 있다. 사실 타키온은 빛의 속도보다 느리게 움직일 수가 없다.

반대 의견 : 타키온은 가설 속에서만 존재한다. 실제로는 발견되지 않았고, 어떤 물리학자도 결코 발견할 수 없을 것이라고 생각하고 있다. 비록 발견된다 하더라도 아무도 그것을 사용하는 방법을 알아낼 수가 없을 것이다.

5. 어쩌면 블랙홀을 통과함으로써 빛의 속도라는 한계를 극복할 수 있을지도 모른다. 블랙홀은 적어도 존재하는 것이 틀림없으므로.

반대 의견 : 블랙홀이 존재한다 하더라도 (이 부분에 대해서도 아직 천문학자들 사이에 만장일치가 이루어지지 않았지만) 우주선이 조석 효과에 부서지지 않고 블랙홀에 도달하는 방법을 대충이라도 제시할 수 있는 사람은 아무도 없다. 게다가 블랙홀을 통과함으로써 먼 거리를 빠른 속도로 뚫고 나아갈 수 있다는 데 대한 일반적인 의견일치도 전혀 없는 상태다.

6. 그렇다면 우리는 이 우주를 벗어나는 다른 방법을 찾을 수도 있을 것이다. 우리는 '도약'을 통해 초공간을 통과할 수 있을 것이다. 그러면 우리는 전혀 시간을 소비하지 않고 엄청난 거리를 여행할 수 있다.

반대 의견 : 아직까지 초공간이라는 것은 공상 과학 소설가의 상상 속

에서만 존재할 뿐이다.

7. 그렇다면 우리는 빛의 속도라는 한계에 순응할 수밖에 없다. 그렇지만 승무원과 승객을 얼려서 수천 년이 지난 후에 목적지에 도달하면 의식을 되찾도록 조처해놓을 수 있다.

반대 의견 : 인간의 몸을 죽이지 않고 얼릴 수 있는 방법을 아직은 발견해내지 못했다. 게다가 일말의 생명을 부지한 채 얼릴 수 있다고 해도, 그 상태를 수천 년 동안 유지해 나갈 수 있을지도 미지수이다.

8. 그렇다면 일반적인 방법으로 여행하는 것밖에는 남지 않는다 — 모든 사람이 완전히 의식을 가지고 승선하여, 빛보다 상당히 느린 보통의 속도로 여행하는 방법밖에 없다. 이것은 가장 가까운 별에 가는 데조차 수천 년이 걸린다는 것을 의미한다. 그러자면 여러 세대가 우주선 안에서 일생을 보내야만 할 것이다. 우주선이 충분히 크다면 견딜 만할지도 모른다.

반대 의견 : 사람들이 그렇게 하기를 원한다면 사실 아무런 반대 의견도 없다.

이게 냉정한 현실이다. 우리는 오늘날의 과학기술로는 해결이 불가능해보이는 문제도 과학 소설 속에서는 풀 수 있을 것이라고 믿는 경향이 있다. 그것도 전혀 예기치 않은 방법으로. 그러므로 우리는 우주선 여행을 과학 소설을 통해 풀어나간다. 과학 소설에서는 위에서 설명한 여러 가지 장거리 여행 전략을 동원한다. 나아가 우주선을 타고 장기간 여행하는 사람들이 겪을 만한 현상과 사건들을 다루고 있다.

이런 여행이 우리 생전에는 이루어질 수 있을 것 같지 않기 때문에 (또 여러 세대가 우주선 속에서 일생을 보내는 것만이 유일한 방법이라면 우리 세대에 그 여행의 목적지에 다다르기는 분명 불가능할 것이기 때문에), 이들 흥미진진한 과학 소설 속의 머나먼 여행을 따라가는 것이 설사 대리 만족에 지나지 않는다 해도 우리가 경험할 수 있는 유일한 길이 될 것이다.

생명은 바다에서 시작됐다. 그리고 그 가운데 대략 80퍼센트가 아직 거기에 있다.

－아이작 아시모프

지구상의 마지막 인간

> 1800년 무렵에 와서야 지질학자들은 지구 전체가 물에 잠긴 홍수는
> 한 번도 없었다는 사실을 깨달았다. 그렇지만 오늘날에도
> 전 세계를 휩쓴 홍수가 있었다고 확신하는 사람들이 많다.
> '성경에 그렇게 씌어 있기 때문'이라는 것이다.

 지구상의 마지막 인간에 대한 가장
오래된 이야기는 어떤 것인가?

글쎄, 그것은 거의 역사만큼이나 오래되었다. 역사는 글과 함께 시작되
었다. 우리가 사건의 기록을 접할 수 있는 것은 글을 통해서일 뿐이기 때문
이다. 글로 쓰이지 않은 여러 가지 문화 유물, 예를 들면 그릇, 그림, 보석,
기구 등을 통해서 추리를 할 수도 있다. 그러나 그것은 역사와는 또 다른 문
제이다. 이런 물건으로부터 추리해내는 것을 '선사(先史)'라고 한다.

따라서 역사는 서기전 3100년경에 시작됐다. 지금은 이라크라고 불리는
땅의 티그리스와 유프라테스 강 하류에서 우리가 수메르인이라 부르는 사
람들이 살았는데, 그들은 여러 가지 물건을 비롯하여 글을 발명한 최초의
사람들이다. (그들은 확실히 영리한 민족이었다.)

모든 민족에게 적용되는 평범한 사실이지만 수메르인 역시 자연재해를

겪어야 했다. 서기전 2800년경에 그들은 정말로 끔찍한 일을 겪었다. 물을 대주어 농사를 지을 수 있게 해준, 생명의 젖줄인 강이 범람한 것이다. 강이란 것은 늘 정기적으로 범람하는 법이지만, 그때는 정말로 엄청나게 흘러넘쳤다.

그런데 왜 그 사건이 전에 없이 그토록 피해가 컸을까? 특별히 비가 많이 왔기 때문인지, 특별히 높은 조수 때문인지, 해일 때문인지, 별똥이 페르시아 만에 떨어졌기 때문인지 우리는 알 수가 없다. 어느 경우이건 간에 계곡 대부분이 물에 잠겼던 것 같다. 그리고 엄청난 인명 손실이 있었음에 틀림없다. 결국 홍수는 물러가고 마을은 본모습을 되찾게 되었다.

그러나 수메르인은 그 뒤 모든 사건의 시점을 그 홍수를 기준으로 나타내게 됐다. '홍수 이전' 혹은 '홍수 이후' 하는 식이었다. 물론 무엇 때문에 홍수가 일어났는지 이유를 몰랐기 때문에 그들은 신을 원망했다. (그게 종교의 이점이다. 어떤 것에 대해 이보다 더 간단하게 설명을 할 방법이 없다.)

수메르인 가운데는 홍수 이야기를 들려주겠다는 기발한 생각을 한 과학소설가가 있었는데, 그는 실제 있었던 것보다 조금 더 극적으로 꾸며보면 어떨까 생각했다. '왜 수천 명만 빠져 죽어? 다 빠져 죽지! 딱 한 가족만 빼고. 지구상에 인간이 아직 살아남아 있다는 사실을 설명하기 위해서 말야.' 이야기는 점점 자라나 (다른 작가들이 그들 나름의 이야기를 조금씩 덧붙였다고 나는 감히 말할 수 있다) 결국 우루크의 왕 길가메시 서사시가 탄생하게 되었다. 이야기 중에 작가는 왜, 그리고 어떻게 신이 홍수를 점지하여 온 세상이 물에 잠기게 만들었는지 설명한다. (우선 수메르인은 대부분 아마도 수메르와 그 주위 나라가 온 세상의 전부라고 생각했을 것이다. 그리고 사실을 윤색하거나 과장하고 싶은 유혹을 물리칠 수 있는 작가를 본 적이 있는가? 물론 나를 제외하고.)

그러고 나서 그는 한 사람이 — 딱 한 사람만이 — 어느 신의 배려 덕분에 살아남은 자초지종을 설명했다. 그 사람의 이름은 우트나피슈팀인데, 과학소설에서 '지구상의 마지막 인간'으로 이름까지 알려진 최초의 사람이었다.

길가메시 이야기는 인기가 대단했다. 그것이 쓰인 지 2천 년이 지난 뒤에 아시리아의 마지막 대왕 아슈르바니팔의 서고에서도 찾아볼 수가 있었다. (우리는 이 서고가 부서진 지 2000년이 지난 뒤에 그 잔해에서 이 이야기책을 발견했다.) 이 이야기는 고대세계 전체에 퍼져나가 여러 곳에서 '힘센 장사들' 이야기가 생겨나도록 영감을 불어넣어 주었음이 틀림없다. 그리스 사람 사이에서는 헤라클레스, 이스라엘에는 삼손, 페르시아에는 루스템 등이 그 예다. 더욱이 이 대홍수 이야기에는 사람의 마음을 사로잡는 무엇이 있었다. 첫째로는 너무나 극적이고, 둘째로는 사람들이 이를 실제 역사로 받아들였으며, 셋째로는 문명 세계에 사는 사람들 대부분이 강 주변이나 바닷가에 살았으므로 홍수의 위력을 알고 있었기 때문이다.

그 결과 그리스에는 그들 나름으로 데우칼리온(프로메테우스의 아들) 이야기가 생겨났고, 이스라엘에서는 노아 이야기를 만들었다. 이스라엘 사람들은 서기전 7세기경 바빌로니아에 포로로 잡혀가 있던 기간에 길가메시 서사시의 많은 부분을 따와 창세기 첫 열한 장에 끼워 넣었다. 거기에는 홍수 이야기도 들어 있다. 여러 신이 나오는 부분을 잘라버렸다는 점을 제외하면 구체적인 부분까지 길가메시 이야기의 내용과 다른 것이 별로 없다.

(요즘 같으면 '표절' 이라고 할 것이다.)

나는 이 최초의 '마지막 인간 이야기' 에 대해 짚고 넘어가고 싶은 것이 두 가지가 있다. 첫째, 노아가 정말로 마지막 인간은 아니었다는 사실이다. 아들이 세 명 있었으니까. 둘째, 여자가 네 명이 있었다. 그의 아내가 있었고 세 아들에게도 아내가 있었다. 그렇지만 여자는 중요하지 않았다. 성경에서는 이름조차도 밝혀주지 않는다. (그리스 이야기에서는 데우칼리온에게도 아내가 있었는데, 그리스 사람 역시 여성의 존재를 그다지 대단하게 생각하지는 않았지만 — 사실은 정반대였지만 — 적어도 이름만은 밝혔다. 궁금하게 여길 사람이 있을지도 모르니까 여기서 '피라' 라는 것을 일러두겠다.)

더더욱 중요한 사실은, 성경에다 옮겨놓은 길가메시 이야기가 수천 년 동안 멀쩡한 역사로 받아들여졌다는 사실이다. 서기 1800년 무렵에 와서야 지질학자들은 지구 전체가 물에 잠긴 홍수는 한 번도 없었다는 사실을 깨닫기 시작했다. 그렇지만 오늘날에도 전 세계를 휩쓴 홍수가 있었다고 확신하는 사람이 있다. '성경에 그렇게 씌어 있기 때문' 이라는 것이다. 여기에는 '창조론자' 도 포함되는데, 이들은 바빌론의 신화를 자기네 방식으로 바꾼 이야기를 학교에서 '과학' 으로 가르치려고 안달하고 있다. 세상에! 그러니 과학 소설가가 우리에게 영향을 끼치지 않는다는 말은 내게 하지 마시라!

그렇지만 세상에는 진보라고 부르는 것이 있다. 인류가 최후의 한 조각으로 줄어든 것을 설명하기 위해 어떤 신을 질질 끌고 들어와서 성질을 부리도록 만들어야만 했던 시절보다는 많이 발전했다. 정말 일어났을 수도 있고, 또 정말 지구를 거의 황무지로 만들었을 수도 있는 자연재해를 과학자들이 설명한 것도 최근의 일이다. 꽤 큰 소행성의 충돌 말이다. (사람들 말로는) 그 때문에 공룡이 멸종했다. 그러한 일이 지구의 역사상 대여섯 번은 있었을 것 같다.

그리고 흑사병 같이 광대한 지역을 휩쓴 전염병도 있었는데, 이 전염병은 인류의 삼분의 일을 삼분의 일 세기 만에 쓸어버린 것으로 알려져 있다. 수메르인이 생각할 수 있었던 것보다 더 현대화된 과학소설 개념을 창의적으로 활용한 예도 있다. 미래로 가는 시간여행, 지구 정복을 위해 침략하는 외계 집단 등……. 또 무엇보다도 무시무시한 핵전쟁의 가능성도 있다. '마지막 인간' 이라는 존재가 있어야만 한다면, 모든 가능성 가운데 핵전쟁이 가장 확률이 높을 것 같다.

유기체가 세포로 이루어져 있는 것은 개인이 모여 사회를 이루는 것과 마찬가지이며, 그 이유도 똑같다.

-아이작 아시모프

인간은 어떤 '슈퍼맨'으로 진화하고 싶은가?

슈퍼맨의 종류는 우리 인간이 좀 더 나았으면 바라는
공상가 수만큼이나 많은 것 같다. 내가 생각하는 슈퍼맨은,
셰익스피어만큼 글을 잘 쓰되 잘잘 필요가 없고,
그리고 여자에게 끝없이 매력적인 존재이다.

 오랜 옛날, 약 4천만 년 전에 '에오히
푸스Eohippus'라는 조그만 동물이 살고 있었다. (고생물학자는 '히라코테리
움Hyracotherium'이라고 부르는 게 옳다지만 나는 '에오히푸스'라는 이름이
더 마음에 든다.)

에오히푸스는 작고 연약한 동물이다. 얼굴 부분이 작고 땅딸막하게 생긴
이 동물은 주로 어린 나뭇잎을 먹으며, 육식동물이 나타나면 잽싸게 도망
갔다. 몸집은 여우만하고 몸무게는 9킬로그램 정도였을 것이다. 작은 발굽
이 앞다리에 각각 네 개씩, 뒷다리에 세 개씩 있었다.

에오히푸스가 우리 인간과 같은 식으로 생각을 할 수 있다면, 우리는 이
렇게 물어볼 수가 있을 것이다.

"슈퍼에오히푸스는 어떻게 생겼을 것 같아?"

내 생각에는 그 조그만 동물이 이렇게 대답할 것 같다.

"글쎄요, 우선은 크고 힘이 세야겠지요? 그러면 항상 나를 쫓아다니는 저 못된 육식동물을 무서워하지 않아도 될 테니까요. 몸무게도 많이 나가야 돼요. 한 1300킬로그램은 되고, 크기도 나보다 140배 정도는 돼야겠죠? 그리고 키가 커야 돼요. 그래야 평원 저 멀리서 포식자가 오는지 볼 수 있을 테니까요. 나처럼 어깨높이가 25센티미터로는 안 되고, 내 어깨높이의 아홉 배인 2미터 25센티미터는 돼야죠. 그리고 눈높이를 좀 더 높일 수 있도록 목도 길어야 해요."

그리고 잠시 후 말한다.

"아, 그리고 동작이 빨라야 해요. 포식자가 나타났을 때 상대하기 힘들 정도로 몸집이 크거나, 무리를 지어 왔다면 바람처럼 빨리 도망갈 수 있어야 하거든요. 적어도 시속 55킬로미터는 달려야겠죠. 안전한 곳까지 도망갈 수 있을 만큼 말예요. 잠깐 동안이라도 그 정도로 빨리 달릴 수 있어야 돼요. 그러면 그게 바로 슈퍼에오히푸스예요."

자, 이렇게 말할 수 있는 에오히푸스라면 정말이지 상상력이 풍부하다고 하겠는데, 차라리 그것은 상상력을 넘어선 선견지명이라고 할 수 있다. 왜냐하면 오늘날 실제로 그런 슈퍼에오히푸스가 살고 있기 때문이다. 그 가운데 어떤 것은 에오히푸스가 꿈꾸었던 것만큼 덩치도 크고 키도 크다. 그 '슈퍼에오히푸스'는 바로 오늘날 우리가 '말'이라고 부르는 동물이다. 그리고 에오히푸스라는 낱말 자체가 '새벽 말'을 뜻하는 그리스어에서 왔다. 이 새벽 말이 수백만 년 동안 천천히 진화해서 오늘날의 슈퍼동물로 변한 것이다.

다른 예를 들어보자.

약 3백50만 년 전 아프리카에는 작은 원숭이와 닮은 동물이 살고 있었는데, 이 동물 역시 연약하기 그지없었다. 키가 1미터 20센티미터쯤 되었고, 우리처럼 똑바로 서서 걸었다. 고생물학자는 이 동물을 '오스트랄로피테쿠스 아파렌시스Australopithecus afarensis'라 불렀다. '오스트랄로피테쿠스'는 그리스어에서 온 말로 '남쪽 원숭이'란 뜻인데, 남아프리카에서 처음으로 발견되었기 때문이었다. '아파렌시스'란 에티오피아 동쪽의 지명에서 따온 말로, 1974년 거기에서 특별히 오래된 뼈가 발견되었기 때문이다. 이런 종류의 동물을 모두 한데 묶어서 '오스트랄로피테신Australopithecine'이라고 부른다.

오스트랄로피테신은 '호미니드'로 볼 수 있는데, 똑바로 서서 걸을 수 있기 때문에 원숭이보다는 인간에 가깝게 보인다. 호미니드hominid는 그리스어로 '사람'이라는 뜻이다.

만약 오스트랄로피테신이 우리 인간처럼 생각을 할 수 있다면, 우리는 그에게 슈퍼오스트랄로피테신에 대해 얘기해보라고 할 것이다. 그러면 이렇게 대답할지도 모른다.

"글쎄요, 무엇보다도 먼저 나보다 크고 힘이 세었으면 좋겠어요. 그래야 나보다 사냥도 잘하고 스스로를 더 잘 보호할 수 있겠지요. 키도 나처럼 120센티미터가 아니라 한 160센티미터는 되고, 몸무게도 나처럼 30킬로그램이 아니라 한 70킬로그램쯤 된다면 슈퍼오스트랄로피테신으로서 충분할 거예요."

"더 이상 크고 강하게 만들어봐야 소용이 없을 거예요. 그런 게 중요한 장점이 될 수는 없으니까요. 키도 덩치도 크고 근육도 매우 발달했다고 쳐요.

그런 건 다 좋아요. 하지만 가장 필요한 것은 '머리' 거든요. 내 머리는 내 몸집에 비해 꽤 큰 편이지요. 나보다 힘이 센 원숭이보다도 머리가 더 커요. 나는 원숭이보다 나아요. 나뭇가지나 넓적다리뼈를 도구나 무기로 사용할 줄 알 만큼 똑똑하거든요. 다른 원숭이들은 대부분 손톱이나 이빨을 사용하지요."

"자, 그런데 정말로 슈퍼오스트랄로피테신이 되기 위해서는 머리가 좀 더 커야 돼요. 음…… 약 1.5킬로그램 정도? 그러니까 내 머리의 네 배는 되어야죠. 그렇게 되면 슈퍼오스트랄로피테신의 뇌가 무지하게 크고 부풀어 올라 못나 보이겠지만 '슈퍼'가 되기 위해선 어쩔 수가 없어요. 머리가 큰 슈퍼오스트랄로피테신…… 그 능력의 한계를 누가 말할 수 있겠어요?"

오스트랄로피테신은 약 백만 년 전에 지구상에서 사라졌지만, 그 당시 머리가 더 큰 호미니드가 생겨났다. 그리고 또 나중에는 머리가 훨씬 더 큰 또 다른 호미니드가 생겨났다. 그리고 실제로 약 5만 년 전, 우리 상상 속의 오스트랄로피테신이 말한 슈퍼오스트랄로피테신과 똑같은 동물이 유럽에 나타났다. 우리는 그것을 '호모 사피엔스Homo sapiens'라고 부른다. '현대인'이라는 뜻이다. 우리가 바로 그 슈퍼오스트랄로피테신이다.

자, 이번에는 우리 차례다. 자신이 어떻게 해서 이 지구상에 나타났는지 생각을 해낼 수 있었던 족속은 우리가 처음일 것이다. 그리고 우리가 이후에 어떻게 진화되어갈지 상상할 수 있는 족속도 우리가 처음일 것이다.

슈퍼맨은 어떤 모습일까? (여기서 '슈퍼맨'은 남자만을 가리키는 뜻에서 쓴 말이 아니다. 남녀노소 통틀어 슈퍼인간을 포함하는 말임을 밝혀둔다.)

수십 년 전에 〈액션 코믹스Action Comics〉라는 만화 잡지에 처음으로 등장한 고전적인 '슈퍼맨'은 내가 말하고자 하는 좋은 예가 된다. 그는 우리와 많이 다르지 않다. 실제로 그는 클라크 켄트라는 '온화한 성격의 기자'로 가장할 수 있었다. 그러나 그는 믿을 수 없을 만큼 힘이 세고, 엑스레이로 꿰뚫어볼 수 있고, 하늘을 날아다닐 수 있을 뿐만 아니라 온갖 놀라운 능력을 지니고 있었다. 그의 가장 큰 약점은 그가 우리보다 더 똑똑하지는 않다는 것이다. 사실 그는 바그너의 오페라에 나오는 지그프리트와 닮았는데, 코미디언 가수 애나 러셀은 지그프리트를 가리켜, '아주 잘생기고, 힘이 세고, 용감하고 그리고 매우 멍청하다'고 했다.

이것은 우리가 바라는 모습은 아니다. 우리는 슈퍼맨이 우리보다 머리가 좋고 더 효율적으로 생각하고 추리하는 능력이 뛰어났으면 하고 바란다. 우리보다 반사 신경이 빨랐으면 좋겠고, 감각도 훨씬 예민하고, 또 우리에게는 없는 감각도 지니고 있었으면 하고 바란다. 게다가 그가 더욱 힘이 세다면 더할 나위 없이 좋을 것이다. 그러나 힘이 가장 중요한 것은 아니다.

그런데 반드시 어떤 모습인지 알아낼 필요가 있을까? 내가 편집을 도왔던 《슈퍼맨》이라는 책에는 우리보다 어떤 방식으로든지 간에 월등하게 뛰어난 인간에 대한 멋진 이야기가 무척 많다. (서로 겹치는 이야기는 하나도 없다.) 다른 종류의 생물과 협동하기 때문에 뛰어날 수도 있고, 교육과 훈련을 받았기 때문에 뛰어날 수도 있고, 혹은 돌연변이이기 때문에 뛰어날 수도 있다.

원인이 무엇이건 상관이 없다. 결론은 어느 경우이건 우리를 닮았으면서도 우리보다 나은 면을 보여주고 있다는 사실이다. 여기에 나오는 이야기

하나하나에서 여러분이 보기에 뛰어나다고 생각되는 모습이나 그런대로 봐 줄 만하다고 생각되는 것을 독자 여러분이 한 번 골라보라.

　내가 보기에 슈퍼맨의 종류는 우리 인간이 좀 더 나았으면 바라는 공상가 수만큼이나 많은 것 같다. 내가 생각하는 슈퍼맨은 예를 들면 셰익스피어만큼 글을 잘 쓰되 잠잘 필요가 없고, 글을 많이 쓸 수 있고, 그리고 (글을 쓰지 않는 동안이나, 혹은 별로 그럴 가능성은 없겠지만 아내가 너그럽게 봐준다거나 할 때에는) 모든 여자에게 끝없이 매력적인 사람이다.

우리가 해마다 하루 동안 앞을 보지 못한다면 나머지 삼백하고도 예순나흘을 얼마나 즐겁게 보낼 것인가!

－아이작 아시모프

영웅에 대한 환상

마법사나 재주꾼에 대한 이야기는 아무리 멋진 것이라고 해도
엄청난 근육질을 가진 사람에 대한 이야기만큼 독자를 감동시킨 적은 없다.
중요한 사실은 칼을 휘두르면 바로 결과가 나타난다는 사실이다.
평범한 독자는 번뜩이는 지혜보다는 강한 근육에 더 끌리게 마련이다.

 사람들은 실체보다 부풀려진 것을 얼

마나 좋아하는가! 또한 그것을 얼마나 원하는가!

우리가 그것을 왜 좋아하는지는 모르겠지만, 어쨌거나 우리는 일생을 신
생아로부터 시작했다는 사실만으로 조금은 설명이 될 것 같다. 우리가 어
릴 때에는 우주가 엄마와 아빠로 가득 채워져 있었다. 그들은 우리보다 훨
씬 힘이 세고 능력도 무한한 듯했다. 우리가 보호를 받고 만족을 얻어낸 것
도 그들에게서였다. 그리고 나중에 그들이 보통 사람과 다를 바가 없다는
사실을 깨달았을 때, 그때가 어린 시절의 우리가 난생 처음으로 심한 실망
을 느꼈을 때일 것이다. 우리는 자라나 힘도 세어지고 좀 더 현명해지면서,
그 모든 것을 인정하기 싫어도 인정할 수밖에 없게 되었다.

진실을 보지 않으려고 아무리 눈을 감아도 부모는 결국 늙고 약해져 우리
에게 의존하게 된다. 그리고 마침내 죽는다. 설령 사고를 당하지 않는다 하더

라도, 또 우리가 아무리 잘 보살펴 드린다 하더라도 죽음을 피할 수는 없다. 어린 시절 우리가 그처럼 굳게 믿고 있던 것에 대한 철저한 배신인 셈이다.

그들을 대신할 수 있는 것은 아무것도 없다. 아무도 어릴 때 우리가 알던 엄마 아빠와 같을 수는 없다. 그러나 우리는 그들 없이는 살아갈 수가 없기 때문에 상상에 의지한다.

인간이 만들어낸 신 가운데 우리보다 월등하게 능력이 뛰어나고, 우리의 부모처럼 약해지거나 목숨을 잃음으로써 더 이상 자식을 보호해주지 못한다거나 하는 일 없는 엄마와 아빠가 있으면 얼마나 좋을까 하는 생각 때문에 생겨난 신이 어느 정도나 될까 궁금하다.

그러나 신은 너무 완벽하고 또 인간과의 거리도 점점 멀어져, 마침내는 물질의 영역을 벗어나 무형의 존재가 되어버렸다. 문학적인 목적으로는 반인반신이 더 쓸모가 있다. 물론 그들 역시 실제보다 부풀려져 있기는 하지만, 고통을 겪지 않는다거나 또 싸움에서 언제나 이기기만 하는 정도로 부풀려지지는 않는다. 우리보다 훨씬 월등한 존재로 과장되어 있기는 하지만 기본적으로는 우리와 하나이다. (이런 부분에 관해 살펴보면, 신 역시 적어도 잠시나마 죽음을 겪을 만큼 인간에 가까울 때 더욱 인기가 있다. 발두르, 타무즈, 아도니스 등이 그랬다. 이들은 풀과 나무가 겨울에 얼어 죽는 것을 나타내는 신이었음이 틀림없지만, 사람들은 이런 신이 죽었다는 사실에서 풍기는 인간미를 지극하게 사랑하여 이런 신을 섬겼다. 또한 끝내는 다시 살아났기 때문에 죽음이란 결국 우리를 이기지 못할 것이며, 그래서 죽음 때문에 헤어진다 해도 그것은 잠깐일 뿐이라는 희망을 안겨주었다.)

우리가 알고 있는 것 가운데 최초의 서사시는 약 오천 년 전 수메르 사람이 쓴 것이다. 우루크라는 나라의 왕 길가메시에 관한 이야기인데, 그는 어느 누구보다도 힘이 세고 대범했다. 우리 인간은 이야기 속의 그를 통해 위대한 업적을 남기고, 감당할 수 없을 정도의 위험을 무릅쓰며, 어떤 어려운 고통도 이겨낸다.

어느 문화에서든 그 나름의 초영웅을 만들어낸다. 그리스에는 헤라클레스, 히브리에는 삼손, 페르시아에는 루스템, 그리고 아일랜드에는 쿠쿨린이 있다. 이들은 모두 대단한 근력으로 험한 세상을 꿋꿋하게 헤쳐 나아간다. 두뇌 회전은 약하지만 그런 약점을 충분히 보상하고도 남는다.

아, 그런데 때로는 초영웅이 머리를 써서 상대를 이길 때도 있다. 오디세우스를 보라. 일반적으로는 보통 사람보다 월등히 나은 지혜가 필요한 때는 영국 웨일스 사람인 멀린이나 핀란드의 뵈이뇌뫼이넨처럼 마법을 부려 지혜를 얻는다.

그리고 마법사나 재주꾼에 대한 이야기는 아무리 멋진 것이라 해도 엄청난 근육질을 가진 사람에 대한 이야기만큼 독자를 감동시킨 적은 없다. 중요한 사실은 칼을 휘두르면 바로 결과가 나타난다는 사실이다. 평범한 독자는 날카로운 지혜보다는 강한 근육에 훨씬 더 마음이 끌릴 것이다. 근육을 키워낼 가능성은 있지만, 지혜를 닦는 일은 포기할 수밖에 없으니까.

역사가 흘러가면서 일반인보다 월등하게 힘이 센 영웅이 문학 세계 속으로 파고들어왔다. 중세에는 실제로 존재하지 않았던 아서 왕과 원탁의 기사단이 있었는데, 백전백승의 랜슬롯 경이 그 가운데 최고의 기사였다. 그리고 샤를마뉴 왕과 열두 용사가 있었다. 이 열두 용사 가운데 대표적인 사람이 롤랑이다. (여우 르나르, 틸 오일렌슈피겔 등 아주 약삭빠르고 지능적인 사기꾼도 있었다. 그러나 이들 역시 그 같은 공감을 불러일으키지는 못했다.)

그 뒤 화약으로 세계를 지배하는 시대가 되어 근육과 갑옷은 더 이상 쓸모가 없게 되었다. 겁 많고 약해 빠진 인간이라도, 총을 겨누어 랜슬롯 경의 갑옷 가슴팍에 조그만 구멍을 내어 쓰러뜨릴 수 있는 시대가 된 것이다.

슬프도다, 영웅의 환상이여! 죽어버린 게 아닌가?

현대문학은 우리에게 옛날과는 또 다른 갖가지 과장된 이야기를 선사함으로써 죽은 랜슬롯 경을 대신해준다. 우리는 아직도 추리 소설 속에서 보통보다 더 영민한 주인공을 만나고 있다. 셜록 홈스나 에르퀼 푸아로 같은 사람들이다. 연애소설 속에서는 현실보다 더 아름다운 남녀 주인공을 만난다. 또 공포 소설에서는 로마를 불태워버린 고트족보다도 더 무서운 위협을 맛보는 등 이런 이야기는 끝도 없이 이어진다. 힘세고 용감한 영웅을 죽여버린 화약을 이용하여, 악한에게 먼저 총을 뽑으라고 한 뒤 비현실적인 빠른 솜씨로 악한을 구멍내버리는 서부극 영웅을 창조해내기도 한다.

그러나 그 어떤 것도 더 직접적인 형태의 폭력을 대신할 수는 없다. 모든 형태의 문학 속에서 우리는 결국 주먹다짐을 하게 된다. (현실 세계에서 이런 식의 싸움은 놀랄 정도로 드물다.) 형사는 범인과 엎치락뒤치락 싸우고, 서부극의 영웅은 수없이 많은 적을 단신으로 순식간에 쓰러뜨리고, 한 여인을 놓고 두 남자가 주먹다짐을 벌인다. 특히 영화나 텔레비전에서는 더욱 그렇다. 귀가 멍할 정도로 뼈와 뼈가 부딪히는 소리를 내면서 싸워도 멍이 들지 않으며, 머리카락도 한 올 흐트러지지 않는다.

그것조차도 부족하다. 칼이 너무나 무거워 들어 올리는 데만도 대단한 근력이 있어야 하고, 적을 이겨내기 위해 영웅이 쓸 수 있었던 게 단지 억센 근육뿐이었던 그 옛날, 화약이 나오기 전의 그 시절을 우리는 아직도 원한다.

그렇다면 그런 이야기를 쓰면 될 것 아닌가? 꼭 요즘 세상을 배경으로 삼을 필요는 없지 않은가? 옛날을 배경으로 삼아도 된다. 실제 있었던 과거를 배경으로 하면 얼마간 역사에 얽매이게 될 수 있기 때문에 실제 과거를 배경으로 삼을 필요는 없다. 야만스러움으로 꽉 찬 중세 세계를 만들어낸 다음 헤라클레스를 다시 불러오자. 그것만으로도 '칼과 마법'이 다 갖춰질 것이고 '영웅의 환상'은 시작된다. 옛 시절에 대한 꿈이 모두 되살아나는 것이다.

어쩌면 거기다 양념을 약간 쳐서 이야기를 뒤섞어 변화를 줄 수도 있을 것이다. 발달한 과학문명을 조금 섞을 수도 있고, 세상을 약간 무질서하게 만들 수도 있고, 외틀어진 유머를 한 방울 섞어 맛을 낼 수도 있을 것이다. 자잘한 이야기를 끝없이 만들어나갈 수도 있고, 상상의 나래를 펼 수 있는 기회 역시 끝이 없을 것이다.

그러면 이런 이야기에 빠져 주인공들과 함께 살아갈 것이고, 실생활에서 얻을 수 있는 것보다 훨씬 큰 즐거움을 얻을 수 있을 것이다.

이렇게 만든 이야기는 세상에서 제일 오래된 문학 형태에 들어간다. ≪길가메시 서사시≫나 그보다 더 오래된 것일 수도 있다. 글이라는 것이 생겨나기 수천 년 전부터, 어쩌면 호모 사피엔스가 생겨나고부터 사람들은 모닥불 둘레에 모여앉아 이야기꾼이 들려주는 영웅담에 귀를 기울였을 테니까.

어쨌거나 인류 역사가 시작될 때부터 수많은 부모님이 돌아가시지 않을 수가 없었고, 그래서 그들을 대신할 무언가가 필요했으니까.

　수많은 사람의 존경을 한몸에 받는 과학 저술가 아이작 아시모프의 글과 단상 가운데 60편을 뽑아 여기에 실었다. 아시모프를 사랑하는 독자는 생각의 빛이 닿지 않는 데가 없는 그의 글을 읽으며 반짝이는 보석을 대하는 기쁨을 맛볼 것이다. 행성이라든가 원자핵, 공룡, 아인슈타인 등 과학을 다룬 내용도 있고, 위대한 과학자의 고군분투를 생생하게 그려낸 이야기도 있다. 그리고 인류의 문화를 파헤친 글 등은 그가 말한 대로 '사람들이 시간이 잠깐 날 때 아무 데서나 펼쳐 읽을 수 있는' 것이다.

　아이작 아시모프는 1920년 러시아에서 태어나, 1992년 미국에서 사망했다. 세 살 때 부모와 함께 미국으로 건너가, 뉴욕 브루클린에서 자라났다. 1948년 컬럼비아 대학에서 이학박사 학위를 받았으며, 저술 활동은 그보다 앞선 1939년에 과학소설 잡지에 기고하면서 시작했다. 인기 작가로 자리매김한 것은 1941년에 펴낸 《전설의 밤Nightfall》이 성공을 거두면서부터였다. 1950년에는 첫 단행본 《우주의 조약돌Pebble in the Sky》을 내놓았다. 매우 정열적으로 저술 활동을 벌인 덕분에 46세라는 젊은 나이에 100권째 책을 펴냈다. 과학소설 《파운데이션Foundation》 3부작(1951~53)으로 위고 과학소설상을 받았다.